HEYNE <

Marcel Häußler

KANT

und das Leben nach dem Tod

Kriminalroman

WILHELM HEYNE VERLAG
MÜNCHEN

MIX
Papier | Fördert gute Waldnutzung
FSC® C014496

Penguin Random House Verlagsgruppe FSC® N001967

Originalausgabe 11/2023

Redaktion: Lars Zwickies
Umschlaggestaltung: Nele Schütz Design, München,
unter Verwendung von Motiven von © Shutterstock.com
(Malivan_Iulia, U-Design, STILLFX)
Satz: Satzwerk Huber, Germering
Druck und Bindung: GGP Media GmbH, Pößneck
Printed in Germany
ISBN: 978-3-453-42850-8

www.heyne.de

1

Das Klopfen riss Antonia aus dem Schlaf.

Sie hatte das Geräusch schon tausendmal gehört und wusste, was es bedeutete. Lästige Fragen. Demütigende Blicke. Hektisches Anziehen und Zusammenpacken. Wenn man Pech hatte, Papierkram und Geldstrafen. Früher hatte sich ihre Mutter darum gekümmert, aber jetzt war Toni auf sich gestellt.

Das graue Licht, das durch die Vorhänge sickerte, ließ keinen Rückschluss auf die Uhrzeit zu. Normalerweise legte sie ihr Handy für alle Fälle auf die Holzkiste neben dem Bett, wenn sie schlafen ging, aber gestern war sie so müde gewesen, dass sie es vergessen hatte. Sie schlug die Wolldecke zur Seite und schlüpfte im Liegen in ihre Jeans. Das T-Shirt hatte sie am Abend gar nicht erst ausgezogen.

Wieder das Klopfen. So scharf und ungeduldig. Es war überall dasselbe. Von der Algarve bis zum Nordkap. Nicht, dass sie schon einmal in Skandinavien gewesen wäre, aber warum sollten sie da anders sein, die Cops, flics, bófias, Bullen oder was auch immer.

Barfuß ging sie über den Holzboden zur Seitentür. Ein Mützengesicht drückte sich an die Scheibe. Unverschämt. Übergriffig. Dies war ihr Zuhause. Gab es nicht so etwas wie die Unverletzlichkeit der Wohnung?

Sand knirschte in der Führungsschiene, als sie die Tür aufzog. Der Polizist wich einen Schritt zurück und trat mit seinen Stiefeln in eine Pfütze. Sein Gesicht war genauso grau wie der

Himmel und der Parkplatz. In dem Streifenwagen hinter ihm knisterte das Funkgerät.

»Guten Morgen, junge Frau.« Er musterte sie mit einer Spur Belustigung in den Augen.

Instinktiv strich sich Toni über das kurze schwarze Haar, das nach dem Aufstehen aussah, als hätte sie in eine Steckdose gefasst. Besonders nach einer Woche ohne Dusche. Sie sah zum anderen Ende des Parkplatzes, wo das Dach des Olympiastadions aufragte. Obwohl dort drei Wohnmobile in Reisebusgröße standen, musste die Polizei natürlich Toni belästigen.

»Wie lange campieren Sie schon hier?«, fragte der Polizist. Der Nieselregen hatte seine Lederjacke mit einer glänzenden Schicht überzogen, und in seinem Backenbart blieben feine Tröpfchen hängen. Eigentlich sah der Mann ganz umgänglich aus, fand Toni. Er hätte Kinder in ihrem Alter haben können.

»Ich bin gestern Nacht erst angekommen«, sagte sie. »Gibt es irgendein Problem?«

Eine Polizistin, die offenbar eine Runde um Tonis schwarzen Sprinter gedreht hatte, tauchte hinter der Motorhaube auf und stellte sich neben ihren Kollegen.

»So was habe ich ja noch nie gesehen«, sagte sie. »Die TÜV-Plakette ist 2013 abgelaufen.« Sie legte den Kopf in den Nacken und sah zu Toni auf, die in der Tür des Wagens stand. »Das sind … neun Jahre.«

»Ja«, sagte Toni. »Ich war in Portugal. Wie soll ich da zum TÜV gehen?«

In Wirklichkeit hatte sie sich über das Thema keine Gedanken gemacht. Nachdem Ralf sie von seinem Grundstück vertrieben hatte, war sie einfach losgefahren. Ein halbes Jahr hatte er sie aus alter Freundschaft zu ihrer Mutter noch dort stehen lassen, aber vor einer Woche hatte er ihr schließlich mitgeteilt, dass er jetzt eine Baugenehmigung für ein weiteres Ferienhaus bekommen habe und sie leider woanders unterkommen müsse. Auf dem Grundstück hatte es Strom, einen Wasseranschluss und sogar ein Plumpsklo im Pinienwald gegeben. Sie wollte nicht mehr von einem staubigen Parkplatz zum nächsten ziehen, und eine Wohnung konnte sie sich von den paar Euro, die sie mit Putzen oder Kellnern verdiente, nicht leisten. Einen Abend lang war sie wütend und verzweifelt gewesen, aber dann, am nächsten Morgen, als sie mit einer Tasse Kaffee vor ihrem Bus saß und sich von den ersten Sonnenstrahlen wärmen ließ, wurde ihr schlagartig klar, dass es Zeit für einen Neuanfang war.

Sie war neunzehn und hatte keinerlei Verpflichtungen. Von den Freunden ihrer Mutter hatte sie gehört, dass man in Deutschland leicht Geld verdienen konnte. Irgendjemand hatte ihr sogar die Adresse einer Reinigungsfirma gegeben, die immer wieder Arbeitskräfte suchte. Und wenn sie dort nicht genommen wurde, konnte sie sich etwas anderes suchen. Irgendetwas würde sich schon finden. Dann könnte sie sich eine kleine Wohnung mieten. Vielleicht sogar an der Abendschule das Abitur nachholen. Studieren. Ärztin oder Architektin werden oder Anwältin wie Amal Clooney. Das ganze Leben lag vor ihr. Wer dachte da über solche Kleinigkeiten wie TÜV-Plaketten nach?

»Führerschein und Fahrzeugpapiere, bitte«, sagte der Polizist.

Toni kletterte zwischen den Vordersitzen durch und wühlte im Handschuhfach. Auf der ganzen Reise hatte niemand die Unterlagen sehen wollen, aber kaum stand sie eine Nacht auf einem Parkplatz in München, gingen die Schikanen los.

Zwischen einer zerknitterten Europakarte, die noch von ihrer Mutter stammte, und einer Schachtel mit Reservesicherungen fand sie das Ledermäppchen.

Der Polizist klappte den zerknitterten Fahrzeugschein mit spitzen Fingern auf, als befürchtete er, sich die Krätze zu holen. »Barbara Scheffler«, sagte er. »Sind Sie das?«

»Nein, meine Mutter.«

Er betrachtete den portugiesischen Führerschein. »Dann sind Sie also Antonia Scheffler.«

Toni nickte und setzte sich auf die Bettkante. Erst jetzt merkte sie, wie müde sie von der langen Fahrt war. Am liebsten wäre sie wieder unter die Decke gekrochen und hätte noch ein paar Stunden geschlafen.

»Weiß Ihre Mutter, dass Sie mit ihrem Fahrzeug unterwegs sind?«

»Meine Mutter ist tot«, sagte Toni.

»Machst du mal eine Abfrage?« Der Polizist gab die Papiere an seine Kollegin weiter. »Das tut mir leid«, sagte er zu Toni. »Aber wissen Sie denn nicht, dass Sie das Fahrzeug auf Ihren Namen ummelden lassen müssen?«

Es war ein halbes Jahr her, dass ein Beamter der portugiesischen Polizei ihr die Nachricht überbracht hatte. Ein Angler hatte ihre Mutter zwischen den Felsen am Fuß der Steilküste gefunden. Da bei der Obduktion ein Blutalkoholgehalt von eineinhalb Promille festgestellt, aber keine Spuren von Fremdeinwirkung gefunden worden waren, stufte man ihren Tod als tragischen Unfall ein. Die Ermittlungsbehörden gingen davon aus, dass sie betrunken an der Steilküste entlangspaziert war und das Gleichgewicht verloren hatte. Vielleicht hatten auch die Sturmböen, die im Frühling oft über die Küste fegten, ihren Teil dazu beigetragen. Jedes Jahr stürzten betrunkene Angler oder leichtsinnige Touristen in den Tod, und so wurden die Ermittlungen schnell eingestellt.

Toni hegte Zweifel an der offiziellen Version. Ihre Mutter hatte schon seit Jahren unter so heftigen Depressionen gelitten, dass sie manchmal wochenlang wie gelähmt in ihrem Bus lag. Mehr als einmal hatte sie davon gesprochen, sich das Leben zu nehmen. So oder so hatte Toni nach Barbaras Tod anderes im Kopf gehabt, als den Sprinter umzumelden.

Sie war zu müde und erschöpft, um es dem Polizisten zu erklären. Außerdem würde er es sowieso nicht verstehen. »Wie gesagt, ich komme gerade erst aus Portugal. Morgen wollte ich zum TÜV und zur Zulassungsstelle«, log sie.

Die Polizistin kam zurück. »Diesbezüglich alles in Ordnung«, sagte sie mit ironischem Tonfall zu ihrem Kollegen.

Toni bemerkte, wie die Polizistin den Blick durch den Bus schweifen ließ, während sie ihr die Papiere zurückgab. Über das klapprige Schränkchen mit dem Gaskocher, die Schüssel mit dem ungespülten Geschirr, den Korb voller Schmutzwäsche, die Vorhänge, die so vergilbt waren, dass man das Blumenmuster kaum noch erkennen konnte. Die Frau schüttelte kaum merklich den Kopf, bevor sie sich zurückzog, um eine weitere Runde um den Wagen zu drehen.

Toni stützte den Kopf in die Hände und schloss die Augen. Sie hörte das leise Rascheln des Regens in den Bäumen, das Zischen des Verkehrs auf dem Mittleren Ring und die gedämpften Stimmen der Polizisten. Hatten die nichts Besseres zu tun, als sie zu schikanieren? Es gab doch bestimmt jede Menge Vergewaltiger, kriminelle Banker und Waffenhändler, die in der Stadt herumliefen.

»Ich weiß gar nicht, wo ich anfangen soll«, sagte der Polizist, als er zurück zur Seitentür kam. Er warf seiner Kollegin, die mit einem Klemmbrett in der Hand neben ihm stand, einen Blick zu. »An den hinteren Reifen ist kein Profil mehr erkennbar, links ist das Rücklicht beschädigt, der Auspuff hängt halb auf der Straße, und das Fahrzeug verliert Öl.«

Toni hob den Kopf. »Oh«, sagte sie. »Dann muss ich wohl schnellstens in eine Werkstatt. Kennen Sie vielleicht eine in der Nähe?«

Der Polizist sah sie an, als hätte sie einen geschmacklosen Witz gerissen. »Packen Sie Ihre Sachen.«

»Was?«, sagte Toni.

»Haben Sie Verwandte oder Freunde, bei denen Sie unterkommen können?«, fragte die Polizistin. »Oder sollen wir Ihnen einen Platz in einem Obdachlosenheim vermitteln?«

Toni war seit fünfzehn Jahren nicht mehr in München gewesen. Sie hatte geplant, in ihrem Bus zu schlafen, bis sie eine Arbeit gefunden und das nötige Geld für eine Wohnung zusammen hatte. »Ich verstehe nicht, was Sie meinen«, sagte sie, um Zeit zu gewinnen.

»Wir müssen den Schlüssel einziehen«, erklärte der Polizist. »Wenn die Besitzverhältnisse geklärt sind, können Sie den Schlüssel auf der Wache abholen, das Fahrzeug zu einer Werkstatt schleppen und die Mängel beseitigen lassen.«

Er sagte das, als wüsste er nicht, was es für Toni bedeutete. Es klang einfach und logisch, aber sie hatte nicht genug Geld, um den Bus zurückzubekommen.

Nach dem Tod ihrer Mutter hatte sie gründlich aufgeräumt. In Barbaras Schrankfach hatte sie unter den Blusen ein loses Brett entdeckt, das einen kleinen Hohlraum verbarg. Darin lagen die Tagebücher ihrer Mutter, ein Bergkristall, den sie vor vielen Jahren zum Geburtstag geschenkt bekommen hatte, und ein Umschlag mit sechshundert Euro in kleinen

Scheinen. Die Tagebücher hatte Toni nicht angerührt, aber den Kristall hatte sie auf dem Flohmarkt für dreißig Euro verkauft. Als sie in Portugal losfuhr, besaß sie zusammen mit ihren eigenen Ersparnissen knapp neunhundert Euro. Nach den Kosten für Benzin und Autobahngebühr waren davon noch vierhundert übrig. Wahrscheinlich würde das gerade für den Abschleppwagen reichen.

»Kann ich nicht wenigstens noch bis zur nächsten Werkstatt fahren?«, fragte Toni und schämte sich sofort für ihren flehenden Tonfall.

»Keinen Meter mehr«, sagte der Polizist. »Zu Ihrer eigenen Sicherheit. Packen Sie jetzt Ihre Sachen.«

Toni stand auf und holte ihren Rucksack aus dem Schrank. Die beiden Polizisten blieben vor der Tür stehen und sahen zu, wie sie Unterwäsche, T-Shirts, einen Kapuzenpullover, eine Jogginghose, ihren Waschbeutel und ihren Schlafsack einpackte. Toni achtete darauf, ihnen den Rücken zuzuwenden, damit sie die Tränen in ihren Augen nicht sahen.

Der Bus war nicht nur ein Auto. Er war ihr Kinderzimmer gewesen und nun ihr Erbe. An dem wackeligen Tisch hatte sie unzählige Abende mit ihrer Mutter im schwachen Licht der Petroleumlampe Karten gespielt. Auf dem Bett hatte sie zum ersten Mal mit einem Jungen geschlafen, als ihre Mutter zum Muschelsammeln am Strand war. Jeder Zentimeter war ihr so vertraut wie ihr eigener Körper.

Während sie die Regenjacke von dem Haken neben der Tür nahm und ihre Turnschuhe anzog, wurde ihr bewusst, dass sie den Bus vielleicht nie wiedersehen würde. Es fühlte sich so ungerecht an. Da tauchten zwei Gestalten in Uniformen auf und konnten ihr das halbe Leben wegnehmen. Weil die TÜV-Plakette fehlte.

Sie fand ihr Handy auf dem Beifahrersitz und steckte es ein. Aus dem Handschuhfach nahm sie das Schweizer Offiziersmesser, das einer der gelegentlichen Liebhaber ihrer Mutter ihr geschenkt hatte. Kurz überlegte sie, ob sie noch etwas brauchte. Ihr fiel nichts ein. Sie war gewohnt, mit wenig auszukommen. Besitz ist nur eine Belastung, hatte ihre Mutter immer gesagt.

Es wurde Zeit, Abschied zu nehmen. Sie wischte sich über die Augen und nahm sich drei Sekunden, um noch einmal alles auf sich einwirken zu lassen. Den moschusartigen Geruch, den sie auf immer mit ihrer Mutter verbinden würde. Die bunten, aber ausgeblichenen Farben der Decken, Polster, Kissen. Das leichte Vibrieren der Karosserie im Wind, als wäre das Auto ein lebendiger Organismus. Bye-bye, Baby.

»Kommen Sie«, sagte der Polizist draußen im Regen. Sie hörte die Ungeduld in seiner Stimme. Er wollte diese unangenehme, aber letztlich bedeutungslose Angelegenheit schnell hinter sich bringen und sich wichtigeren Dingen widmen.

Toni ging zum Schrank, klappte das Bodenbrett im ehemaligen Fach ihrer Mutter hoch und packte die Tagebücher in den Rucksack. Sie wusste nicht, was sie damit anfangen sollte, aber es kam ihr falsch vor, das Einzige, was von ihrer Mutter übrig war, zurückzulassen.

Als sie die Schiebetür zuknallte, waren ihre Augen wieder trocken. Vielleicht musste es so kommen, dachte sie. Vielleicht war der Bus das Letzte, was sie noch an ihr altes Leben gekettet hatte.

Sie schloss die Tür ab. Dann drückte sie dem Polizisten den Schlüssel in die Hand, schwang sich den Rucksack auf den Rücken und ging in irgendeine Richtung davon.

2

Kant konnte nicht fassen, wie schnell die Zeit verging.

Er hatte das Gefühl, Frida wäre gerade erst bei ihm eingezogen, und jetzt schleppte er die Kartons mit ihrem Kram in den fünften Stock des Hauses, in dem sie mit ihrem neuen Freund Tom eine Wohnung gefunden hatte. In Wirklichkeit hatte seine Tochter fünf Jahre lang bei ihm gewohnt, nachdem sie es bei ihrer Mutter nicht mehr ausgehalten hatte. Er hatte miterleben dürfen, wie sie erwachsen wurde. Viel zu schnell für seinen Geschmack.

Nach dem Abitur hatte sie eine Weile in einem Programmkino als Vorführerin gearbeitet, in verschiedenen Kneipen gekellnert und als Fahrradkurierin gejobbt. Sie konnte sich nicht entscheiden, was sie studieren wollte, und er hielt es für klug, sie nicht zu drängen. Dann brach sie zu einer dreimonatigen Indienreise auf. Nach ihrer Rückkehr schrieb sie sich voller Begeisterung an der LMU für das Fach Buddhistische und Südasiatische Studien ein. Er befürchtete zwar, dass die Berufsaussichten nicht gerade vielversprechend waren, aber wenn es sie glücklich machte, wäre er der Letzte, der Einwände erhob. Nicht, dass sie ihn um Rat gefragt hätte.

Sie sahen sich immer seltener, aber wenn sie sich in der Wohnung über den Weg liefen, machte sie einen zufriedenen Eindruck. Manchmal brachte sie einen Freund mit nach Hause, der in ihrem Zimmer übernachtete. Er fragte sie nicht nach ihren Beziehungen, und sie selbst schien ihnen keinen großen

Wert beizumessen, denn die meisten jungen Männer tauchten nur ein paarmal auf und wurden danach nie mehr erwähnt.

Bis die Sache mit Tom geschah. Eines Sonntagmorgens erzählte sie ihm beim Frühstück zerknirscht, dass sie auf einer Party von Kommilitonen gewesen sei und zu viel getrunken habe. Ein paar Jungs hätten versucht, ihre Hilflosigkeit auszunutzen, aber zum Glück sei Tom aufgetaucht und habe sie mit zu sich nach Hause genommen, wo sie ihren Rausch ausgeschlafen habe. Er habe sich wie ein Gentleman benommen. Das war das erste Mal, dass Kant den Namen hörte.

Ein paar Wochen später schlug Frida plötzlich vor, dass sie doch einmal wieder gemeinsam zu Abend essen könnten, sie werde auch kochen. Ach so, und vielleicht werde Tom auch kommen. Kant freute sich, hatte aber zugleich ein ungutes Gefühl. Als er an dem Abend aus dem Präsidium nach Hause kam, hatte Frida die Küche aufgeräumt, den Tisch gedeckt und Kerzen angezündet. Tom war auch schon da. Er sprang auf, gab Kant die Hand und stellte sich selbstbewusst und höflich vor.

Während sie die Spinatlasagne aßen, erzählte Tom von sich, als wäre er bei einem Vorstellungsgespräch. Er war ein paar Jahre älter als Frida und hatte gerade seine Ausbildung als Triebwerksmechaniker abgeschlossen. Die Firma hatte ihn übernommen, und er bekam schon ein richtiges Gehalt.

Kant beobachtete ihn still. Im Gegensatz zu Fridas anderen Freunden und Bekannten wirkte er ernsthaft und zuverlässig. Mit seinem blonden Stoppelbart, dem frischen Kurzhaarschnitt und seinen immer erstaunt blickenden Augen sah er beneidenswert gut aus. Und er schien Frida wirklich zu mögen. Ständig griff er nach ihrer Hand, sah sie lächelnd von der Seite an und überschüttete sie mit Komplimenten.

Es dauerte nicht lange, bis die beiden mit der Sprache herausrückten. Sie hatten beschlossen zusammenzuziehen.

Kant war überrascht, denn vor Kurzem hatte Frida noch von irgendwelchen Wohngemeinschaften und kommunenartigen Projekten geschwärmt, aber in diesem Alter änderten sich die Dinge eben schnell. Er versuchte, sich nicht anmerken zu lassen, wie sehr er sie vermissen würde. Auch wenn er es manchmal vergaß, war Frida schließlich erwachsen und musste ihren eigenen Weg gehen.

Trotz der angespannten Mietsituation in der Stadt fand Tom nur zwei Wochen später eine hübsche kleine Wohnung in einem renovierten Altbau in Neuhausen, und Kant erklärte sich bereit, Fridas Anteil der Miete zu übernehmen. Tom organisierte den Umzug, als hätte er sein Leben lang nichts anderes getan. Vor dem Haus hatte er eine Parkverbotszone einrichten lassen, und seine Freunde – alle fitnessstudiogestählt wie er – rannten gut gelaunt mit Kartons in den Händen an Kant vorbei die Treppe hinauf.

Bald kam sich Kant überflüssig vor. Er suchte Frida und fand sie im Schlafzimmer. Sie saß mit einer Anleitung in der Hand im Schneidersitz zwischen den Brettern und Schrauben, die ihr neues Bett ergeben sollten. Tom hatte es so bestellt, dass es am Morgen des Umzugs geliefert worden war.

Frida hatte ihn noch nicht bemerkt, und er beobachtete sie ein paar Sekunden lang von der Tür aus. Sie trug eine Latzhose und hatte sich das Haar zu einem Zopf gebunden. Auf Kant machte sie einen betrübten Eindruck, aber vielleicht lag das auch nur daran, dass sie in praktischen Dingen nicht besonders begabt war. Sobald sie Kant sah, ließ sie die Anleitung sinken und lächelte.

»Brauchst du Hilfe?«, fragte Kant.

»Nein, danke«, sagte Frida. »Ist so schon schwierig genug.«

Kant lehnte sich an die Fensterbank und betrachtete die frisch gestrichenen Wände, den polierten Parkettboden und die ringförmige Lampe, die schon an der Decke montiert war. »Das wird bestimmt schön hier. Ich meine, Tom scheint ein Händchen für so was zu haben.«

»Komisch, wenn du das sagst, klingt es nicht gerade wie ein Kompliment.«

»Ich wundere mich nur«, sagte Kant. »Schließlich kenne ich keine größere Chaotin als dich.«

Obwohl Kant einen scherzhaften Ton angeschlagen hatte, wurde Fridas Miene ernst. »Bist du schon mal auf die Idee gekommen, dass ich kein Kind mehr bin?«

In diesem Moment klingelte Kants Handy, und er war froh darüber. Als er die Nummer sah, wusste er, dass der Umzug für ihn beendet war. Es war der Kriminaldauerdienst. Er ging in den Flur, bevor er das Gespräch annahm.

»Frisch oder alt?«, fragte er, nachdem der Beamte die Situation geschildert hatte. »Okay, bin schon unterwegs.«

Er nahm seinen Mantel von dem Haken neben der Tür, schlüpfte hinein und ging wieder ins Schlafzimmer.

»Ich muss los«, sagte er. »Ihr braucht mich sowieso nicht so dringend, oder?«

Frida warf die Anleitung in die Ecke und stand auf. »Komm her«, sagte sie.

Kant wollte ihr zum Abschied den üblichen Kuss auf die Stirn geben, aber sie zog ihn an sich und hielt ihn fest. »Natürlich brauche ich dich«, sagte sie. »Aber ich habe gelernt zu teilen.«

»Gut«, sagte Kant. Er löste sich von ihr.

»Kommst du alleine klar?«, fragte sie, als wäre er es, um den man sich Sorgen machen müsste.

Kant lachte etwas gezwungen. »Natürlich. Und du?«

»Ich bin nicht allein.«

Kant hob einen Stapel leerer Kartons auf und drehte sich ein letztes Mal zu seiner Tochter um, bevor er die Wohnung verließ. Sie war schon wieder damit beschäftigt, ihr neues Bett und ihr neues Leben aufzubauen.

Tom stand auf der Laderampe des Transporters und gab seinen gut gelaunten Freunden Anweisungen, was in welches Zimmer gehörte. Kant warf ihm die Kartons vor die Füße.

»Ich muss los«, sagte er. »Die Arbeit.«

Tom verabschiedete ihn mit einem Handschlag, als hätten sie sich auf dem Basketballplatz kennengelernt. »Kein Problem«, sagte er. »Läuft ja alles hier.«

Kant stieg in seinen Wagen und fuhr zum Hofoldinger Forst. An diesem trüben Sonntagvormittag hielt sich der Verkehr auf der A8 Richtung Salzburg ausnahmsweise in Grenzen. Er nahm die Abfahrt und ließ sich von seinem Handy zu den GPS-Koordinaten leiten, die der Kriminaldauerdienst ihm geschickt hatte.

Eine Weile folgte er einer Forststraße parallel zur Autobahn. Zwischen den Stämmen der Fichten konnte er die bunten Planen der Lastwagen vorbeiflattern sehen. Der Weg verengte sich, und Äste kratzten über den Lack seines Wagens. Nachdem er einen Stapel gefällter Bäume passiert hatte, blockierten zwei Streifenwagen die Weiterfahrt. Ein Kleinbus der Spurensicherung stand auch schon da. Kaum hatte Kant geparkt, stapfte ein uniformierter Kollege durch den Schlamm auf ihn zu. Es war ein stämmiger Mann mit dunklen Locken, dem Kant noch nie begegnet war.

»Hoffmann«, sagte er und reichte Kant flüchtig die Hand. »Ich leite die Polizeiinspektion Miesbach. Und dieser Teil des Forsts gehört nun mal zu Miesbach. Leider.« Er lachte nervös.

»Dann zeigen Sie mir doch mal den Fundort«, bat Kant.

Hoffmann führte ihn auf einem mit Absperrband angelegten Pfad durch den Wald. Alle paar Schritte drehte er sich nach ihm um, als befürchtete er, dass Kant sich aus dem Staub machte. Nach etwa hundert Metern erreichten sie den Waldrand, und vor ihnen lag ein schmaler Streifen Gras, auf dem die Spurensicherer eines ihrer weißen Zelte aufgebaut hatten. Dahinter führte eine steile Böschung zur Autobahn hinauf.

Hoffmann reichte Kant einen Schutzanzug. »Ich bin hier draußen, falls Sie mich brauchen. Das muss ich mir nicht noch mal ansehen.«

Kant zog den Anzug über. Als er die Zeltklappe zur Seite schlug, wehte ihm die von den Scheinwerfern aufgeheizte Luft entgegen. Zwei Spurensicherer drehten sich zu ihm um. Zwischen ihnen lag im grellen Licht ein aufgerissener schwarzer Müllsack auf dem Boden.

Der Arm war blass und dünn und vom Handgelenk bis zum Ellbogen mit feinem weißem Haar bedeckt. Am oberen Ende ragte ein Stück Knochen aus dem gräulich verfärbten Fleisch. Nirgendwo waren Spuren von Blut zu sehen.

Einer der Spurensicherer ging in die Hocke, um weitere Fotos zu machen. Der andere nickte Kant zu. »Ein männlicher Arm«, sagte er laut, um das Zischen der Reifen auf der nassen Autobahn zu übertönen. »Relativ sauber abgetrennt.«

Kant erkannte seine Stimme. Es war Manuel Stöger, der seit vielen Jahren die Spurensicherung leitete. »Wer hat ihn gefunden?«, fragte Kant.

Stöger nickte. »Ein neunjähriges Mädchen. Jünger als meine eigenen. Zum Kotzen, so was. Aber lass dir das lieber von den Miesbacher Kollegen erzählen.«

»Habt ihr sonst noch was gefunden?«

»Bis jetzt nicht. Ist aber wahrscheinlich nur eine Frage der Zeit, bis weitere Leichenteile auftauchen. Ich glaube kaum, dass der Besitzer noch lebt.«

Kant machte auf den Bodenplatten, die die Spurensicherer gelegt hatten, einen Schritt nach vorn. Jetzt war er froh, dass er noch nicht gefrühstückt hatte. »Was glaubst du, wann der Arm abgetrennt wurde?«

»Auf den ersten Blick würde ich sagen, das kann höchstens zwei Tage her sein. Es gibt noch keine Verwesungsspuren.«

Kant beugte sich vor. »Ist das ein Ehering?«

»Sieht ganz so aus. Wenn der Kollege mit seinen Fotos fertig ist, ziehe ich ihn ab.«

Der Fotograf machte noch ein paar Detailaufnahmen, dann nickte er Stöger zu und verließ das Zelt. Stöger bückte sich und zog vorsichtig an dem Ring. Er löste sich leicht vom Finger. Entweder war er von vornherein zu groß gewesen, oder der Besitzer hatte in letzter Zeit an Gewicht verloren.

Stöger hielt den Ring dichter an einen der Scheinwerfer. »Da ist eine Gravur auf der Innenseite. Eine Jahreszahl. 1969. Und Initialen. H&S.«

Wenn es das Hochzeitsdatum war, musste der Mann, dem der Arm gehörte, also mindestens siebzig Jahre alt sein, dachte Kant. »Und was ist das da?« Er zeigte auf einen Schnipsel Papier, der kurz unterhalb des Ellbogens an der Haut klebte.

»Das habe ich mich auch schon gefragt.« Stöger nahm eine Lupe aus seinem Koffer und beugte sich über den Arm. »Könnte ein Stück Zeitungspapier sein. Um Genaueres zu sagen, müsste man es ablösen. Aber da soll sich die Rechtsmedizin drum kümmern.«

»Gut«, sagte Kant. »Sonst irgendwelche Spuren?«

»Wir sind noch dabei, das Unterholz bis zur Forststraße abzusuchen. Bisher haben wir nichts Auffälliges gefunden. Wenn du mich fragst, würde ich sagen, dass jemand den Sack einfach von der Autobahn aus über die Leitplanke geworfen hat.«

Kant bedankte sich und trat hinaus in den Nieselregen. Er entdeckte Hoffmann unter einem Schirm, den die Spurensicherer für ihr Material aufgebaut hatten, wo er auf seinem Handy herumtippte. Als Kant zu ihm kam, steckte er das Telefon in die Tasche. »Der Arm wurde also von einem Mädchen gefunden?«, fragte Kant.

»Um acht Uhr vierzig hat der Vater auf der Wache angerufen«, sagte Hoffmann. »Erst dachten wir, das ist ein schlechter Scherz, aber wir sind natürlich trotzdem sofort losgefahren. Die Kleine hat uns dann hergeführt. Sie scheint sich im Wald gut auszukennen.«

»Was hat sie denn so früh hier gemacht?«, fragte Kant.

Hoffmann verzog das Gesicht. »Die wohnt auf der anderen Seite.« Er zeigte zur Autobahn. »Sie hat bei ihrer Freundin übernachtet, die auf dieser Seite wohnt. Heute Morgen hat sie die Abkürzung über die Autobahn genommen. Anscheinend macht sie das öfter. Der Vater war stocksauer. Die beiden sind noch auf dem Revier. Wollen Sie mit dem Mädchen reden?«

»Vielleicht später«, erwiderte Kant. »Da es sich offenbar um ein Tötungsdelikt handelt, würde ich vorschlagen, dass wir die Ermittlungen übernehmen.«

»Klar. Natürlich.« Hoffmann wirkte erleichtert.

»Rufen Sie alle verfügbaren Leute her. Wir müssen das Gebiet weiträumig absuchen. Ich fordere eine Einsatzhundertschaft zur Unterstützung an. Und eine Hundestaffel.«

Kant rief Hanna Weiß im Präsidium an, damit sie die Verstärkung schicken und den Staatsanwalt informieren konnte.

Dann stieg er über den Weg, den die Spurensicherer angelegt hatten, die Böschung hinauf. Falls in den letzten Stunden jemand dort hinuntergegangen wäre, hätte er im weichen Boden Fußabdrücke hinterlassen müssen, aber bisher hatten die Spurensicherer nichts gefunden. Das sprach für Stögers Theorie, dass der Müllsack mit dem Arm von der Autobahn herabgeworfen worden war.

Kant kletterte über die Leitplanke und sah sich um. Auf dem Randstreifen lagen leere Coladosen, Hamburgerschachteln, Zigarettenkippen und was die Leute sonst alles so aus dem Fenster warfen. Dichter Wald säumte die andere Seite der Autobahn. Etwa dreihundert Meter entfernt, spannte sich eine Brücke über die Fahrbahn. Hätte das Mädchen auf seinen Vater gehört und dort die Autobahn überquert, wäre der Arm vermutlich lange Zeit unentdeckt geblieben.

Kant fragte sich, ob der Täter angehalten hatte, um den Arm zu entsorgen. Es schien riskant. Wenn man auf den Seitenstreifen fuhr, musste man damit rechnen, dass eine Streife der Autobahnpolizei auftauchte. Oder ein anderer Fahrer etwas beobachtete.

Die zweite Möglichkeit war, dass jemand den Arm aus dem fahrenden Auto geschleudert hatte. Aber vom Fahrbahnrand bis zur Böschung waren es immerhin fünf Meter. Kant bezweifelte, dass man, wenn man am Steuer saß, den Müllsack so weit durch das Beifahrerfenster werfen konnte. Wenn der Arm auf diese Weise dort gelandet war, musste also noch ein Zweiter daran beteiligt gewesen sein.

3

Auf dem Weg zum Besprechungszimmer wurde Kant von Anton Rademacher abgefangen. »Ich wollte kurz mit dir reden«, sagte sein Kollege.

Sofort war Kant beunruhigt. Vier Jahre vorher hatte sich Rademacher einer Darmkrebsoperation unterziehen müssen. Er hatte sich schnell erholt und achtete seitdem deutlich mehr auf seine Gesundheit. Keine Leberkässemmeln mehr in der Mittagspause. Alkoholfreies Bier. Demonstratives Stirnrunzeln, wenn Kant sich eine seiner wenigen Zigaretten gönnte. Neulich hatte er sogar erzählt, er habe sich mit seiner Frau Mareike zu einem Yogakurs angemeldet. Er hatte sicher fünfzehn Kilo abgenommen und sah jünger aus, als er war. Trotzdem brauchte er nur die Mundwinkel herunterzuziehen, damit Kant befürchtete, dass die Ärzte Metastasen entdeckt hatten.

Kant folgte Rademacher in sein Büro. Auf dem Regal hinter dem Schreibtisch empfing ihn das gerahmte Lächeln von Mareike und Rademachers fünf Kindern.

»Setz dich«, sagte Rademacher.

Das klang nicht gut. Kant konnte sich nicht erinnern, wann er zum letzten Mal auf dem Besucherstuhl vor Rademachers Schreibtisch Platz genommen hatte. Wenn sie etwas zu besprechen hatten, das die anderen nichts anging, erledigten sie es normalerweise auf ihren gemeinsamen Fahrten durch die Stadt.

»Was ist los?«, fragte er.

»Weißt du«, sagte Rademacher, »seit meiner Krebsoperation hat sich einiges verändert.«

Normalerweise sprach er nie über die Operation. Es passte nicht zu ihm, Schwäche zu zeigen. Bevor es ihn selbst erwischte, hatte er Krankheiten eher als Disziplinlosigkeit betrachtet. Und der ernste Tonfall trug auch nicht gerade zu Kants Beruhigung bei.

»Mir ist klar geworden, dass das Leben endlich ist«, fuhr Rademacher fort. »Man sollte jeden einzelnen Augenblick genießen, statt die Jahre einfach vorbeiziehen zu lassen. Ich meine, du hast ja keine richtige Familie, deshalb verstehst du vielleicht nicht, worauf ich hinauswill.«

Kant ignorierte den Seitenhieb. Er verstand tatsächlich nicht, was Rademacher ihm sagen wollte.

»Warst du bei der Nachsorgeuntersuchung?«, fragte er.

»Ja«, sagte Rademacher. »Alles bestens.«

Kant war erleichtert.

»Man darf seine Träume nicht aufschieben, weil man Angst vor der Zukunft hat.«

Rademacher sah ihn mit seinen runden dunklen Augen ernst an. Wollte er ein philosophisches Gespräch mit ihm führen, oder sollte das Ganze ein Scherz auf seine Kosten werden? Wie auch immer, sie hatten einen frisch abgetrennten Arm, und die anderen warteten im Besprechungszimmer. Er hatte keine Zeit zu vergeuden.

»Vielleicht sollten wir das auf den Feierabend verschieben«, schlug er vor. »Wir können heute Abend irgendwo ein Bier trinken gehen.«

»Du weißt doch, dass ich keinen Alkohol mehr trinke«, sagte Rademacher. »Solltest du übrigens auch mal drüber nachdenken.«

Kant reichte es. Offenbar war die Angelegenheit nicht so wichtig. Er stand auf und ging zur Tür.

»Ich habe gekündigt«, sagte Rademacher hinter seinem Rücken.

»Was?«

»Ich wollte es dir nur sagen, bevor du es von anderer Seite erfährst. Das ist mein letzter Fall.«

Kant ließ die Türklinke los und setzte sich wieder auf den Besucherstuhl. Einen schwindelerregenden Moment lang hatte er das Gefühl, nicht den echten Anton Rademacher vor sich zu haben. Jemand musste ihn durch einen Schauspieler ersetzt haben.

»Warum?«

Es war unvorstellbar. Als Kant sich etwa zwanzig Jahre vorher zur Münchener Kriminalpolizei hatte versetzen lassen, weil die Geburt seiner Tochter bevorstand, war Rademacher schon da gewesen. Er hatte ihm die Stadt gezeigt, die Abläufe im Präsidium erklärt und ihm beigebracht, wie man seine Fahrtkosten korrekt abrechnete. Ohne Rademacher hätte Kant die Begegnung mit dem Schachmörder wahrscheinlich nicht überlebt. Ohne Rademacher würde sich das Büro anfühlen wie ein Wohnzimmer ohne Teppich.

»Mareike und ich«, sagte Rademacher, »wollen einfach noch mal was Neues anfangen. Ich habe dir doch erzählt, dass wir immer davon geträumt haben, einen Campingplatz an der Nordsee aufzumachen. Jetzt hat der Hank, also Mareikes Bruder, ein geeignetes Grundstück für uns gefunden. Ganz in der Nähe von Middelburg.«

Kant wusste von diesem Traum, aber er hatte immer gedacht, dass es auch ein Traum bliebe. Oder dass Rademacher zumindest bis zu seiner Pensionierung wartete. »Was ist mit dem Geld?«, fragte er. »Hast du dir das gut überlegt?«

»Wir haben ein bisschen was gespart. Das reicht für das Grundstück. Ansonsten spielt Geld für mich keine Rolle mehr.« Rademacher schlug mit der flachen Hand auf den Tisch. »Gehen wir. Die anderen warten.«

Petra Lammers saß am Besprechungstisch und sah Kant erwartungsvoll an, als er mit Rademacher eintrat. Hanna Weiß blätterte in ihren Unterlagen, ohne den Kopf zu heben. Ben Dörfner stand an der Fensterbank und dehnte seine Oberschenkelmuskulatur. Wahrscheinlich war er wieder die halbe Nacht mit dem Fahrrad unterwegs, dachte Kant.

Rademacher setzte sich und packte als Erstes sein Mittagessen aus. Statt Presssack oder Wurstsalat lagen in letzter Zeit Karottenstifte und Paprikastreifen in seiner Brotdose. Kant hatte sich immer darüber geärgert, dass er sich ständig etwas in den Mund stopfen musste, aber er wusste jetzt schon, wie sehr er es vermissen würde.

»Also«, sagte Dörfner ungeduldig. »Jemand hat an der A8 seinen Arm verloren.«

Lammers zog die Mundwinkel hoch und ließ sie wieder fallen, um zu zeigen, wie unglaublich witzig sie das fand. Rademacher und Weiß reagierten überhaupt nicht.

»Ich fasse die Lage mal kurz zusammen«, sagte Kant. »Der Arm wurde vermutlich aus einem Auto geworfen, das Richtung Salzburg unterwegs war. Der Zustand lässt darauf schließen, dass er innerhalb der letzten achtundvierzig Stunden abgetrennt wurde, meint zumindest Stöger. An der Hand befand sich ein Ehering mit der Jahreszahl 1969. Wir gehen also von einem Tötungsdelikt an einem alten Mann aus.«

Hanna Weiß schob jedem von ihnen ein Blatt Papier zu. »Ich bin die Vermisstenmeldungen der letzten Woche in Bayern durchgegangen. Insgesamt 278 Fälle. Knapp die Hälfte ist schon wieder aufgetaucht. Die verbliebenen 146 Fälle sind überwiegend Kinder und Jugendliche und junge Erwachsene. Nur drei Personen sind über siebzig. Eine davon ist weiblich.«

Sie hatte die irritierende Angewohnheit, knapp an demjenigen vorbeizusehen, mit dem sie sprach. Obwohl sie mittlerweile schon seit vier Jahren bei ihnen war, hatte Kant immer noch den Impuls, nachzusehen, ob jemand hinter ihm stand. Außerdem fragte er sich zum wiederholten Mal, wie sie es schaffte, sich die ganzen Zahlen zu merken. Jetzt senkte sie den Blick zum ersten Mal auf ihre Unterlagen.

»Bleiben also zwei. Hermann Saitlinger wurde gestern von einem Altenheim in Oberstdorf als vermisst gemeldet. Und Hans-Peter Winter am Mittwoch von seiner Frau in Nürnberg.«

»Gut«, sagte Kant. »Überprüfe die beiden Fälle. Vielleicht erkennt jemand den Ring wieder.«

»Klingt ziemlich unwahrscheinlich«, meldete sich Lammers zu Wort. Sie hatte den Sonntag trotz des trüben Wetters in den Bergen verbracht und trug noch Wanderschuhe und Fleecepullover. Offenbar hatte sie sich den Abstecher nach Hause gespart. »Warum sollte jemand Leichenteile von Oberstdorf oder Nürnberg bis zum Hofoldinger Forst transportieren? Ich würde eher vermuten, dass unser Mann noch nicht vermisst gemeldet wurde. Vielleicht hat er ja alleine gelebt.«

»Genau«, sagte Dörfner, der meistens mit Lammers einer Meinung war. »Das wollte ich auch gerade sagen.«

»Der Arm ist schon in der Rechtsmedizin«, sagte Kant. »Grumann sieht ihn sich nachher an. Vielleicht helfen uns die Fingerabdrücke bei der Identifizierung. Oder er hat noch eine andere Idee. Anton und ich fahren gleich rüber.«

»Wenn jemand die Leichenteile aus dem fahrenden Auto geworfen hat«, meinte Dörfner, »kann die Hundestaffel den

Wald lange absuchen. Vielleicht liegt der Rest irgendwo zwischen hier und Salzburg verstreut.«

Rademacher ließ eine Karotte zwischen den Zähnen knacken. »Dann müssen sie sich halt langsam an der Autobahn vorarbeiten. Die haben doch sowieso nichts Besseres zu tun.«

»Wir könnten die Presse einschalten«, schlug Weiß vor. »Vielleicht hat jemand etwas beobachtet. Auf der A8 sind zu jeder Tages- und Nachtzeit Autos unterwegs.«

»Ja«, sagte Kant. »Mach das. Aber gib so wenig Informationen wie nötig raus. Nur dass ein Leichenteil gefunden wurde.« Er sah zu Lammers. »Du und Ben, ihr kümmert euch um die eingehenden Anrufe. Ich könnte mir vorstellen, dass da einiges zusammenkommt.«

»Na toll«, entgegnete Dörfner.

»Hat sonst noch jemand einen konstruktiven Vorschlag?« Kant sah in die Runde.

»Ein paar Kilometer östlich der Fundstelle gibt es einen Blitzer«, sagte Rademacher. »Am Irschenberg. Falls der Täter es eilig hatte, wovon ich mal ausgehe, ist er vielleicht fotografiert worden.«

Rademacher hatte recht. Es war immerhin eine Möglichkeit. »Hanna, besorg uns doch die Aufnahmen der letzten achtundvierzig Stunden vor dem Fundzeitpunkt.«

Hanna nahm ihren Laptop vom Tisch und verschwand kommentarlos im Flur. Kant wusste mittlerweile, dass man ihr manchmal etwas seltsames Verhalten nicht auf sich selbst beziehen durfte. Sie war hochsensibel und in ständigem innerem Aufruhr. Was bei anderen ein leichtes Kräuseln in der Gefühlswelt bewirkte, konnte bei ihr zu einem Tsunami führen. Am besten ließ man sie in Ruhe.

»Bis die ersten Hinweise aus der Bevölkerung kommen«, sagte Kant zu Lammers und Dörfner, »könnt ihr schon mal mit den Fotos von dem Ring die Juweliere abklappern. Vielleicht kann sich ja jemand erinnern, ihn verkauft zu haben.«

»Nach fünfzig Jahren?«, sagte Dörfner.

»Sei froh, so braucht ihr euch bloß um die alteingesessenen Geschäfte zu kümmern.«

Natürlich war es extrem unwahrscheinlich, dass sie auf diese Weise etwas herausfanden, aber im Moment gab es keine anderen Anhaltspunkte, und bevor sie das Opfer identifizierten, würde sich das vermutlich auch nicht ändern.

Dörfner zuckte mit den Schultern, und Lammers begann, ihre Unterlagen einzupacken. Kant überlegte, ob er die beiden über Rademachers bevorstehenden Abgang informieren sollte, entschied sich aber dagegen. Wenn Rademacher es verkünden wollte, sollte er es selbst tun. Kant versuchte, seinen Blick aufzufangen, aber sein Kollege war damit beschäftigt, die restlichen Gemüsestifte in seiner Dose zu inspizieren.

»Also gut«, sagte Kant. »Dann hören wir uns mal an, was der Kollege Grumann zu sagen hat.«

4

Wenn man sich im Untergeschoss des Rechtsmedizinischen Instituts befand, konnte man nicht feststellen, ob es Tag oder Nacht, Winter oder Sommer war. Es gab hier kein natürliches Licht, und die Klimaanlage hielt die Temperatur konstant. Rademacher fragte sich, wie man sein halbes Leben in einer solchen Umgebung verbringen konnte, als sie durch die Schleuse den Obduktionsraum betraten. Grumann, dem Rechtsmediziner, schien es nichts auszumachen. Er hatte Rademacher einmal erzählt, dass er gern zur Arbeit ging. Vielleicht war es einfacher, wenn man nicht die Geschichten kannte, die hinter den Toten standen. Er musste nur die Körper sezieren, während Rademacher und seine Kollegen in die Psychen vorzudringen versuchten. Was sie dort vorfanden, konnte erschreckender sein als die Verletzungen der Toten.

Grumann stand schon mit aufgesetztem Mundschutz an dem Sektionstisch und begrüßte sie mit einem Augenzwinkern. Staatsanwalt Oldenburg hingegen hielt wie immer größtmöglichen Abstand zu den Untersuchungsobjekten. Mit verschränkten Armen lehnte er fast an der gekachelten Wand.

Der Arm lag mitten auf dem Stahltisch. Rademacher hatte in seinem Berufsleben schon an vielen Obduktionen teilgenommen, bisher allerdings hatte es sich um mehr oder weniger komplette Leichen gehandelt. Manchmal hatte eine Gliedmaße gefehlt, oder der Tote war durch Verwesung oder Verbrennungen entstellt gewesen, aber immer konnte man ihn als Mensch erkennen. Der Arm hingegen war einfach nur ein Stück Fleisch. Auf gewisse Weise machte es das schlimmer. Ein Leben, das als Schlachtabfall geendet hatte.

Es erinnerte ihn daran, dass er das Richtige getan hatte. Die Kündigung. Nach seiner Darmkrebsoperation hatte er monatelang unter Depressionen gelitten. Obwohl er sich körperlich schnell erholt hatte, konnten weder Mareike noch die Kinder ihm ein Lächeln entlocken. Er schleppte sich zur Arbeit und wieder nach Hause, konnte aber einfach keinen Sinn mehr darin erkennen. Die Krankheit hatte ihn eindrücklich an seine eigene Sterblichkeit erinnert, und jeder Todesfall, zu dem sie gerufen wurden, sorgte dafür, dass die Erinnerung nicht verblasste. Irgendwann stellte er sich die Frage, warum er die Zeit, die ihm noch blieb, nicht den schönen Dingen widmete. Man hätte glauben können, dass man sich an das ganze Elend und die Gewalt gewöhnte, aber er wurde in letzter Zeit immer dünnhäutiger. Als er anfing, die Tage bis zu seiner Pensionierung zu zählen – 2638, nach seiner Rechnung – wusste er, dass er etwas ändern musste. Und Mareike hatte ihn in seinem Entschluss bestärkt.

Grumann und seine Assistentin begannen, den Arm zu vermessen. Mit sonorer Stimme sprach der Rechtsmediziner in sein Aufnahmegerät. Länge des Oberarms, des Unterarms, der Finger. Umfang des Handgelenks. Rademacher sah, wie Kant die Prozedur verfolgte und aufmerksam zuhörte. Vielleicht verbarg sich ja irgendwo in dieser Algebra des Todes ein Hinweis auf die Identität des Opfers.

»Offensichtlich männlicher, linker Arm. Muskulatur an Ober- und Unterarm nur schwach ausgeprägt«, sagte Grumann. »Keine Schwielen oder Hornhaut an den Händen. Gepflegte Fingernägel.«

»Also vermutlich niemand, der sein Leben mit schwerer körperlicher Arbeit verbracht hat«, sagte Kant.

»Keinerlei Verletzung oder Individualmerkmale«, fuhr Grumann unbeirrt fort. »Die Weichteile und Knochen wurden im Amputationsbereich scharf durchtrennt.«

»Was heißt das?«, fragte Kant. »Ein Messer? Oder eine Säge?«

Grumann sah Kant durch seine eckigen Brillengläser an. »Ich würde auf ein Elektrowerkzeug mit feiner Zahnung tippen. Vielleicht eine Kreissäge oder eine Flex. So gerade, wie der Schnitt ist, hat sich das Opfer währenddessen nicht bewegt. Vermutlich war der Mann also schon tot oder zumindest bewusstlos.«

Wo auch immer die Zerstückelung stattgefunden hatte, mussten reichlich Blut und Gewebefetzen durch die Luft geflogen sein, dachte Rademacher. Spuren, die man nicht so leicht beseitigen konnte.

Grumanns Assistentin, die so jung aussah, als müsste sie eigentlich noch zur Schule gehen, knipste routiniert die Fingernägel ab und fing sie mit einer Tüte auf. »Keine Verwesungsspuren«, sagte Grumann, »aber die Haut weist eine veränderte Konsistenz auf. Gummiartig. Sehr merkwürdig.«

Rademacher beobachtete, wie Grumann ein paar weiße Haare vom Unterarm abrasierte und sie verpackte. »Was ist mit dem Papierschnipsel an der Unterseite?«, fragte er.

Grumann drehte den Arm um hundertachtzig Grad. Mit einem Skalpell und einer Pinzette löste er das Stück Millimeter für Millimeter von der Haut und legte es auf einen Objektträger. Es war ungefähr so groß wie eine Euromünze. Grumann ging zu einem Tisch in der Ecke, zog eine starke Lampe heran und betrachtete es unter der Lupe. »Ein Schnipsel Zeitungspapier. Offenbar mit Blut an der Haut festgeklebt. Vielleicht hat der Täter den Arm nach der Abtrennung eingepackt. Oder er hat den Boden mit Zeitung ausgelegt, bevor er sich ans Werk gemacht hat.«

»Kannst du was lesen?«, fragte Kant.

»Mh. Die Buchstaben sind ziemlich verschwommen. …annten auf die Gleise. Die – neue Zeile – …arzfahrer flüchteten – neue Zeile – …lizeihubschrauber – Rest unleserlich.«

»Wir müssen die Zeitungsarchive durchgehen«, sagte Kant. »Vielleicht finden wir die Meldung. Ein Experte kann bestimmt aus der Schrift auf die Zeitung schließen.«

»Da hat aber jemand lange sein Altpapier nicht weggebracht«, sagte Rademacher. Alle drehten sich zu ihm um. »Das muss vor fünf oder sechs Jahren gewesen sein. Ich erinnere mich an den absurden Einsatz. Da sind ein paar jugendliche Schwarzfahrer vor Kontrolleuren geflüchtet und auf die Bahngleise gerannt. Die Kollegen mussten sie mit dem Hubschrauber suchen. Zu ihrem eigenen Schutz natürlich.«

»Jetzt, wo du es sagst«, sagte Oldenburg hinter ihm, »erinnere ich mich auch. Es gab damals eine Menge Diskussionen, ob das angemessen war.«

Ja, Rademacher wusste noch, dass der eine oder andere Kollege gemeint hatte, wenn sie nicht schwarzgefahren wären, hätten sie auch nicht auf die Gleise laufen müssen, folglich hätte man sich das Geld für den Einsatz auch sparen können. Es war genau dieser Zynismus, vor dem man sich hüten musste, wenn man zu lange Polizist war.

»Wer hat denn fünf oder sechs Jahre alte Zeitungen?«, unterbrach Kant seinen Gedankengang.

»Ein Messie?«, schlug Oldenburg vor.

»Oder jemand, der den Artikel absichtlich aufbewahrt hat«, sagte Rademacher.

»Oder einen anderen Artikel auf derselben Seite.«

»Oder der Schnipsel lag in dem Müllsack, in den der Arm verpackt wurde.«

»Oder er wurde zufällig durchs Fenster hereingeweht.«

Grumann sah von einem zum anderen, ohne sich an den Spekulationen zu beteiligen. Dann ging er zurück zum Obduktionstisch und drückte mit der Fingerspitze auf das bleiche Fleisch des Oberarms.

»Es gibt noch eine andere Möglichkeit«, sagte er. »Vielleicht ist der Arm nicht so frisch, wie er auf den ersten Blick wirkt.«

»Was soll das heißen?«, fragte Kant.

»Diese merkwürdige Konsistenz. Ich muss die Muskelzellen unter dem Mikroskop untersuchen, bevor ich mich festlegen kann, aber es würde mich nicht wundern, wenn der Arm tiefgefroren war.«

Das verändert alles, dachte Rademacher. Falls der Mann schon seit Jahren tot war, müssten sie Hunderte von Vermisstenfällen untersuchen. Und selbst wenn sie das Opfer identifizierten, würden sie kaum Spuren finden, und die Erinnerung etwaiger Zeugen wäre verblasst. Die ganze Aufregung würde sich schnell legen, und bald würde der Fall bei den etwa fünfzig anderen ungeklärten Tötungsdelikten einsortiert werden, die sich seit den Siebzigerjahren in München angesammelt hatten. Die Mordermittler kümmerten sich um diese Fälle, wenn sonst nichts Dringendes anlag. Das kam nicht besonders häufig vor. Und in diesem Fall war nicht einmal klar, ob es sich um einen Mord handelte. Bis jetzt lag genau genommen nur die illegale Entsorgung von Leichenteilen vor.

Vielleicht war sein letzter Fall gar kein Fall.

5

Solange sie die Augen nicht aufmachte, konnte sie sich einbilden, das Rauschen und Dröhnen käme von den Wellen, die gegen die Steilküste schlugen. Eine kurze Erinnerung nutzte den schutzlosen Zustand zwischen Schlaf und Wachheit, um sich in ihr Bewusstsein zu schleichen. Da war ihre Mutter in einem Batikkleid und mit einem Fotoapparat um den Hals. Barfuß kletterte sie auf einen Felsen. Die Spitzen ihrer hüftlangen Haare kitzelten Antonia im Gesicht, als sie sich zu ihr umdrehte und ihr die Hand reichte. Komm, ich zeig dir was. Unten brach eine blaugrüne Welle, und Toni spürte, wie die Felsen bebten. Die Luft roch nach Salz und Fisch. Ein paar Meter noch, dann standen sie an der Kante. Auf einem Vorsprung, vielleicht zwanzig Meter über der schäumenden Gischt, thronte ein Storchennest. Drei Kleine und die Mutter. Oder war es der Vater gewesen? Damals hatte sich die Frage nicht gestellt: Väter flogen dem Horizont entgegen und wurden nicht mehr gesehen. Egal. Jedenfalls breitete ihre Mutter eine Decke aus, schälte eine Orange und schob ihr die süßen saftigen Stücke in den Mund, während sie die Vögel beobachteten. Eines der Jungen flatterte mit den Flügeln. Immer näher wagte es sich an den Rand des Nests heran. Es zögerte. Drehte seinen winzigen Kopf mit den dunklen Augen und sah zu ihnen auf. Toni hielt die Luft an. Der Vogel stürzte sich in die Tiefe. Erschrocken umklammerte Toni die Hand ihrer Mutter, aber dann breitete der kleine Storch die Flügel aus und flog. Siehst du, sagte ihre Mutter und lachte. Es war das letzte Mal gewesen, dass sie ihre Mutter so fröhlich gesehen hatte.

Antonia schlug die Augen auf. Auf drei Seiten Beton. Sie lag auf dem Sockel der Brücke über den Mittleren Ring, eingequetscht in einem Spalt zwischen den Stützen. Direkt unter der Fahrbahn. Alles vibrierte, wenn ein Lastwagen die Brücke überquerte. Ein paar Meter unter ihr hetzten Radfahrer und Fußgänger durch die Unterführung. Dahinter der Kanal, der den Olympiapark zerschnitt. Auf dem Stahlgeländer hockten Vögel. Tauben, die sich vom Betteln ausruhten.

Es war Montagmorgen, und ihr Kopf tat weh. Was für ein Tag, was für eine Nacht. Sie setzte sich in ihrem Schlafsack auf. Immerhin lehnte ihr Rucksack noch hinter ihr an der Betonwand. Gestern war sie den halben Tag durch die Stadt gelaufen. Ziellos. Wenn ihr die Füße wehtaten, hatte sie sich auf eine Bank, einen Blumenkasten, eine Treppenstufe gesetzt. Es war gar nicht so einfach gewesen, einen Platz zum Ausruhen zu finden. In der Innenstadt waren überall scharfkantige Metallteile angebracht, die dafür sorgten, dass man es sich nicht zu bequem machte. Man sollte in die Geschäfte oder Restaurants gehen. Geld ausgeben. Nicht auf der Straße herumlungern.

Als sie mit ihrer Mutter die Stadt verlassen hatte, war sie fünf gewesen. Sie hatte erwartet, dass manche Orte Erinnerungen wachrufen würden. Aber da war nichts, nicht einmal ein Gefühl von Vertrautheit. Vielleicht war sie nicht offen genug, dachte sie. Der Empfang durch die Polizei hatte sie wohl mehr aus der Bahn geworfen, als sie sich selbst eingestanden hatte. Mit der Zeit würde sie sich schon zu Hause fühlen.

Es hatte ja auch nicht lange gedauert, bis sie die ersten Freunde fand. Am Nachmittag war sie auf einem Platz in Schwabing gelandet, wo die Bänke mit Menschen gefüllt waren, die nur darauf warteten, dass der Tag verging. Sie hatte an einer Tankstelle eine Flasche Wein gekauft und sich zu ihnen gesetzt. Niemand fragte sie, woher sie kam oder was sie vorhatte. Man teilte Bier und Wein und Schnaps und Zigaretten. Micha, ein kleiner Mann mit braunen Fingernägeln und Mundgeruch, erzählte Witze. Später, als die meisten grußlos in der Dunkelheit verschwunden waren, bot er ihr an, bei ihm zu übernachten. Sie wusste, was das bedeutete. Es gehörte zu den wenigen Dingen, die sie von ihrer Mutter gelernt hatte: Wenn Männer großzügig waren, sollte man vorsichtig sein. Also war Toni zurück in den Olympiapark gegangen und hatte diese hübsche Stelle zum Übernachten gefunden.

Sie rollte ihren Schlafsack zusammen, stopfte ihn in den Rucksack und kletterte nach unten auf den Weg. Der billige Wein hatte ein Stechen in ihrem Hinterkopf hinterlassen, aber jetzt wurde es Zeit, die Initiative zu ergreifen. Als Erstes ging sie zu dem Schwimmbad, das sie bei ihrer Wanderung durch die Stadt entdeckt hatte, und bezahlte vier Euro für den Kurzschwimmertarif. Da sie keinen Badeanzug hatte, stellte sie sich eineinhalb Stunden unter die Dusche.

Als sie aus dem Schwimmbad kam, riss die Wolkendecke auf und sie spürte die Sonnenstrahlen auf ihrem feuchten Haar. Noch ist nichts verloren, dachte sie. Der Bus war sowieso nur für den Übergang gedacht gewesen, bis sie eine Arbeit und eine Wohnung gefunden hatte. Davon durfte sie sich nicht runterziehen lassen.

Sie kramte den Zettel mit der Adresse der Reinigungsfirma aus der Hosentasche, gab den Straßennamen in ihr Handy ein und ließ sich navigieren. Über den Mittleren Ring, dessen Brummen sie seit ihrer Ankunft begleitete. Vorbei an den endlosen Fertigungshallen von BMW. Durch eine Einfamilienhaussiedlung mit sauber gestutzten Hecken.

Sie bog links auf die Schleißheimer Straße ab. Noch ein paar Häuser weiter. Vor einem Schaufenster blieb sie stehen, warf einen Blick auf ihr Spiegelbild und strich sich das Haar glatt. Okay, was soll schon schiefgehen, dachte sie. Wenn ich was kann, dann putzen. Der Gedanke klang in ihrem eigenen Kopf so deprimierend, dass sie kurz auflachen musste.

Sie ging weiter. Und stand vor einer Shishabar.

Wie eine Schwachsinnige sah sie von dem Zettel in ihrer Hand auf die Hausnummer unter dem Vordach und zurück. Seit sie in dieser Scheißstadt angekommen war, lief alles schief.

Der Inhaber der Bar, ein bärtiger junger Mann, der gerade die Stühle von den Tischen stellte, bemerkte sie und kam nach draußen.

»Suchst du was?«

»Ja«, sagte sie. »Arbeit.«

Er schien zu überlegen, ob sie sich einen Scherz mit ihm erlaubte. »Da kann ich dir nicht weiterhelfen.« Er strich sich über die tätowierten Unterarme. »Das hier reicht gerade für einen. An guten Tagen.«

»War hier mal eine Reinigungsfirma?« Sie sah auf ihren Zettel. »Gebäudeservice Brandt?«

Er nickte. »Pleite gegangen. Vor einem Jahr.«

»Okay«, sagte Toni. »Danke.« Mit einem Mal fühlte sie sich kraftlos. Vielleicht war es doch nicht so einfach, wie sie es sich vorgestellt hatte, in dieser fremden reichen Stadt Arbeit zu finden. Unschlüssig sah sie sich um. Die Aussicht auf einen weiteren Tag und vor allem eine weitere Nacht auf der Straße entmutigte sie.

»Kann ich dich auf einen Tee einladen?«

Toni sah durch das Fenster auf die gepolsterten Bänke und niedrigen Tische. Aus der Tür drang der Duft von parfümiertem Tabak und aufgebackenen Teigwaren. Toni spürte, wie ihr Magen knurrte. Wann hatte sie eigentlich zuletzt etwas gegessen? Umsonst ist nur der Tod, hatte ihre Mutter immer gesagt.

»Ich bin verheiratet«, meinte der Mann.

»Glückwunsch.«

Seine Zähne blitzten im Sonnenlicht, als er lachte. »Wie du meinst.«

»Ein Tee wäre nicht schlecht.«

Der Shisha-Mann führte sie an einen Tisch nahe der Bar. Kaum hatte sie ihren Rucksack abgesetzt, brachte er ihr ein silbernes Tablett mit Sesamkringeln und ein kleines Glas Tee. »Ich habe noch zu tun«, sagte er. »Mach's dir ruhig bequem.« Er stellte die restlichen Stühle auf den Boden und verschwand in einem Hinterzimmer.

Toni verschlang zwei Sesamkringel und schlürfte den süßen Tee. Sie brauchte dringend einen neuen Plan. Natürlich könnte sie von ihrem restlichen Geld den nächsten Flug zurück nach Portugal buchen und eine ihrer Freundinnen um Unterschlupf bitten, aber so leicht wollte sie sich nicht geschlagen geben. Sie war gekommen, um ein neues Leben anzufangen, da ließ man sich nicht aufhalten, weil die Stadt einen mit einem Tritt in den Hintern empfing. Oder zweien.

Als Erstes brauchte sie eine Unterkunft. Wahrscheinlich könnte sie sich an die Heilsarmee oder irgendein Amt wenden und würde einen Schlafplatz in einem Obdachlosenheim bekommen. Nicht gerade verlockend. Oder sie könnte den Shisha-Mann fragen, vielleicht hatte der eine Idee. Andererseits sollte man sein Glück nicht überstrapazieren.

Es gab noch eine weitere Möglichkeit, die in Betracht zu ziehen sie sich bisher geweigert hatte. Ihr Großvater. Opa Franz. Von ihrer Großmutter Roswitha hatte sie ein Bild vor Augen – rundes Gesicht, dunkle Locken, die nach Apfelshampoo rochen, kleine Hände, die voller Ringe steckten –, aber an ihren Großvater konnte sie sich kaum erinnern. Sie wusste, dass er als Schweißer gearbeitet hatte und deshalb oft auf Montage gewesen war. In irgendwelchen Werften in Norddeutschland. Ihre Mutter hatte sie oft zur Oma gebracht, wenn sie arbeiten musste, aber Opa Franz war für Toni nur ein großer knochiger Schemen, der sich entweder in Flensburg aufhielt oder bei geschlossener Tür im Wohnzimmer vor dem Fernseher saß und nicht gestört werden wollte.

Toni wusste, dass ihre Großmutter an einem Hirntumor gestorben war, als sie selbst vier oder fünf war. Ihre Mutter hatte oft darüber gesprochen, weil sie seitdem Angst hatte, ihr könnte das Gleiche passieren. Es war die erste Beerdigung ihres Lebens gewesen. Kurz danach hatte ihre Mutter in dem Fotostudio, in dem sie arbeitete, André kennengelernt. André arbeitete in Portugal als Surflehrer und war nur wegen einer aufwendigen Zahnbehandlung nach München gekommen. Er hatte ihre Mutter nicht lange überreden müssen, sie zurück nach Portugal zu begleiten. Toni konnte sich nicht erinnern, ob sie Opa Franz zwischen der Beerdigung seiner Frau und ihrer Abreise noch einmal gesehen hatte.

Ihre Mutter hatte selten von ihm gesprochen. Einmal, als sie mit ihren neuen Freunden in der Kommune im Alentejo, in die sie nach ihrer Trennung von André gezogen war, bei einer Flasche Wein am Küchentisch saß, hatte sie gesagt, ihr Vater sei ein reaktionäres Arschloch. Bei einer anderen Gelegenheit meinte sie, die Arbeit habe ihn kaputtgemacht. Die beiden telefonierten fast nie, aber zumindest früher hatte ihre Mutter ein- oder zweimal im Jahr einen Brief von ihm bekommen. Toni wusste nicht, ob sie ihm zurückschrieb.

Vor ungefähr zehn Jahren, als die Kommune wegen finanzieller Probleme und Streitereien allmählich auseinanderbrach, war die Nachricht aus Deutschland gekommen, dass es Opa Franz nicht gut ging. Die Schweißerkrankheit, hatte ihre Mutter gesagt. Zu viele giftige Dämpfe, die sich in seinem Gewebe angesammelt hatten. Jetzt hatte ihn die Arbeit wirklich kaputtgemacht. Er litt unter starkem Zittern und Verwirrungszuständen. Einige Monate später rief er dann zum ersten Mal seit Ewigkeiten an, um ihr zu sagen, dass er eine Pflegerin in seiner Wohnung aufnehmen werde. Und – das war die Nachricht, die ihre Mutter in Aufregung versetzte – dass er nicht mehr Auto fahren könne und deshalb seinen Mercedes Sprinter seiner Tochter schenken wolle.

Ihre Mutter flog nach München und ließ Toni in der Kommune allein. Als sie zwei Wochen später mit dem Bus, der ihre neue Wohnung sein sollte, auf den staubigen Vorplatz gefahren kam, verlor sie kein Wort über ihren Vater. Am nächsten Tag packten Toni und ihre Mutter ihre wenigen Sachen und verließen die Kommune für immer.

Seitdem waren nur noch wenige Briefe von Opa Franz eingetroffen. Vielleicht lag es daran, dass sie keine feste Adresse mehr hatten und ihre Korrespondenz auf wechselnden Postämtern abholten. Vielleicht hatte ihr Großvater auch die Hoffnung aufgegeben, seine Tochter jemals wiederzusehen. Oder vielleicht hatte er einfach das Interesse verloren. Toni erfuhr von ihrer Mutter nur, dass er sich von seiner Krankheit erholt hatte, aber die Pflegerin trotzdem bei ihm blieb. Offenbar waren die beiden ein Paar geworden.

Der Shisha-Mann trat an ihren Tisch. »Gleich kommen die ersten Gäste«, sagte er. »Was hast du jetzt vor?«

»Weißt du zufällig, wo die Linkstraße ist?« Toni erinnerte sich an die Adresse, weil sie eine oder zwei Wochen nach dem Tod ihrer Mutter in deren Fach im Bus einen Brief ihres Großvaters gefunden und dem alten Mann in einer Mischung aus Pflichtgefühl und Sentimentalität eine Karte geschrieben hatte. Schließlich wusste sie nicht, ob ihn überhaupt jemand über den Tod seiner Tochter informiert hatte. Eine Antwort hatte sie nie erhalten, und unter normalen Umständen wäre sie nie auf die Idee gekommen, ihrem einzigen lebenden Verwandten mütterlicherseits einen Besuch abzustatten.

Der Shisha-Mann setzte sich zu ihr und sah sie mit neu erwachtem Interesse an. »Was willst du da? Da wohnen doch nur Türken und Alte.«

»Na und?«, entgegnete Toni. »Sind doch auch Menschen.«

Sie konnte seine großen weißen Zähne bewundern, als der Shisha-Mann lachte. »Ich bin da groß geworden«, sagte er. »Mein Vater hat immer noch einen türkischen Supermarkt da.«

»Meine Mutter ist auch da aufgewachsen, aber sie ist schon tot.«

»Das tut mir leid.« Er warf einen Blick auf sein Handy. »Weißt du was? Wenn du willst, fahr ich dich schnell hin. Dann kann ich gleich bei meinem Vater ein paar Päckchen Tee abstauben.«

Eine halbe Stunde später stand sie vor einem lang gestreckten fünfgeschossigen Gebäude, das sich von seinen Nachbarn nur durch den ockerfarbenen Anstrich unterschied. Sie brauchte eine Weile, bis sie in der endlosen Reihe der Klingelschilder den Namen Scheffler fand. Als der Türöffner summte, spürte sie den Impuls wegzurennen, aber da sie nicht wusste wohin, gab sie sich einen Ruck und tauchte in das trübe Licht des Hausflurs ein.

6

Wenn der Arm nicht gefunden worden wäre, hätte Petra Lammers jetzt auf dem Krottenkopf gestanden und den Blick über das Wettersteingebirge schweifen lassen. Sie hatte sich fünf Urlaubstage genommen, an denen sie trotz des schlechten Wetters jeweils einen neuen Gipfel bewältigen wollte. Allein. Auf wenig begangenen Routen. Wo sie über nichts anderes nachdenken musste als über den nächsten Schritt. Das war ihre Art, Kraft zu tanken. Aber schon am zweiten Tag, als sie gerade ihre Stiefel schnürte, war der Anruf gekommen. Sie musste ihren Ausflug abbrechen und sofort nach München zurückkehren. Ein frischer Leichenteil. Der sich dann als doch nicht so frisch herausstellte, wie Grumann am nächsten Morgen bestätigt hatte. Und so verbrachte sie den ganzen Montagvormittag in dem künstlichen Licht und der abgestandenen Luft des Präsidiums statt in der überwältigenden Natur der Berge.

Zusammen mit Dörfner suchte sie die alteingesessenen Juweliere in München und Umgebung heraus und schickte ihnen Fotos des Eherings. Die ganze Sache erschien ihr völlig hoffnungslos. Der Ring bestand aus 333er-Gelbgold und trug einen winzigen Brillanten. Außer der Jahreszahl und den Initialen wies er keine Besonderheiten auf. Vermutlich hatte er im Jahr 1969 ein paar Hundert Mark gekostet und war tausendfach verkauft worden. Der Käufer, dessen Vorname offenbar mit H oder S begann, hatte sich für ein Standardmodell entschieden. Entweder waren ihm Statussymbole nicht wichtig gewesen oder er hatte nicht über das nötige Geld verfügt. Wer sollte sich an so einen Ring oder gar den Käufer erinnern?

Eine andere Frage war, warum der Täter den Ring an der Hand belassen hatte, wenn er sich schon die Mühe gemacht hatte, die Leiche zu zerstückeln, einzufrieren und an der Autobahn zu entsorgen. Vielleicht hatte er in Panik gehandelt. Oder den Ring einfach übersehen. Bei einer Leichenzerstückelung musste man natürlich auch an Täter aus dem Bereich der organisierten Kriminalität denken, aber diese Nachlässigkeit sprach dagegen.

Während an der Front der Juweliere Schweigen herrschte, klingelte im Nebenzimmer unablässig das Telefon. Die abgestellten Kollegen von der Schutzpolizei wurden nach der Pressemitteilung mit Anrufen überhäuft. Gelegentlich ging Lammers zu ihnen und erkundigte sich, ob vielversprechende Hinweise eingegangen waren. Sie wunderte sich, was in den letzten vierundzwanzig Stunden vor dem Fund des Arms an dem Autobahnabschnitt zwischen München und Salzburg alles passiert war. Zwei Anrufer berichteten von einem Kind, das über die Fahrbahn gelaufen sei. Jemand hatte einen verdächtigen Tramper beobachtet. Bei Rosenheim hatten Rehe die Fahrbahn überquert. Es gab Hinweise auf Drängler und Raser und Personen, die verdächtigerweise auf Brücken herumstanden. Einem Kurierfahrer waren in der Nacht merkwürdige Lichterscheinungen am Himmel aufgefallen. Aber niemand hatte gesehen, dass jemand etwas aus einem fahrenden Auto warf.

Die Suchmannschaften arbeiteten sich ausgehend von der Fundstelle an der Autobahn entlang nach Südosten vor. In dem bewaldeten und hügeligen Gelände kamen sie nur langsam voran. Lammers fragte sich, wie viel Zeit sie noch hatten, bis irgendjemand aus der Führungsetage auf die Idee kam, dass der Ressourcenaufwand zu hoch war. Vielleicht lag der Rest des Opfers an einer der anderen Autobahnen, die die Waldgebiete um München herum zerschnitten. Oder am Grund eines der Seen im Umland.

Ihr Telefon klingelte. »Ich habe hier jemanden, mit dem Sie vielleicht selber sprechen möchten«, sagte einer der Kollegen aus dem Nebenzimmer. »Ich verbinde.«

Ein Mann namens Thomas Wagenhoff stellte sich mit jugendlich klingender Stimme vor. »In der Nacht von Samstag auf Sonntag ist mir ein großer schwarzer Vogel vors Auto geflogen. Bloß denke ich jetzt, dass das vielleicht gar kein Vogel war.«

»Auf der A8 Richtung Salzburg?«, fragte Lammers. Sie bemerkte, wie Dörfner sich mit seinem Bürostuhl umdrehte und sie erwartungsvoll ansah.

»Nee, umgekehrt, von Salzburg Richtung München.«

»Wo sind Sie jetzt?«

»Jetzt gerade? Bei meiner Freundin. Im Glockenbachviertel. Wieso?«

»Bleiben Sie da. Ich würde mich gerne persönlich mit Ihnen unterhalten.« Lammers bat ihn um die Adresse, und nach kurzem Zögern gab er sie ihr. Als sie auflegte, hatte Ben schon seine Lederjacke angezogen und ließ den Autoschlüssel um den Zeigefinger kreisen.

Wagenhoffs Freundin hatte eine Einzimmerwohnung im dritten Stock eines tristen Mietshauses, und Wagenhoff empfing sie auf dem Laubengang davor. Er war ein langer dünner Mann, der ständig den Kopf einzuziehen schien, als befürchtete er, sich am Türrahmen zu stoßen oder einen Schlag in den Nacken zu kassieren.

»Meine Freundin ist gerade an der Uni«, sagte er, ohne dass ihn jemand danach gefragt hätte. »Können wir uns hier draußen unterhalten?«

»Wie Sie möchten«, sagte Lammers. »Erzählen Sie doch mal von Anfang an.«

Wagenhoff strich sich über den dünnen Flaum auf seiner Oberlippe. »Also, wie gesagt, ich war auf dem Weg von Salzburg nach München. Es muss so drei oder vier Uhr morgens gewesen sein. Irgendwo hinter dem Irschenberg ist plötzlich was Schwarzes durch die Luft geflattert. Es hat meinen Wagen gestreift. An der rechten Seite. Ich habe mich so erschreckt, dass ich fast ins Schleudern geraten bin.«

Lammers machte sich Notizen, während er erzählte, aber Dörfner lief den Laubengang auf und ab, sah über die Brüstung in den betonierten Innenhof und warf einen Blick durch die Fenster in die Wohnung.

»Ich habe Susi davon erzählt. Heute Morgen meinte sie dann, dass sie im Radio gehört hat, da wäre ein Leichenteil an der Autobahn gefunden worden. Und dass ich mich bei der Polizei melden soll.«

Dörfner beendete seine Wanderung und blieb vor Wagenhoff stehen. »Warum sind Sie denn mitten in der Nacht von Salzburg nach München gefahren?«

»Ich studiere in Salzburg. Kulturwissenschaft«, sagte er, als erklärte das alles. Aber dann fügte er hinzu: »Wir haben uns am Telefon gestritten, die Susi und ich. Da konnte ich nicht schlafen und bin spontan ins Auto gestiegen.«

»Nüchtern?«, fragte Dörfner.

Wagenhoff lehnte sich mit dem Rücken an die Wohnungstür. »Fahrtauglich.«

»Kommen Sie«, sagte Lammers.

»Wohin?«

»Zeigen Sie uns die Stelle, wo Sie die Begegnung mit dem Vogel hatten.«

Wagenhoff schob seine schmalen Hände in die Hosentaschen und zog den Kopf noch weiter ein. Bevor er sich eine Ausrede zurechtlegen konnte, legte Dörfner ihm die Hand auf die Schulter. »Wir bringen Sie auch zurück zur Susi.«

Lammers warf ihm einen mahnenden Blick zu, Wagenhoff allerdings schien den Spott nicht zu bemerken und trottete hinter ihnen her zum Dienstwagen. Widerspruchslos ließ er sich auf den Beifahrersitz verfrachten. Lammers setzte sich hinter ihn und überließ Dörfner das Steuer.

Niedrige Wolken hingen über der Stadt, als sie vom Mittleren Ring auf die Autobahn fuhren. Lammers beobachtete durch das Fenster, wie die Bebauung sich ausdünnte und erst Feldern und dann einzelnen Waldstücken wich. Sie fragte sich, ob sie gerade die Strecke fuhren, die der Mörder – oder der illegale Leichenentsorger – in der Nacht von Samstag auf Sonntag genommen hatte. Hatte er seinen ersten Müllsack im Hofoldinger Forst aus dem Fenster geworfen, oder hatte er schon früher damit begonnen? Kant hatte schon die Vermutung geäußert, dass er Hilfe gehabt haben musste. Es war sicher nicht einfach, mehrere Kilo schwere Müllsäcke aus dem Fenster auf der Beifahrerseite zu werfen, während man am Steuer saß.

Sie passierten die Fundstelle, und Lammers hielt Ausschau nach der Suchmannschaft, die sich dort irgendwo im Unterholz an der Autobahn entlangarbeiten musste, konnte aber niemanden entdecken. Hinter den Bäumen auf der rechten Seite konnte man einen Augenblick lang die graue Fläche des Seehamer Sees erahnen. Kurz darauf verließ Dörfner an der

Abfahrt Irschenberg die Autobahn, fuhr so schnell durch die Kurve, dass Wagenhoff sich an der Tür festklammern musste, überquerte die Brücke und nahm die Auffahrt in die Gegenrichtung.

»Versuchen Sie, die Stelle möglichst genau einzugrenzen«, sagte Lammers zu Wagenhoffs Hinterkopf.

»Ich weiß nur noch, dass es hinter dem Irschenberg war, aber das habe ich Ihnen ja schon gesagt. Das bringt doch alles nichts.«

»Sehen Sie aus dem Fenster«, sagte Dörfner.

Als sie zum zweiten Mal den Seehamer See passierten, überlegte Lammers, ob es sinnvoll wäre, zumindest den Randbereich mit Tauchern abzusuchen.

»Ich kann mich wirklich nicht erinnern«, insistierte Wagenhoff. »Zwei oder drei Gläser Wein hatte ich ja schon getrunken. Und ich war auch ziemlich durcheinander. In Gedanken noch bei dem Streit mit der Susi … Augenblick mal.«

»Was?«, fragte Lammers. »Ist es hier passiert?«

Dörfner trat auf die Bremse. Fünfhundert Meter vor ihnen lag die Ausfahrt zu einem Parkplatz.

»Nein«, sagte Wagenhoff. »Mir ist gerade nur was anderes eingefallen. Hat aber nicht direkt was mit dem Vogel zu tun.«

Dörfner schaltete die Warnblinkanlage an und ließ das Auto auf dem Randstreifen ausrollen. »Jetzt erzählen Sie schon.«

»Von dem Parkplatz da vorne, da ist ein Auto aufgefahren. Viel zu langsam und ohne zu schauen. Ich wäre ihm fast auf die Stoßstange geknallt.«

»Ach so«, sagte Dörfner und gab wieder Gas.

»Dann hat der Wagen beschleunigt und ist weggefahren. Ich weiß noch, dass ich dachte, der Fahrer ist bestimmt randvoll. Kurz danach war dann die Sache mit dem Vogel.«

Dörfner riss das Lenkrad herum und fuhr im letzten Moment auf die Auffahrt zum Parkplatz. »Ich habe einen empfindlichen Magen«, sagte Wagenhoff. »Wenn Sie weiter so fahren, muss ich kotzen.«

Lammers wusste, was Ben dachte. Am frühen Sonntagmorgen waren bestimmt nicht viele Autos auf der A8 unterwegs gewesen. Falls der Müllsack aus dem Fahrzeug geworfen worden war, das knapp vor Wagenhoff eingeschert war, hatten der oder die Insassen vielleicht auch etwas auf dem Parkplatz entsorgt. Zum Beispiel einen schweren Körperteil, der sich nicht gut aus dem Fenster befördern ließ.

»Können Sie das Fahrzeug beschreiben?«, fragte Lammers.

»Ich weiß nur noch, dass es ein Kleinwagen war. Vielleicht ein Golf oder Polo. Ach so, und auf der Seite war eine Aufschrift.«

»Was für eine Aufschrift?«

»Als wäre es ein Firmenwagen oder so.«

Dörfner parkte vor dem Toilettenhäuschen.

»Welche Farbe hatte das Fahrzeug?«, fragte Lammers.

»Keine Ahnung. Hell, glaube ich.«

»Konnten Sie den Fahrer erkennen?«

»Nein. Ich habe das Auto ja nur von schräg hinten gesehen.«

»Okay«, sagte Lammers. »Sie können hier sitzen bleiben. Wir sehen uns mal ein bisschen um.«

Auf der linken Seite parkte eine Reihe Lastwagen dicht an dicht und versperrte den Blick auf die Autobahn. Rechts standen vier verwaiste Picknicktische und das Toilettenhäuschen. Ein Maschendrahtzaun trennte den Parkplatz von dem Wirtschaftsweg und einem vom Dauerregen der letzten Tage überschwemmten Stoppelfeld. Dörfner ging von einer Mülltonne zur nächsten, klappte die Deckel auf und knallte sie wieder zu.

»Scheint gerade erst geleert worden zu sein«, rief er Lammers zu.

Sie umkreiste langsam die Picknicktische. Ein einsamer Baum reckte seine Äste in den grauen Himmel, aber es gab keine Büsche, in denen man etwas hätte verstecken können, nur sauber gemähte Rasenflächen. Sie ging zu dem Maschendrahtzaun und folgte ihm bis zum anderen Ende des Parkplatzes, ohne etwas Auffälliges zu bemerken. Auf dem Rückweg umrundete sie das Toilettenhäuschen.

Sie sollten sich erkundigen, wann die Tonnen zuletzt geleert und wohin der Müll gebracht worden war, dachte sie, als sie vor den Metallwaschbecken auf der Rückseite stehen blieb. Und die Suchmannschaften mussten den Parkplatz und die nächsten Kilometer an der Autobahn abgrasen. Sie bückte sich, um unter die Waschbecken zu sehen. Nichts.

Kaltes Wasser drang in ihre Turnschuhe. Lammers fluchte. Ohne es zu bemerken, war sie in eine knöcheltiefe Pfütze getreten, die den Betonboden hinter dem Toilettenhäuschen bedeckte. In der Mitte der braunen Brühe konnte man einen Gullydeckel erahnen. Das Mistding war offenbar verstopft.

Jetzt muss ich auch noch die Autobahnmeisterei informieren, dachte sie und machte sich auf den Rückweg zum Auto. Nach drei Schritten blieb sie stehen. Verdammt. Sie schob die Ärmel ihres Kapuzenpullovers hoch, watete zurück in die Pfütze und ging in die Hocke. Mit beiden Händen griff sie in die Schlitze des Gullydeckels und zog daran. Das gusseiserne Teil war schwer. Oder hatte sich verklemmt. Sie holte tief Luft und stemmte sich aus den Oberschenkeln hoch. Mit einem Ruck löste sich der Deckel. Sie verlor das Gleichgewicht und konnte den Gullydeckel gerade noch zur Seite stoßen, damit er nicht auf ihre Beine fiel, bevor sie mit dem Hintern in der Pfütze landete.

»Was machst du da?«, fragte Ben, der gerade um die Ecke des Gebäudes gekommen war. Lammers sah ihm an, dass er sich ein Grinsen verkneifen musste.

»Du könntest mir auch helfen, statt so blöd da rumzustehen«, sagte sie.

Er streckte die Hand aus, um sie hochzuziehen, aber sie stand allein auf. »Irgendwas verstopft den Gully.«

Sie sah, wie Ben schluckte, als er begriff, was sie meinte. Wie immer, wenn er nervös war, strich er sich mit der Hand durch sein blondes Haar, als wäre es das Wichtigste, dass im entscheidenden Moment die Frisur saß, aber dann trat er entschlossen in die Pfütze und tauchte die Arme in das schmutzige Wasser. Lammers bückte sich und tastete ebenfalls nach dem Ablauf. Sie spürte, wie Ben zurückzuckte, als sie gegen seine Hand stieß.

»Hast du was?«, fragte sie.

»Nein, du?«

Lammers schob den Arm tiefer in den Schacht. Ben beugte sich so weit vor, dass ihre Nasenspitzen sich fast berührten. Sie bekam eine Gänsehaut am ganzen Körper, als sie den Plastiksack ertastete. Ben hatte ihn auch gespürt, das konnte sie ihm ansehen. »Sollen wir auf die Spurensicherung warten?«, fragte er.

»Und wenn es nur eine alte Plastiktüte ist?«

Ben sah ihr in die Augen. Sie glaubte selbst nicht daran, und er wusste es. »Okay«, sagte er. »Aber vorsichtig.«

Sie griff mit beiden Händen zu, und dann hoben sie den Plastiksack Zentimeter für Zentimeter heraus. Gurgelnd floss das Wasser in den Ablauf. Sie legten den Sack neben der Pfütze auf den Betonboden. Er wog zwischen fünf und zehn Kilo, schätzte Lammers, und sah genauso aus wie der, in dem der

Arm gesteckt hatte. Ein einfacher schwarzer Müllsack, wie man ihn in jedem Supermarkt kaufen konnte.

Ben zog sich Gummihandschuhe über, bevor er den Knoten öffnete. Lammers achtete nur auf sein Gesicht. Ein Lastwagen zischte auf der Autobahn vorbei. Das Plastik knisterte leise. Ben kniff die Lippen zusammen.

»Und?«, fragte sie. »Ist es der Kopf?«

»Leider nicht«, sagte Ben. »Ich würde eher … auf die Hüfte tippen.«

7

Obwohl ein langer Arbeitstag hinter ihm lag, hatte Kant keine Lust, nach Hause zu gehen. Nach dem Fund der Hüftknochen hatten sie einiges organisieren müssen. Die Spurensicherung wurde zu dem Parkplatz geschickt. Die Suchmannschaften wurden aufgeteilt, um auch die andere Seite der Autobahn abzudecken. Wagenhoffs Aussage wurde protokolliert und in die Fallakte eingetragen. Die Hüftknochen wurden ins Rechtsmedizinische Institut gebracht, wo Grumann weiter versuchte, das Opfer zu identifizieren, nachdem man die Fingerabdrücke nicht in der Datenbank gefunden hatte.

Kant verließ das Präsidium und schlenderte durch den leichten Regen Richtung Schwabing. Zu Hause warteten nur die leeren Zimmer auf ihn. Es war die zweite Nacht, in der Frida in ihrer neuen Wohnung schlief. Natürlich hatte sie auch vorher gelegentlich woanders übernachtet, und überhaupt waren sie sich in letzter Zeit nicht besonders oft über den Weg gelaufen, aber die Endgültigkeit ihrer Abwesenheit machte ihm zu schaffen.

Er kam an einem libanesischen Imbiss vorbei, den er noch nicht ausprobiert hatte, und aß im Licht der grellen Neonröhren ohne großen Appetit Falafel. Erst Frida und dann auch noch Rademacher, dachte er. Irgendwie machten sich alle aus dem Staub. Er bestellte ein Bier und blieb an seinem Tisch sitzen, bis der Inhaber begann, die Stühle hochzustellen, und schließlich den leise dudelnden arabischen Pop ausschaltete.

Jetzt ließ es sich nicht länger hinauszögern. Kant brachte die letzten Meter hinter sich, stieg in den dritten Stock hinauf, schloss die Tür auf und warf auf dem Weg in die Küche einen Blick in Fridas Zimmer, obwohl er sich vorgenommen hatte, genau das nicht zu tun. Die wenigen Möbel hatte sie auf dem Sperrmüll entsorgt, weil Tom alles neu kaufen wollte. An den Wänden hatten die Poster helle rechteckige Flecken hinterlassen. Ein vergessenes Paar Turnschuhe lag in der Ecke. In der Luft hing noch der Duft ihres Shampoos.

Kant öffnete das Fenster und schloss die Tür. Sobald er Zeit hatte, würde er das Zimmer renovieren und für irgendetwas anderes nutzen. Nur wofür? Vielleicht sollte er sich allmählich ein Hobby zulegen.

Am Küchentisch trank Kant noch eine zweite Flasche Bier. Es war so still im Haus, dass er das Ticken der Uhr über dem Kühlschrank hören konnte. Er fragte sich, wie er sich jemals über die laute Musik aus Fridas Zimmer hatte ärgern können. Oder darüber, dass sie nie ihre Müslischüssel wegräumte. Oder ihre Unterwäsche nach dem Duschen im Bad liegen ließ. Lächerlich, wie kleingeistig Menschen sein konnten. Wahrscheinlich waren schon Ehen an falsch eingeräumten Spülmaschinen zerbrochen. Das immerhin konnte ihm nicht mehr passieren.

Er versuchte, sich die schönen Momente ins Gedächtnis zu rufen. Wie sie abends zusammen auf dem Sofa gesessen und sich alte Filme angesehen hatten. Wie Frida dann mit einem hintergründigen Lächeln auf den Lippen an seiner Schulter eingeschlafen war. Wie sie sich gegenseitig mit einem einzigen Blick zum Lachen hatten bringen können.

Im Großen und Ganzen, dachte er, waren wir doch ein gutes Team. Er hob die Bierflasche und stieß mit einer imaginären

Frida an, dann trank er den Rest in einem Zug aus und ging ins Bett.

Er träumte nicht von dem abgetrennten Arm, er träumte von dem Kopf. Egal, wo er hinging, der Kopf war schon da. Er lag auf Rademachers Schreibtisch und sah ihn vorwurfsvoll an. Er sah ihn aus dem Rückspiegel seines Dienstwagens an und beschwerte sich, dass Kant die restlichen Körperteile noch nicht gefunden hatte. Er lauerte hinter jeder Ecke und schien Kant die Schuld für seine missliche Lage zu geben. Beim Aufwachen versuchte Kant, sich an das Gesicht zu erinnern, aber seltsamerweise hatte er nur einen weißen Fleck vor Augen.

Im Stehen trank Kant einen Kaffee, dann machte er sich auf den Weg zum Präsidium, um gar nicht erst auf die Idee zu kommen, über Fridas leeres Zimmer nachzudenken. Es wurde Zeit, sich damit abzufinden, schließlich sollte sich ein Vater nichts mehr wünschen, als dass sein Kind irgendwann seinen eigenen Weg fand.

Als er ins Besprechungszimmer kam, spürte er sofort die Anspannung, die in der Luft lag. Lammers trommelte mit den Fingerspitzen ununterbrochen auf die Tischplatte, während sie in einem Dokument blätterte. Rademacher kaute so heftig auf seinen Apfelschnitzen, dass seine Zähne klackerten. Im Nebenzimmer versuchte Weiß, den Papierstau zu beheben, indem sie mit der Faust auf den Kopierer hämmerte. Nur Dörfner war nirgendwo zu sehen.

»Hubert Pfeisinger«, sagte Lammers.

Der Funken der Nervosität sprang auf Kant über. Ein leichtes Prickeln, das von den Fingerspitzen bis zum Hinterkopf reichte und ihn sofort alle privaten Sorgen vergessen ließ. »Unser Mann?«, fragte er.

Lammers nickte. »Der Bericht kam gerade aus der Rechtsmedizin. Die Hüfte. Da war eine Gelenkprothese drin. Grumann hat die Seriennummer abgeglichen. Das Opfer heißt Hubert Pfeisinger. Rentner. Verwitwet. Einundachtzig Jahre. Das künstliche Gelenk wurde 2012 eingesetzt. Im Klinikum Großhadern.«

Weiß kam aus dem Nebenzimmer und verteilte ihre Kopien. »Wir haben praktisch nichts über ihn«, sagte sie.

Ein Mann mit hellem Haar und hoher Stirn sah Kant von dem Schwarz-Weiß-Foto durch seine randlose Brille an. Seine Augen waren klein und hart. Er presste die Lippen zusammen und zog einen Mundwinkel herunter, als wäre er grundsätzlich enttäuscht vom Leben. Oder vielleicht bildete sich Kant das nur ein, weil er wusste, dass der Mann ein so gewaltsames Ende genommen hatte.

»Das ist ein Passfoto«, sagte Weiß. »Von 2001.«

Kant versuchte, sich den Mann zwanzig Jahre älter vorzustellen. Der Kopf, der ihn in seinen Träumen verfolgt hatte, bekam ein Gesicht, der weiße Fleck verschwand. Das machte die Sache nicht unbedingt besser.

»Das Labor muss noch bestätigen, dass der Arm und die Hüfte wirklich zusammengehören«, sagte Lammers. »Aber da Grumann festgestellt hat, dass auch die Hüfte tiefgefroren war, gibt es daran wohl kaum Zweifel.«

»Wir wissen also nicht, wann er getötet wurde«, schaltete sich Rademacher ein. »Das könnte theoretisch ewig her sein. Was die Frage aufwirft, warum jemand ausgerechnet jetzt die Körperteile an der Autobahn verstreut.« Es klang, als fühlte er sich dadurch persönlich beleidigt.

Kant dachte einen Augenblick nach. »Habt ihr ihn in der Vermisstendatei gefunden?«

»Eben nicht«, sagte Weiß. »Er ist noch in München gemeldet.« Sie sah auf ihren Ausdruck. »Im Hasenbergl. Linkstraße.«

»Kenn ich«, sagte Rademacher. »Das sind so große Wohnblöcke.«

»Worauf warten wir noch?«, fragte Kant.

Rademacher packte seine Sachen zusammen. Lammers sprang auf und lief zur Tür. Kant hielt sie auf. »Wo ist eigentlich Ben?«

Lammers schien die Frage unangenehm zu sein. »Woher soll ich das wissen?« Sie zögerte einen Moment. »Die Sache mit der Hüfte hat ihn ziemlich mitgenommen. Vielleicht hat er eine harte Nacht hinter sich.«

»Ruf ihn an. Ich will ihn dabeihaben. Wir brauchen jeden Mann. Und jede Frau, natürlich.«

Beim Hinausgehen drehte sich Kant noch einmal zu Weiß um. »Hanna, nimm doch bitte Kontakt zur Wohnungsgesellschaft auf. Die sollen einen Hausmeister schicken. Und sag der Spurensicherung Bescheid.«

Sie fuhren über die Schleißheimer Straße, die wie mit dem Lineal gezogen nach Norden führte, bis die Bebauung sich ausdünnte. Stillgelegte Straßenbahngleise verliefen zwischen den Fahrbahnen und endeten abrupt an einer Verkehrsinsel, auf der Autos mit platten Reifen und zerkratzten Motorhauben parkten. Auf einem Anhänger stand ein kleines Boot, halb von Laub bedeckt und mit abblätterndem Lack, wie ein Überbleibsel aus besseren Zeiten.

Sie bogen zweimal ab, dann waren sie auf der Linkstraße, und Kant hatte plötzlich das Gefühl, sich in einer eigenen kleinen Stadt zu befinden. Ein weißer Flachbau beherbergte einen Friseursalon, ein Café und einen türkischen Supermarkt.

Jugendliche, die am Straßenrand auf ihren Mountainbikes saßen, sahen ihnen neugierig nach. Wahrscheinlich hatten sie die beiden Autos schon als Zivilfahrzeuge der Polizei erkannt.

Betonierte Wege führten zu den fünfgeschossigen Wohnblocks, die sich im rechten Winkel zur Straße erstreckten. Kant und Rademacher parkten vor einer Reihe Garagen, und Lammers hielt hinter ihnen. Sie gingen zwischen den Häusern hindurch. Von dem freien Feld dahinter wehte ihnen ein scharfer Wind entgegen.

Ein untersetzter Mann in schwarzem Overall erwartete sie an der dritten Haustür. Er schien vor allem aus zwei unterschiedlich großen Kugeln zu bestehen, eine für den Bauch, eine für den glatt rasierten Kopf. Von Weitem hatte Kant ihn für einen jungen Mann gehalten, aber der Kranz von Falten um seine wachen Augen ließ vermuten, dass er die fünfzig schon überschritten hatte.

Er begrüßte Kant mit einem kurzen, harten Händedruck. »Gebäudemanagement. Ludwig Radow«, sagte er. »Brauchen Sie sich aber nicht zu merken. Alle nennen mich Luggi.« Als er lachte, bemerkte Kant, dass ihm ein halber Eckzahn fehlte.

»Würden Sie uns zur Wohnung von Hubert Pfeisinger bringen?«, sagte Kant.

Luggi zog einen Bund mit etwa dreißig Schlüsseln aus seiner Brusttasche, schloss die Tür auf und lief mit seinen kurzen Beinen erstaunlich schnell die Treppe hinauf. Auf dem ersten Absatz drehte er sich kurz zu Kant um. »Was suchen Sie denn in der Wohnung? Die Damen und Herren in der Verwaltung haben sich mal wieder bedeckt gehalten.«

»Kennen Sie Herrn Pfeisinger?«, fragte Kant, während sie weitergingen.

»Kennen wäre zu viel gesagt. Ich habe ihn schon mal gesehen. Aber das ist bestimmt Jahre her.«

Kant beschloss, dass es nicht schaden konnte, ihm ein paar Informationen zu geben. Früher oder später sprach es sich sowieso herum. »Herr Pfeisinger ist tot aufgefunden worden. Wir ermitteln wegen möglicher Fremdbeteiligung. Deswegen würden wir uns gerne in der Wohnung umsehen.«

Sie folgten einem schmalen Flur im zweiten Stock, von dem zu beiden Seiten graue Türen mit metallenen Briefschlitzen abgingen. »Da kommen Sie aber ein bisschen spät«, sagte Luggi.

»Was meinen Sie damit?«

Luggi blieb vor einer der Türen stehen. Kein Namensschild an der Klingel. Keine Fußmatte. »Die Wohnung wurde zwangsgeräumt. Letzte Woche Donnerstag.«

Luggi schloss die Tür auf. »Bitte schön.«

Sie traten in einen quadratischen Korridor mit grauem Teppichboden. Lammers stieß eine der billigen Kunststofftüren auf. Die Küche. Wasseranschlüsse ragten aus der nackten Wand. »Verdammt«, sagte sie.

»Wird die Tage alles renoviert«, sagte Luggi. »Die Wände sind bestimmt schon zwanzig Jahre nicht mehr gestrichen worden.«

Kant warf einen Blick in das kleine Wohnzimmer, von dem aus man auf die Panzerwiese, einen ehemaligen Truppenübungsplatz auf der anderen Seite der Schleißheimer Straße, sehen konnte. Nichts außer grauem Teppichboden. Im Schlafzimmer dasselbe. Kurz tauchte der Gedanke an Fridas leeres Zimmer in seinem Kopf auf.

»Wo sind die Möbel?«, hörte er Rademachers Stimme hinter sich.

»Hat der Gerichtsvollzieher mitgenommen. Billiges Zeug aus den Achtzigern.«

»Okay«, sagte Kant. »Petra, du klopfst mal bei den Nachbarn. Ben soll dir helfen, sobald er auftaucht. Ich will vor allem wissen, wann Pfeisinger zuletzt gesehen wurde. Anton, kannst du die Spurensicherer in Empfang nehmen?«

Als die drei gegangen waren, durchquerte Kant das Wohnzimmer und trat auf den Balkon. Hinter einem rechteckigen Stück Rasen stand ein Wohnblock, der sich nur durch die hellere Farbe der Fassade von diesem unterschied. Weder an den unzähligen Fenstern noch auf den Balkonen ließ sich jemand blicken. Wenn man Anonymität suchte, war man hier genau richtig, dachte Kant.

Er drehte sich zu Luggi um, der hinter ihm am Türrahmen stehen geblieben war und ihn aufmerksam beobachtete. »Wieso wurde die Wohnung denn geräumt?«

»Weiß ich nicht«, sagte Luggi. »Mir sagt ja keiner was. Ich bin nur der Mann mit den Schlüsseln.« Er versuchte, es lustig klingen zu lassen, aber Kant hatte den Eindruck, dass ihn die mangelnde Wertschätzung seitens der Hausverwaltung kränkte. »Wenn ich raten müsste, würde ich sagen, der Herr hat seine Miete nicht bezahlt.«

Weil er schon tiefgefroren in irgendeinem Kühlraum oder einer Truhe lag, dachte Kant. »Waren Sie bei der Räumung dabei?«

»Ich habe nur die Tür aufgeschlossen. Und hinterher wieder abgeschlossen.«

»Ist Ihnen irgendwas aufgefallen?«

Luggi schüttelte den Kopf. »Ich habe mir angewöhnt, nicht so genau hinzuschauen. Geht mich ja nichts an, wie die Leute leben. Ich weiß nur noch, dass alles ordentlich war. Aufgeräumt. Sie können sich nicht vorstellen, wie manche ihre Wohnung hinterlassen. Gewundert hat mich bloß, wie viel Staub auf den Schränken lag. Der Gerichtsvollzieher hat erst mal einen Niesanfall gekriegt.«

Kant fragte sich, ob Pfeisinger in seiner eigenen Wohnung getötet und zerstückelt worden war. Falls ja, fanden die Spurensicherer bestimmt etwas. »Herr Pfeisinger war einundachtzig. Haben Sie sich nicht gewundert, dass er einfach so verschwindet und alles stehen und liegen lässt?«

Luggi zupfte sich am Ohrläppchen. Die Frage schien ihm nicht zu behagen. »Leute kommen und gehen«, sagte er. »Am besten sprechen Sie mit der Hausverwaltung.«

»Wann waren Sie vor der Zwangsräumung zuletzt in der Wohnung?«

»In dieser Wohnung hier?«, fragte Luggi. »Das ist bestimmt schon zehn Jahre her. Da hat die Frau Pfeisinger noch gelebt. Kann sein, dass ich damals die Heizungsventile getauscht habe. Die Hausverwaltung hat bestimmt irgendwelche Unterlagen darüber. Am besten fragen Sie bei denen nach.«

»Logisch«, sagte Kant. »Sie sind ja nur der Mann mit den Schlüsseln.«

»Genau.« Dieses Mal verunglückte Luggis Lächeln schon im Ansatz. Er wirkte erleichtert, als hinter ihm die Tür aufging und Rademacher gefolgt von vier Gestalten in weißen Overalls in den Korridor kam.

»Wenn Sie mich nicht mehr brauchen, mach ich mich dann mal auf den Weg. Ich habe heute noch einen Wasserschaden, ein defektes Türschloss und eine Wohnungsbesichtigung auf dem Programm.«

Kant verließ mit ihm die Wohnung, während die Spurensicherer ihr Equipment auspackten und die leeren Zimmer in

Planquadrate aufteilten. Falls Hubert Pfeisinger dort getötet worden war, würden sie es bald erfahren.

8

Sie versuchte, ihre Umgebung bewusst wahrzunehmen, weil sie damit rechnete, dass jeden Moment Erinnerungen an die Oberfläche gespült wurden. In dem Flur roch es nach Zwiebeln und Putzmitteln. Ihre Schuhe quietschten auf dem Kunststoffboden. Es dauerte eine Weile, bis die graue Wohnungstür einen Spalt weit geöffnet wurde. Toni empfand ein vages Gefühl der Vertrautheit, als zöge sie zum ersten Mal im Jahr einen Pullover aus dem letzten Winter an, aber sie schaffte es nicht, konkrete Ereignisse damit in Verbindung zu bringen.

Der Mann, dessen Gesicht von der Sicherungskette durchkreuzt wurde, war nicht so groß wie in ihrer Erinnerung. Kein Wunder, dachte sie. Erstens war sie damals kleiner gewesen, zweitens musste Opa Franz schon um die siebzig sein und hielt sich nicht mehr so aufrecht. Sein Haar war grau, aber dicht wie das eines Zwanzigjährigen. Aus dem Wohnzimmer hinter ihm drangen Fernsehstimmen, während er sie wortlos durch seine runde Brille betrachtete.

Was hatte sie erwartet? Dass er sie in die Arme schließen und im Kreis herumwirbeln würde? Wahrscheinlich erkannte er sie nicht, sie hatte sich schließlich in den letzten vierzehn Jahren auch ein bisschen verändert. Sobald sie sich als seine Enkelin vorstellte, rief er garantiert die Polizei. Das war doch der älteste Trick der Welt. Und selbst wenn er sie erkannte, gab es für ihn keinen Grund, in Begeisterung auszubrechen. Sie stand unangemeldet vor seiner Tür, und vermutlich sah man ihr an, dass sie als Gastgeschenk nur einen Haufen Probleme mitbrachte.

Aber dann veränderte sich etwas in seinem Gesicht. Die scharfen Falten um seinen Mund wurden weicher. Die Augen blinzelten. Er befeuchtete seine Lippen.

»Antonia?«, sagte er mit belegter Stimme. Er räusperte sich, löste die Sicherungskette und versuchte es noch einmal. »Antonia? Das bist du, oder?«

Toni nickte. Sie brachte kein Wort hervor. Weil ihr nichts Besseres einfiel, streckte sie Opa Franz die Hand entgegen. Er nahm sie, lehnte den Stock mit dem silbernen Knauf, auf den er sich gestützt hatte, an die Wand und legte auch die zweite Hand auf ihre. Toni spürte, wie seine Wärme sie einhüllte.

»Wer ist denn da?«, rief jemand im Hintergrund.

Das musste die Pflegerin Schrägstrich Lebensgefährtin sein. Toni hatte ihren Namen vergessen. Irgendwas Biblisches. Maria, vielleicht? Opa Franz ließ ihre Hand los und lehnte sich wieder auf seinen Stock. »Das glaubst du jetzt nicht«, sagte er. »Meine Enkelin steht vor der Tür.«

Eine rundliche Frau tauchte an der Wohnzimmertür auf. Obwohl es schon Mittag war, trug sie einen Frotteemorgenmantel. Das rot gefärbte Haar, das ihr Gesicht einrahmte wie ein Theatervorhang, war nass, als käme sie gerade aus der Dusche. Sie musste zwanzig Jahre jünger sein als Tonis Großvater. Als sich auf ihrem Gesicht ein einnehmendes Lächeln abzeichnete, dachte Toni, dass die Männer ihr früher vermutlich nachgelaufen waren.

»Also, wenn das meine Enkelin wäre«, sagte die Pflegerin Schrägstrich Lebensgefährtin, »würde ich sie nicht draußen im Flur stehen lassen.«

»Natürlich, natürlich«, murmelte Opa Franz. »Komm doch rein.«

Toni trat in den Korridor. Und sah sich ihrer Mutter gegenüber. An der Wand links neben der Tür hing eine ganze Galerie von Fotos. Ihre Mutter als dick eingemummtes Kind auf einer Schaukel. Ihre Mutter bei der Kommunion. Ihre Mutter als gelangweilte Jugendliche auf einem Volksfest. Ihre Mutter mit Baby auf dem Arm.

»Ich mache uns einen Kaffee«, sagte die Pflegerin Schrägstrich Lebensgefährtin und verschwand in der Küche. Toni folgte ihrem Großvater ins Wohnzimmer. Er ging langsam und stützte sich auf seinen Stock. Als er sich in seinen Sessel fallen ließ, stöhnte er ein wenig, aber im Großen und Ganzen wirkte er nicht wie jemand, der eine Pflegerin brauchte. Also wohl doch eher Lebensgefährtin, dachte Toni.

Sie setzte sich auf das braune Kunstledersofa. Plötzlich kam ihr doch eine Erinnerung: wie sie mit ihrer Großmutter dort gesessen und Zeichentrickfilme im Fernsehen geschaut hatte. Aber die Oma war tot und der klobige Fernseher gegen ein neues Modell ausgetauscht worden. Sonst schien sich nicht viel geändert zu haben. Der Teppichboden mit dem Rautenmuster, die Schrankwand aus Eichenholz, die Blumen auf der Fensterbank, die schweren Vorhänge, die kaum Licht durchließen, das alles kam ihr bekannt vor.

»Hast du meine Karte bekommen?«, fragte sie.

»Ja. Da wussten wir schon Bescheid. Die Botschaft hat uns informiert. Das war ein fürchterlicher Schock.« Ihr Großvater senkte den Blick auf seine adrigen Hände, und Toni dachte schon, dass er gegen die Tränen ankämpfte, aber als er wieder aufsah, lächelte er. »Jetzt sind wir beide die Einzigen aus der Familie, die noch übrig sind.«

Sie erinnerte sich, dass sie immer ein wenig Angst vor ihm gehabt hatte. Nicht, weil er jemals grob zu ihr gewesen wäre. Soweit sie wusste, hatte er sie mehr oder weniger ignoriert. In seiner eigenen Welt aus Arbeit und Müdigkeit gelebt. Oder vielleicht hatte er auch einfach nichts mit kleinen Kindern anfangen können, jedenfalls waren sie einander immer fremd geblieben.

Jetzt hatte sie keine Angst mehr vor ihm. Er war nur ein kauziger alter Mann.

»Warum hast du mir nie geschrieben?«, fragte sie.

Er sah sie erstaunt an. »Ich dachte, ihr wolltet nichts mehr mit mir zu tun haben. Deine Mutter, sie hat sich meinen Bus abgeholt und sich nie mehr gemeldet. Wusstest du, dass ich damals im Krankenhaus lag? Sie hat mich nicht mal besucht, nur bei Evi geklingelt und sich die Papiere für den Bus geholt. Das war das letzte Mal, dass ich von ihr gehört habe.«

Das hatte sie nicht gewusst. Ihre Mutter hatte ja nie mit ihr darüber gesprochen. »Ich bin aber nicht meine Mutter«, sagte sie.

»Wenn Evi nicht gewesen wäre, wäre ich schon lange abgekratzt, und keinen hätte es interessiert.«

Vielleicht kam seine Versöhnungsgeste ein bisschen spät, dachte Toni. Wenn man ein schlechter Vater gewesen war, konnte man nicht alles wiedergutmachen, indem man seiner Tochter ein Auto schenkte. Ihre Mutter hatte ihr erzählt, dass sie in ihrer Kindheit unter seiner autoritären Art und seinen Wutanfällen gelitten hatte.

Evi brachte ein silbernes Tablett mit drei Tassen und einer Thermoskanne. Als sie ihnen einschenkte, winkte Opa Franz ab. »Für mich nicht. Ich habe sowieso schon Magenbrennen.«

»Schön, dass du uns mal besuchen kommst«, sagte Evi mit einer Freundlichkeit, die auf Toni übertrieben wirkte. »Wie ist es denn so in Portugal?«

»Herrlich«, antwortete Toni. »Weite Strände, glasklares Wasser und überall gegrillter Fisch.«

Sie sah, wie sich ein harter Zug um Evis Mund bildete. Ihr Großvater hingegen ließ sich keine Regung anmerken. Entweder war ihm die Ironie entgangen oder es interessierte ihn nicht. »Eigentlich bin ich aber gar nicht zu Besuch hier. Ich will ein neues Leben anfangen.«

»Dann wünsche ich viel Glück«, sagte Evi in einem Tonfall, aus dem Toni nicht schlau wurde. War das ernst gemeint oder Spott, oder bedeutete es einfach »verpiss dich«? Sie fragte sich, wieso sie überhaupt mit Evi redete, wo sie doch gekommen war, um ihren Großvater zu fragen, ob sie ein paar Tage bei ihm wohnen könnte.

»Wir haben jahrelang in dem Bus gelebt. Für meine Mutter bedeutete es Freiheit. Für mich war es einfach nur mein Zuhause. Jetzt hat die Polizei den Wagen außer Betrieb gesetzt oder wie das heißt. Ich habe kein Zuhause mehr.«

Ihr Großvater nickte vor sich hin, als wäre er in Gedanken woanders. Vielleicht hatte die Krankheit doch ihre Spuren hinterlassen.

»Ich geh uns schnell ein paar Plätzchen holen«, sagte Evi und verschwand in der Küche. Toni sah Opa Franz an, bis er sich zu einer Reaktion genötigt fühlte.

»Früher hat man die Autos für die Ewigkeit gebaut«, sagte er schließlich. »Natürlich braucht so ein altes Fahrzeug ein bisschen Wartung.«

Das Ganze war ein Fehler, dachte Toni. Sie hätte niemals herkommen sollen. Wenn ihre Großmutter noch gelebt hätte, wäre die Situation eine andere gewesen, aber der alte Mann vor ihr war einfach nur ein Fremder, der weiter in Ruhe sein gewohntes Leben führen wollte, ohne mit der Vergangenheit belästigt zu werden.

Ihr Großvater hievte sich aus dem Sessel, hinkte zu dem Ungetüm von Schrank hinter ihr und begann, in einer Schublade zu kramen. Evi klapperte in der Küche herum. Toni kippte den Rest Kaffee hinunter und stand auf.

Als sie an dem alten Mann vorbeigehen wollte, griff er erstaunlich schnell nach ihrem Arm. Seine Hand fühlte sich jetzt kalt und hart an wie eine Zange. »Hier«, sagte er. »Damit solltest du ein paar Tage über die Runden kommen.« Er drückte ihr einen frischen glatten Hundert-Euro-Schein in die Hand.

»Ich bin nicht gekommen, um euch anzuschnorren«, sagte sie.

Zum ersten Mal hatte sie das Gefühl, dass ihr Großvater sie richtig ansah. Sein Blick war wach und scharf. Keine Spur mehr von Verwirrung oder Demenz. Als hätte man einen jungen Mann in einen verfallenden Körper gesperrt, dachte sie. Sie wollte ihm den Schein vor die Füße werfen, aber dann schluckte sie ihren Stolz hinunter. Wahrscheinlich würde sie ihren Großvater das nächste Mal auf seiner Beerdigung sehen, und das Geld konnte sie verdammt gut gebrauchen. Sie knüllte den Schein zusammen und schob ihn in die Hosentasche.

»Ganz die Mutter«, sagte Opa Franz. »Keine Wertschätzung für materielle Dinge.«

»Wiedersehen«, entgegnete Toni.

Aus der Küche tauchte Evi mit dem Plätzchenteller auf. Sie sah von Toni zu ihrem Lebensgefährten und schien die Situation sofort zu erfassen. Toni wollte sich an ihr vorbei in den Korridor drängeln, aber Evi stellte den Teller auf dem Sideboard ab und legte die Hände auf Tonis Schultern. Sanft. Ganz anders als der alte Mann. Trotzdem wollte Toni nicht von ihr angefasst werden.

»Setz dich«, sagte Evi. »Du kannst ein paar Tage bei uns bleiben. Iss dich satt, schlaf dich aus. Komm erst mal richtig an, dann sieht alles schon ganz anders aus.«

Toni schüttelte ihre Hände ab.

»Kümmer dich nicht um den alten Griesgram. Er ist bloß nicht mehr gewohnt, unter Menschen zu sein.«

Ihr Großvater nahm seinen Stock, der an dem Sessel lehnte, und drehte ihn in den Händen. »Ich muss mich ein bisschen hinlegen«, sagte er. »Ihr Frauen macht ja sowieso, was ihr wollt.«

Toni sah ihm nach, als er gebeugt durch den Korridor zum Schlafzimmer ging. Mit einem Mal wirkte er wieder wie ein alter Mann.

»Komm.« Evi zeigte aufs Sofa. »Erzähl mir was von dir. Ich habe selber keine Familie mehr. Wir Waisenkinder müssen zusammenhalten.« Sie lachte so warmherzig, dass Toni sich schlecht gefühlt hätte, ihre Einladung abzulehnen.

Während sie sich den Magen mit Schokoherzen, Geleefrüchten und Butterkeksen vollschlug, berichtete Toni, wie sie in Portugal aufgewachsen war. Von dem Leben in der Ruine, die André gekauft hatte. Wie ihre Mutter sich von ihm trennte, als er wieder einmal ein Verhältnis mit einer seiner Surfschülerinnen hatte. Dann die chaotische, aber glückliche Zeit in der Kommune. Das unerwartete Geschenk von Opa Franz. Die Jahre im Bus, als sie an Stränden oder auf Grundstücken von Bekannten kampierten. Die ständigen Schulwechsel. Freundinnen auf Zeit. Das Wissen, dass sie nirgendwo richtig dazugehörte.

Toni fiel auf, wie lange sie schon nicht mehr richtig mit jemandem geredet hatte, und Evi schien jedes Wort in sich aufzusaugen. Es tat gut. Sie streifte die Schuhe ab und zog die nackten Füße aufs Sofa. Draußen zogen dunkle Wolken auf, und Evi zündete Kerzen an. Als die ersten Regentropfen gegen das Fenster prasselten, fühlte Toni sich so geborgen und sicher wie damals, wenn sie neben ihrer Mutter im Bett lag, und der Wind, der über die Steilküste fegte, den Bus leicht schaukeln ließ.

Irgendwann gingen ihr die Worte aus, aber das Schweigen war nicht peinlich wie zwischen Fremden. »Wie bist du denn hier gelandet?«, fragte Toni nach einer Weile. »Ich meine, was hast du gemacht, bevor du Franz kennengelernt hast?«

Evi rekelte sich träge auf ihrem Sessel. »Als ich so alt war wie du, wollte ich Ärztin werden. Aber mein Abitur war nicht gut genug. Deshalb habe ich erst mal eine Ausbildung zur pharmazeutisch-technischen Assistentin gemacht. Drei Jahre lang habe in einer Apotheke gearbeitet. Dann habe ich eine Weiterbildung gemacht und bin Pharmareferentin geworden. Alles lief blendend. Ich habe jede Menge Geld verdient und hatte einen netten Freund. Dann ist mein Vater krank geworden. Prostatakrebs.«

Toni sah, wie sich auf ihrer Stirn feine Falten bildeten. Gerade noch war Evi ihr wie eine gleichaltrige Freundin vorgekommen, aber jetzt zeigten sich die Spuren, die die Enttäuschungen hinterlassen hatten. Vielleicht hätte sie besser nicht gefragt.

»Das hat alles geändert«, sagte Evi mit um Festigkeit bemühter Stimme. »Ich habe damals noch bei meinem Vater gewohnt. In seinem Haus in Neuhausen. Bis zu seinem Tod habe ich ihn gepflegt. Dabei ist alles andere kaputtgegangen. Mein Freund hat mich verlassen. Auf der Arbeit habe ich so oft gefehlt, dass ich entlassen wurde. Zwei Tage nach meinem dreißigsten Geburtstag ist mein Vater gestorben. Und die Schulden, die er hinterlassen hat, haben das Haus aufgefressen. Ich stand vor dem Nichts.«

Sie versuchte, die schmerzhaften Erinnerungen mit einem Lachen zu überspielen, aber dadurch trat ihre Verbitterung nur noch deutlicher hervor. »Dann habe ich bei einem Pflegedienst angefangen. Das ist wohl mein Schicksal: alte Männer zu pflegen. So bin ich schließlich bei Franz gelandet. Nur dass dein Opa im Gegensatz zu den anderen nicht gestorben ist, sondern wieder gesund wurde.«

»Meine Mutter hat gesagt, er hätte die Schweißerkrankheit«, sagte Toni. »Was ist das eigentlich genau?«

»Zu viele giftige Dämpfe.« Evi stand auf. »Komm, ich zeig dir dein Zimmer. Vielleicht erinnerst du dich ja noch.«

Sie gingen durch den Korridor in einen Raum mit einem schmalen Sofa, Bücherregalen und einem kleinen Fenster, durch das man auf den Häuserblock gegenüber blickte.

»Es ist das ehemalige Kinderzimmer deiner Mutter«, sagte Evi. »Aber das weißt du ja wahrscheinlich.«

»Ich kann mich an fast nichts erinnern.«

»Nachdem er nicht mehr arbeiten konnte, hat Franz hier seine Buddelschiffe gebaut.« Sie zeigte auf einen Holztisch in der Ecke, auf dem unterschiedlich geformte Flaschen mit filigranen Segelschiffen standen. »Damals haben seine Hände an schlechten Tagen so gezittert, dass er sich nicht mal allein rasieren konnte. Aber er hat sich nicht unterkriegen lassen. Als wollte er etwas damit beweisen.«

In einer der Flaschen hing ein Schiff schräg auf einem Eisberg. Die *Titanic.* Winzige Figuren standen an der Reling und rissen ihre Münder zu verzweifelten Schreien auf.

»Ich bring dir Bettzeug«, sagte Evi. »Dann kannst du dich erst mal ausruhen, und morgen sehen wir weiter.«

Nachdem Evi ihr das Bett gemacht und sich zurückgezogen hatte, setzte sich Toni auf das Sofa. Es war so still in der Wohnung, dass sie ihren eigenen Herzschlag in den Ohren dröhnen hörte. Was für ein seltsames Gefühl, im Kinderzimmer ihrer Mutter zu sein.

Ihr Blick fiel auf ein gerahmtes Foto an der gegenüberliegenden Wand. Es war offenbar in einer Werft aufgenommen worden. Ein Mann mit Schweißermaske arbeitete an einem Schiffsrumpf. Ein Kranz aus blauem Licht umgab ihn, und Funken flogen durch die dunkle Halle wie Sternschnuppen. Opa Franz bei der Arbeit. In diesem Moment kam eine Erinnerung zurück. Der Geruch, der ihren Großvater umgab, wenn er müde und mit krummem Rücken von seinen Montagereisen zurückkehrte. Wunderkerzen. Er hatte nach Wunderkerzen gerochen.

9

Von Hubert Pfeisinger ist nicht mehr viel übrig, dachte Ben Dörfner. Seine Körperteile wurden verstreut und seine Wohnung ausgeräumt. Niemand konnte sich an ihn erinnern. Man hätte fast glauben können, dass er nie existiert hatte. Aber Dörfner wusste es besser. Schließlich hatte er seine Hüfte in der Hand gehalten.

Am Abend danach hatte er seinen Bruder besucht, der einen Club in der Nähe des Ostbahnhofs betrieb. Unter der Woche war dort nicht viel los, und Ben hatte an der Theke gesessen, während Frank ihm einen Gin Tonic nach dem anderen servierte. Es hatte eine Weile gedauert, bis er an etwas anderes als den unförmigen Fleischklumpen in dem Müllsack hatte denken können. Dann hatte Frank wieder einmal versucht, ihn mit einer seiner Kellnerinnen zu verkuppeln. Du brauchst nur ein bisschen Ablenkung, hatte er gesagt. Das einzig Gute an diesem Abend war gewesen, dass es Ben mit seinem letzten Rest Selbstachtung gelang, sich höflich zu verabschieden und zum Taxistand zu schwanken. Am nächsten Morgen neben einem fremden Gesicht aufzuwachen, hätte nur zusätzliche Probleme geschaffen.

Obwohl er neben dem Wecker noch den Alarm an seinem Handy eingeschaltet hatte, verschlief er. Als Lammers Anruf ihn aus dem Schlaf riss, pochte sein Schädel und seine Zunge fühlte sich an wie ein alter Putzlappen. Statt ins Präsidium zu fahren, schwang er sich auf sein Fahrrad und raste durch die Stadt direkt zu der Wohnsiedlung im Hasenbergl.

Zusammen mit Lammers zog er von Wohnung zu Wohnung und befragte die Nachbarn. Der Vormittag zog wie im Nebel an ihm vorbei. Die immer gleichen Fragen und Antworten deprimierten ihn. Hubert Pfeisinger? Kenn ich nicht. Die Wohnung im zweiten Stock? Da sind viele Wohnungen. Direkt unter ihnen? Keine Ahnung, die Mieter kommen und gehen. Aber Hubert Pfeisinger wohnt schon seit Jahrzehnten da. Ach ja, ist mir gar nicht aufgefallen.

So oder so ähnlich liefen die meisten Gespräche ab. Dörfner war in einer vergleichbaren Siedlung aufgewachsen und wusste, dass man jahrelang nebeneinanderwohnen konnte, ohne sich im Treppenhaus wiederzuerkennen. Außerdem nahmen junge Menschen alte kaum wahr. Es fiel ihnen schwer, sie auseinanderzuhalten, und sie hatten ihnen nichts zu bieten. Ab einem gewissen Alter wurde man unsichtbar.

Obwohl er wusste, dass die Nachbarn nichts dafürkonnten – sie waren eben zu sehr von ihren eigenen Problemen und Wünschen eingenommen –, machte es ihn langsam wütend. Er hatte die Hüfte dieses Mannes in der Hand gehalten, verdammt. Irgendjemandem musste doch irgendwas aufgefallen sein.

Sie waren im vierten Stock angekommen, und Lammers übernahm die Wohnungen auf der linken Seite, während er die Mieter auf der rechten Seite befragte. Als er an der zweiten Wohnung läutete, wurde sofort die Tür aufgerissen, als hätte der Mann schon dahinter gelauert. Dörfner erklärte ihm, worum es ging. Der Mann, Markus Nordenberg, sah sich misstrauisch im Hausflur um, dann zerrte er Dörfner fast in sein spärlich eingerichtetes Wohnzimmer.

»Endlich«, sagte Nordenberg. »Ich dachte schon, da würde sich nie jemand drum kümmern.«

Dörfner ließ sich auf einen Stuhl in der Ecke schieben. Nordenberg baute sich vor ihm auf und streckte seine knochige Brust vor, als wollte er ihn daran hindern zu fliehen. Sein Blick flatterte herum wie ein Vogel, der sich in eine Wohnung verirrt hatte. »Sie glauben gar nicht, was das für eine Belastung war. Die ganzen Jahre. Zeitweise hatte ich nicht mal die Kraft, noch zur Arbeit zu gehen.«

Dörfner sah sich im Wohnzimmer um. Ein schwarzer Kunstledersessel mit verchromten Beinen. Ein Glastisch, auf dem kein Staubkorn lag. Metallregale voller Aktenordner. Ein frisch gesaugter karierter Teppich. Kein Fernseher, keine Bücher, keine Musikanlage. Nordenberg schien ein Mann zu sein, der keine Ablenkung brauchte.

»Wie lange wohnen Sie schon hier?«, fragte Dörfner, um ihn erst einmal zu beruhigen.

Darüber musste Nordenberg nicht lange nachdenken. »Fünf Jahre, vier Monate und zwölf Tage.« Er fuhr sich mit der Zunge über seine schmalen Lippen. »Und die ganze Zeit dieser Gestank. Ich bin mir sicher, dass er aus Pfeisingers Wohnung kommt. Riechen Sie das nicht?«

Dörfner atmete tief durch die Nase ein. Rasierwasser und ein Hauch von Putzmitteln, sonst fiel ihm nichts auf. Auch im Hausflur hatte er nichts bemerkt. »Wir waren gerade in Pfeisingers Wohnung. Da ist nichts. Nicht mal Möbel.«

»Dann haben die es weggeschafft«, sagte Nordenberg.

»Die?«, fragte Dörfner. »Haben Sie in letzter Zeit jemanden aus der Wohnung kommen sehen? Oder reingehen?«

Nordenberg lachte nervös und fuhr sich mit den Fingern über die Halbglatze. »Nein. Nie. Das ist es ja gerade. Aber manchmal brannte Licht. An einem Tag waren die Rollläden runtergelassen, am nächsten wieder oben. Ich habe alles dokumentiert.«

Ruckartig drehte er sich um und zog einen Aktenordner aus dem Regal. Mit der freien Hand zog er den Sessel heran und setzte sich dicht neben Dörfner. Er schlug den Deckel auf, blätterte in den Unterlagen und tippte mit seinen spinnenartigen Fingern auf die Daten.

»Hier. August 2017. Mein erster Brief an die Hausverwaltung. Weil das Kellerlicht ständig brannte.« Er blätterte um. »Nur eine Standardantwort. Wir kümmern uns darum. Natürlich ist nichts passiert. Dann die Sache mit den Kinderwagen im Hausflur.«

Dörfner ließ ihn reden. Er nickte und sah sich die unzähligen Beschwerdebriefe an. Zu laute Musik. Baulärm. Flur nicht gewischt. Fremde, die nachts im Hausflur herumliefen. Und immer wieder Gestank. Gestank im Treppenhaus. Gestank aus Pfeisingers Wohnung. Die ersten Briefe waren an die Hausverwaltung gegangen, aber je weiter Nordenberg blätterte, desto häufiger waren die Adressaten Polizei, Stadtverwaltung, Gesundheitsamt, Innenministerium. Es gab keinen Zweifel: Nordenberg war ein notorischer Querulant. Er beschwerte sich über alles und jeden. Was nicht ausschloss, dass er gelegentlich recht hatte.

»Sehen Sie das hier?« Nordenberg zeigte ihm eine Reihe von Ausdrucken unscharfer Fotos, die er vermutlich mit seinem Handy gemacht hatte. Jugendliche standen in Gruppen vor den Garagen, im Innenhof und an dem kleinen Einkaufszentrum.

»Das ist Staatsversagen. Die dealen hier mit ihrem Zeug, und die Polizei unternimmt nichts. Das liegt daran, dass sie das ganze Viertel einfach abgeschrieben haben. Interessiert ja keinen, was hier passiert. Hauptsache in Bogenhausen und Nymphenburg werden dreimal am Tag die Bürgersteige gefegt. Von denen, die was zu entscheiden haben, wohnt hier ja niemand.«

Bis zu einem gewissen Grad konnte Dörfner seinen Ärger verstehen. Im Bewusstsein der meisten Münchener war der Stadtteil Hasenbergl nicht existent. Hier lebten diejenigen, die sich die Mieten in den innerstädtischen Bezirken nicht leisten konnten. Die Arbeiter und Angestellten, ohne die die Stadt nicht funktionieren konnte. Und die Arbeitslosen und Alten und Ausländer. Es war kein Ghetto im engeren Sinn, aber Dörfner kannte auch niemanden, der freiwillig hier hingezogen wäre. Genau genommen kannte er überhaupt niemanden, der hier wohnte.

»Kommen wir zurück auf Pfeisingers Wohnung«, sagte er. »Wann ist Ihnen denn zum ersten Mal aufgefallen, dass damit was nicht stimmt?«

Nordenberg stand auf, stellte den Ordner sorgfältig zurück an seinen Platz und zog stattdessen ein Ringbuch aus dem Regal. »Das habe ich alles separat dokumentiert.«

Als er das Buch aufschlug, konnte Dörfner seine akkurate Handschrift sehen. Seitenweise füllten die Buchstaben die kleinen Quadrate aus. »12. Januar 2018«, las Nordenberg vor. »Quelle des unerträglichen Geruchs identifiziert. Mehrfach geläutet. Niemand öffnet. 13. Januar. Wieder niemand anwesend. An der Nebenwohnung geklingelt. Nachbarin spricht angeblich kein Deutsch. Nachbar auf der anderen Seite verhält sich abweisend. Behauptet, keinen Gestank zu bemerken.«

Es folgten Beschwerden bei der Hausverwaltung, erfolglose Versuche von Unterschriftensammlungen bei den Nachbarn, Anrufe bei der Polizei, wo Nordenberg offenbar schon durch andere im Sande verlaufene Anzeigen bekannt war, wie Dörfner dem Schriftverkehr entnehmen konnte.

Allmählich fragte er sich, ob an der ganzen Geschichte überhaupt etwas dran war, oder ob sich Nordenberg in seinem Frust über die ungeordneten Verhältnisse einfach nur auf die Wohnung eingeschossen hatte. Aber er durfte nicht in dieselbe Falle tappen wie die anderen und ihn einfach als Spinner abtun.

»Sie haben gesagt, Sie hätten nie jemanden raus- oder reingehen sehen?«

Nordenberg schüttelte energisch den Kopf. »Nie. Aber ich weiß, dass sie da drin waren. Ich habe Beweise.«

Er blätterte in seinem Ringbuch und zeigte Dörfner Seiten mit weiteren ausgedruckten Fotos. Sie zeigten Tesastreifen, die über dem Spalt zwischen Tür und Rahmen klebten. Manche davon abgerissen. »Sehen Sie hier? Ich habe immer das Datum draufgeschrieben, bevor ich sie angebracht habe. Und manchmal waren die Vorhänge an den Fenstern zugezogen, dann wieder nicht.«

Dörfner betrachtete die unscharfen Fotos. Ein Beweis ist etwas anderes, dachte er. Aber immerhin konnten es wertvolle Hinweise sein. Der letzte Klebestreifen war vor zwei Wochen angebracht worden. »Wann wurde der abgerissen?«, fragte Dörfner.

»Letzte Woche Dienstag.«

Zwei Tage vor der Zwangsräumung, dachte Dörfner. Alles wies darauf hin, dass Pfeisinger zu diesem Zeitpunkt schon lange tot war, und der Hausmeister hatte behauptet, die Wohnung seit zehn Jahren nicht mehr betreten zu haben. Hatte sich jemand anders Zugang verschafft, wie Nordenberg vermutete? Wenn ja, dann verfügte er vermutlich über einen Schlüssel, denn am Schloss waren zumindest auf den ersten Blick keine Einbruchsspuren zu sehen gewesen.

»Und die anderen Klebestreifen? Wie oft kam es vor, dass sie abgerissen wurden?«

»Unregelmäßig«, sagte Nordenberg. »Manchmal vergingen ein paar Monate, manchmal nur zwei Wochen.«

War Pfeisingers Mörder regelmäßig in die Wohnung gegangen? Dörfner überlegte, welchen Grund es dafür geben könnte. Vielleicht hatte er die Vorhänge auf- und zugezogen, um den Nachbarn vorzutäuschen, dass Pfeisinger noch lebte. Das hätte er sich allerdings sparen können, denn außer Nordenberg hatte sich sowieso niemand für ihn interessiert.

»Haben Sie eine Theorie, was in der Wohnung vor sich ging?«, fragte er.

»Vielleicht war es ein Drogenversteck«, sagte Nordenberg. »Aber das erklärt nicht den Gestank. Ist Pfeisinger tot? Haben Sie ihn gefunden?«

»Ja, er ist vermutlich schon eine Weile tot. Mehr kann ich Ihnen leider nicht sagen.« Dörfner stand auf. »Hätten Sie was dagegen, wenn ich Ihre Aufzeichnungen mitnehme? Ich meine, ohne Ihre aufwendige Recherche wären wir ziemlich aufgeschmissen.«

Nordenberg wirkte überrascht. »Sie glauben mir?«

»Keinem der Nachbarn, die wir bis jetzt befragt haben, ist irgendwas aufgefallen. Ich glaube, dass Sie ein sensibler Mensch sind, der sich für seine Umgebung interessiert«, sagte Dörfner.

Nordenberg schlug das Ringbuch zu, machte aber keine Anstalten, es ihm zu überreichen. »Wissen Sie, ich war schon beim Arzt. Manchmal kommen einem ja selbst Zweifel. Vielleicht liegt es an der Schilddrüse. Oder an den Frontallappen. Der Psychotherapeut glaubt, ich habe paranoide Wahnvorstellungen. Natürlich hat er das nicht gesagt, aber ich habe heimlich in meine Akte gesehen, als er telefonierte.«

»Ich bin nur Polizist«, sagte Dörfner, »aber ich weiß, dass die Wirklichkeit jede Paranoia übertreffen kann.«

»Also gut.« Nordenberg gab ihm das Ringbuch und ging zum Regal, um den Aktenordner herauszunehmen. »Aber ich brauche eine Quittung. Außerdem bewahre ich Kopien an einem sicheren Ort auf. Wäre ja keine Überraschung, wenn bei der Polizei belastende Unterlagen einfach verschwinden.«

Dörfner sah ihn zum ersten Mal grinsen.

Nachdem sie die restlichen Wohnungen abgearbeitet hatten, wollte Lammers noch einmal zu einem Nachbarn, der sie auf später vertröstet hatte. Dörfner verließ das Haus, um schon mal sein Fahrrad im Dienstwagen zu verstauen. In der Eile am Morgen hatte er es an den Gitterzaun neben den Mülltonnen gekettet.

Als er um die Ecke kam, sah er das Schloss in der schlammigen Wiese liegen, aber das Fahrrad war verschwunden. Dörfner fluchte. Auch wenn es nicht sein bestes Rennrad war, hatte es knapp dreitausend Euro gekostet. Er hob das Schloss auf und begutachtete die Kette. Sie war sauber in der Mitte durchgetrennt worden.

»Hey!«, rief jemand mit hoher Stimme.

Dörfner drehte sich um. Auf der Mauer neben den Müllcontainern saß ein Junge. Er war vielleicht zwölf Jahre alt. Trotz des kühlen Wetters trug er nur ein T-Shirt. Er hatte die dünnen Arme vor der Brust verschränkt. Dörfner ging zu ihm. Der Junge grinste auf ihn herab.

»Suchst du was?«

»Wie heißt du?«, fragte Dörfner.

»Geht dich nichts an.«

»Doch. Ich bin Polizist. Wenn ich will, kann ich deine Personalien aufnehmen.«

Der Junge ließ die Sohlen seiner schmutzigen weißen Turnschuhe gegen die Mauer prallen. »Karim«, sagte er schließlich.

»Also, Karim. Hast du gesehen, wer mein Fahrrad gestohlen hat?«

Wortlos streckte Karim ihm seine Hand entgegen. Dörfner bemerkte, dass er die Fingernägel bis aufs Fleisch abgekaut hatte. »Du willst Geld?«, fragte er ungläubig.

Der Junge nickte.

»Findest du das richtig? Ich meine, es hätte ja auch dein Fahrrad sein können.«

»Ich habe kein Fahrrad«, sagte Karim. »Meine Eltern können sich so was nicht leisten. Die kriegen Hartz IV.« Er versuchte, es so klingen zu lassen, als wäre er stolz darauf.

»Okay.« Dörfner zog einen Zehner aus dem Portemonnaie.

Karim machte keine Anstalten, ihn zu nehmen. »Das Fahrrad sah ziemlich teuer aus«, sagte er stattdessen.

»Zwanzig?«, fragte Dörfner.

»Dreißig.«

»Ich könnte dich auch mit auf die Wache nehmen.«

»Wie du meinst.«

Dörfner gab ihm dreißig Euro. Karim stopfte sich die Scheine in die Hosentasche und zeigte zu dem Flachbau, in dem sich die Garagen befanden.

»Das letzte Tor«, sagte er.

Die Garagen lagen etwa fünfzig Meter entfernt. Dörfner ging quer über die nasse Wiese darauf zu. Das Pochen in seinem Kopf, das während der Befragungen eine Pause eingelegt hatte, meldete sich zurück. Er drehte sich zu dem Jungen um. Karim saß auf seinem Platz und sah ihm nach.

Das Garagentor war nur angelehnt. Schwungvoll zog Dörfner es auf. Bis auf ein abgewetztes Sofa und ein paar Bierdosen auf dem nackten Betonboden war die Garage leer. An die Rückwand hatte jemand mit roter Farbe *ACAB* gesprüht. All cops are bastards. Dörfner war nicht in der Stimmung, um das witzig zu finden.

Er schlug das Tor zu und lief zurück zu den Müllcontainern. Karim saß nicht mehr auf seiner Mauer. Natürlich nicht. Dörfner hob das aufgesägte Schloss auf und warf es in die Mülltonne. Langsam bekam er schon wieder Durst auf ein Glas Gin Tonic.

10

Die vier Jahre bei den Mordermittlern hatten Hanna Weiß verändert. Obwohl ihre Aufgabe vor allem darin bestand, ihre Kollegen mittels Informationstechnologie zu unterstützen, hatte Kant sie doch immer wieder zu Zeugenbefragungen mitgenommen, wenn Personalmangel bestand. Was eigentlich permanent der Fall war. Es machte sie immer noch nervös, mit fremden Menschen zu sprechen, aber sie brach nicht mehr gleich in Panik aus. Trotzdem genoss sie es, allein in den Büroräumen zu sein. Wenn Kant und die anderen unterwegs waren, konnte sie sich ganz auf den Fall konzentrieren, ohne ständig von den Tücken der sozialen Interaktion abgelenkt zu werden.

Ihre Aufgabe für die nächste Tage war klar: aus sämtlichen verfügbaren Quellen jedes Körnchen Information herauszufiltern, das über das mutmaßliche Mordopfer vorhanden war. Bis jetzt wussten sie fast nichts. Hubert Pfeisinger, geboren in Grafing bei München, Rentner, verwitwet, einundachtzig Jahre. Vor zehn Jahren hatte er sich im Klinikum Großhadern ein künstliches Hüftgelenk einsetzen lassen. Die Abfrage des Melderegisters hatte ergeben, dass er weder Kinder noch Geschwister hatte. Seine Ehefrau, Irma Pfeisinger, war vor acht Jahren gestorben. Seit über dreißig Jahren wohnte er in der Linkstraße. Das ließ darauf schließen, dass er über keine großen finanziellen Mittel verfügt hatte.

Weiß betrachtete das Passfoto. Sie fand, dass er darauf aussah wie ein pensionierter Versicherungsangestellter. Harmlos.

Durchschnittlich. Vielleicht ein wenig verbittert über die verpassten Chancen im Leben. Wie wurde ein solcher Mann Opfer eines brutalen Verbrechens?

Zum zweiten Mal an diesem Tag rief sie bei der Wohnungsgesellschaft an. Die DMG war 2011 aus einer gemeinnützigen Gesellschaft hervorgegangen, als die Bayerische Landesbank Tausende von Sozialwohnungen privatisierte. Der DMG gehörten unter anderem zahlreiche Hochhäuser und Wohnblöcke im Hasenbergl. In letzter Zeit war sie in die Schlagzeilen geraten, weil man ihr vorwarf, Mieten unverhältnismäßig zu erhöhen und alteingesessene Mieter aus den Wohnungen zu drängen, um diese zu verkaufen oder teurer zu vermieten.

Weiß ließ sich mit der Sachbearbeiterin verbinden, die für Pfeisingers Wohnung zuständig war. Frau Kobel. Ihre Stimme klang jung. Munter. Ein bisschen aufgekratzt. Weiß stellte sich vor, wie sie mit ihrem Drehstuhl herumwackelte und Kaugummiblasen platzen ließ.

»Es geht um die Zwangsräumung der Wohnung von Hubert Pfeisinger«, sagte Hanna, nachdem sie sich als Mitarbeiterin der Kriminalpolizei vorgestellt hatte.

»Das ist bei uns ein automatisierter Prozess. Wenn zwei Monate lang keine Mietzahlung eingegangen ist, erfolgt die fristlose Kündigung«, sagte Frau Kobel gut gelaunt. »Was möchten Sie denn genau wissen?«

»Wann hat Herr Pfeisinger zum letzten Mal seine Miete überwiesen?«

Hanna hörte Frau Kobel auf ihrer Tastatur tippen. Ein spitzes Klackern. Sie sah ihre lackierten Nägel vor sich. Wahrscheinlich blassrosa oder beige. Seriös, aber feminin. »Ah, ja. Das war … am dritten Januar. Im April wurde dann Räumungsklage eingereicht. So was kann sich ziemlich in die Länge ziehen.«

Weiß ließ sich die Nummer des Kontos geben, von dem Pfeisinger die Miete überwiesen hatte.

»Ich nehme an, Herr Pfeisinger hatte einen Dauerauftrag eingerichtet?«

»Moment. Nein. Die Zahlungen sind an unterschiedlichen Tagen eingegangen. Anscheinend hat er die Miete ganz altmodisch per Überweisung bezahlt.«

Weiß machte sich eine Notiz, bei der Staatsanwaltschaft einen Durchsuchungsbeschluss für das Konto zu beantragen. »Im Laufe des ganzen Verfahrens haben Sie doch sicher mit Herrn Pfeisinger gesprochen?«

»Augenblick. Nein, keine Kommunikation seinerseits. Wir haben ihn natürlich mehrfach angeschrieben. Aber es kam nie Antwort, weder mündlich noch schriftlich. Das wäre sonst hier dokumentiert. Auch bei dem Gerichtsverfahren hat er sich nicht geäußert.«

Höchstwahrscheinlich hatte Pfeisinger seine Miete nicht bezahlt, weil er im Januar schon tot war, dachte Weiß. »Ist das normal? Bei einem Achtzigjährigen? Dass dem einfach so gekündigt wird?«

»Wir entscheiden nach Sachlage. Bei uns wird nicht nach Alter diskriminiert«, sagte Kobel. »Das verstößt gegen unsere Unternehmensphilosophie.«

Erst hielt Hanna es für einen zynischen Witz, aber dann begriff sie, dass Kobel es ernst meinte. Sie musste schlucken, um sich ihren Ärger nicht anmerken zu lassen. »Wann hatten Sie zuletzt Kontakt mit Herrn Pfeisinger?«, fragte sie.

»Ich arbeite erst seit drei Jahren hier. Ich habe nie mit ihm gesprochen.«

»Gab es irgendwelche besonderen Vorfälle? Beschwerden der Nachbarn oder Ähnliches?« Hanna hörte, wie im Hintergrund Telefone klingelten, während Frau Kobel nachdachte oder eine neue Datei aufrief. Und sie nahm ein leises Pochen wahr, als klopfte ihre Gesprächspartnerin mit ihren hochhackigen Schuhen ungeduldig auf den Boden.

»Hier steht nichts drin. Aber ich erinnere mich, dass der Herr Nordenberg aus dem vierten Stock sich öfter über unangenehmen Geruch aus der Wohnung beklagt hat. Der beschwert sich allerdings ständig über alles. Und den direkten Nachbarn ist nichts aufgefallen, deshalb haben wir da nicht weiter nachgeforscht.«

Weiß fragte sich, ob man Polizistin sein musste, um unter den vorliegenden Umständen sofort an einen Todesfall zu denken. Der Sonnenschein am anderen Ende der Leitung war von solch trüben Gedanken offenbar verschont geblieben. Irgendwie beneidenswert.

»Wo sind die Sachen aus Herrn Pfeisingers Wohnung jetzt?«, fragte sie.

»Im Lager der Spedition. Wir sind gesetzlich verpflichtet, sämtliches Eigentum mindestens zwei Monate aufzubewahren. Falls der Mieter seine Schulden begleicht und für die Kosten der Räumung und der Einlagerung aufkommt, kann er seine Sachen dort abholen.«

»Das wird in diesem Fall nicht passieren.« Sie ließ sich den Namen und die Anschrift der Speditionsfirma geben. Sobald sie das Einverständnis der Staatsanwaltschaft hatte, was in diesem Fall reine Formsache war, würde die Spurensicherung sich das Lager vornehmen.

Frau Kobel räusperte sich. »Nur eine Frage noch«, sagte sie, als wäre sie diejenige, die angerufen hatte. »Wann kann ich denn die Handwerker in die Wohnung schicken? Bei der Situation auf dem Wohnungsmarkt kann ja niemand Interesse an unnötigem Leerstand haben.«

»Die Wohnung wird versiegelt und darf nicht betreten werden, bis unsere Ermittlungen abgeschlossen sind«, entgegnete Weiß.

»Können Sie mir ein Datum nennen?«

»So was kann sich ziemlich in die Länge ziehen«, sagte Weiß. »Wir melden uns dann. Auf Wiederhören.« Sie legte auf, bevor Frau Kobel noch etwas sagen konnte.

Seit der alte Mann im Januar zum letzten Mal seine Miete überwiesen hatte, gab es also kein Lebenszeichen mehr von ihm. Es war nicht ausgeschlossen, dass er eines natürlichen Todes gestorben war und jemand, der Zugang zu seiner Wohnung hatte, vielleicht ein Freund oder Bekannter, seine Leiche gefunden hatte. Aber warum hätte derjenige ihn portionsweise einfrieren und ein halbes Jahr später an der Autobahn verteilen sollen?

Zum Glück musste sie sich nicht darüber den Kopf zerbrechen, das war Kants Aufgabe. Sie sammelte nur Informationen. Bis jetzt hatte sie noch niemanden gefunden, der Hubert Pfeisinger persönlich kannte. Da er keine Angehörigen mehr hatte, nahm Hanna sich als Nächstes seine verstorbene Frau vor. Irma hatte eine Schwester, die noch lebte. Siegrid Heufeld. Sie war einundsiebzig Jahre alt und in Fürstenfeldbruck gemeldet. Jemand musste dort hinfahren, um sie über den Tod ihres Schwagers zu informieren und bei der Gelegenheit ein paar Fragen zu stellen.

Weiß räumte ihren Schreibtisch auf und ging durch die Räumlichkeiten, um vergessene Kaffeetassen einzusammeln. Sie freute sich schon auf ihren Feierabend. Ein heißes Bad, eine Tiefkühlpizza, ein Date mit dem Fernseher. Da fiel es ihr wieder ein. Heute war der Termin, den sie so lange vor sich hergeschoben hatte, bis ihr keine Ausrede mehr eingefallen war. Sie spürte, wie sich ihr Magen zusammenzog. Eines Tages würde sie sich dafür an ihrer Schwester rächen.

11

Das Kreischen der elektrischen Kaffeemühle weckte sie. Orientierungslos sah sie sich um. Sie lag nicht in ihrem Bus, sondern in einem engen Zimmer. Auf einem Sofa. Neben ihr ein Holztisch mit Buddelschiffen. Die Wohnung ihrer Großeltern. Ein warmes Gefühl breitete sich in ihrem Bauch aus, als sie an ihre Großmutter dachte. Aber Oma war tot. Ausgetauscht gegen eine Fremde. Das warme Gefühl verschwand. Sie stand auf und zog ihre Turnschuhe an. Was hatte sie sich nur dabei gedacht, hier aufzutauchen? Sie fühlte sich wie ein Eindringling, und das war sie ja auch.

In diesem Moment klopfte es, die Tür ging auf, und Evis rundes Gesicht erschien in dem Spalt. Gefolgt von dem Geruch von frischem Kaffee und Rührei. »Komm, du Langschläferin«, sagte die Ersatzoma fröhlich. »Frühstück ist fertig. Und wir haben viel zu tun.«

Noch benommen vom Schlaf taumelte Toni ihr hinterher zur Küche. Dann fiel ihr ein, dass es vielleicht komisch wäre, in Unterhose und T-Shirt durch die Wohnung zu laufen. Ihren Rucksack hatte sie gestern einfach im Korridor an die Wand gelehnt, aber da stand er nicht mehr. Evi, die gerade aufgebackene Semmeln aus dem Ofen holte, bemerkte ihren Blick.

»Ich habe deine Wäsche in die Maschine geworfen. Sie ist schon im Trockner. Dauert nur noch ein paar Minuten. Du brauchst doch was Ordentliches zum Anziehen.«

»Wo ist mein Rucksack?«

»Steht im Bad«, sagte Evi, während sie eine große Portion Rührei auf Tonis Teller löffelte.

Auch wenn sie nichts zu verbergen hatte, gefiel es Toni nicht, dass Evi in ihren Sachen herumwühlte. Sie ging in das fensterlose Bad, wo ihr Rucksack an der braun gefliesten Wand lehnte, und vergewisserte sich, dass die Tagebücher ihrer Mutter noch darin lagen.

»Nimm dir meinen Bademantel vom Haken«, rief Evi aus der Küche. »Damit du nicht frierst.«

Aus Trotz ignorierte Toni ihren Vorschlag und setzte sich in Unterhose und T-Shirt zu ihr an den Tisch. »Wo ist mein Opa?«, fragte sie.

»Im Wohnzimmer. Morgens wird er nicht gern gestört. Seit seiner Krankheit braucht er viel Ruhe.«

Soweit ich weiß, war das vorher auch schon so, dachte Toni. Warum sollte er sich auch in die Küche bequemen, nur weil seine Enkelin, die er seit fünfzehn Jahren nicht mehr gesehen hatte, plötzlich wieder auftauchte? Wenn sie hier nicht willkommen war, würde sie eben wieder auf der Straße übernachten. Allerdings gab es keinen Grund, das Rührei verkommen zu lassen, schließlich musste sie sowieso noch warten, bis ihre Wäsche trocken war. Mit gesenktem Blick begann sie, das Essen in sich hineinzuschaufeln.

»Als Erstes fahren wir zur Arbeitsagentur«, sagte Evi. »Auch wenn du lange weg warst, hast du die gleichen Rechte wie jeder andere deutsche Staatsbürger. Wir stellen einen Antrag auf Hartz IV. Und sobald der bewilligt wird, können wir dir eine eigene Wohnung suchen.«

»Ich weiß nicht«, sagte Toni. »Das kann doch ewig dauern.«

Evi griff nach ihrer Hand. Ihre Haut fühlte sich warm und weich an. »Ach, komm. Ich weiß, dass das nicht einfach ist für dich. Du kennst uns ja kaum. Aber wir sind doch eine Familie. Sonst ist ja keiner mehr übrig.«

Toni spürte, wie die Vertrautheit, die sich am gestrigen Abend zwischen ihnen entwickelt hatte, langsam zurückkehrte. Außerdem hatte Evi recht, man musste systematisch vorgehen, eins nach dem anderen erledigen, Anträge stellen, Fristen beachten, Dokumente aufbewahren, sonst endete man wie ihre Mutter. Und es war gut, wenn man jemanden hatte, der einem dabei half. Jemanden, der mit den Gesetzen und der Bürokratie vertraut war.

»Okay«, sagte sie.

Evi ließ ihre Hand los. »Tut mir leid, dass ich an deine Sachen gegangen bin, ohne zu fragen.«

»Vielleicht hätte ich meinen stinkenden Rucksack nicht im Korridor stehen lassen sollen«, erwiderte Toni.

Evi lachte. »Ich bin es so gewohnt, mich um andere zu kümmern, dass ich manchmal zu weit gehe.«

Evi hatte nur eine Tasse Kaffee getrunken, und während Toni ihren Teller leer aß, spülte sie die Pfanne, wischte über die ohnehin schon fleckenlose Arbeitsfläche, polierte Weingläser und summte dabei leise vor sich hin. Toni versuchte sich vorzustellen, wie es wäre, so eine Frau als Mutter gehabt zu haben. Es gelang ihr nicht. Die Welten lagen zu weit auseinander.

Nach dem Frühstück holte Toni ihre Kleider aus dem Trockner. Sie fühlten sich seltsam an, weich und statisch aufgeladen. Während Evi ihre Sachen zusammensuchte, wartete sie im Korridor. Die Tür zum Wohnzimmer war zu. Durch die geriffelte Glasscheibe konnte man nur erkennen, dass kein Licht brannte, obwohl draußen ein weiterer trüber Herbsttag angebrochen war. Sie trat einen Schritt näher und lauschte. Kein Geräusch. Nur Evi, die im Schlafzimmer umherging. Kurz entschlossen drückte Toni die Klinke der Wohnzimmertür herunter. Sie war abgeschlossen.

»Auf geht's«, hörte sie Evis Stimme hinter sich. Schnell ließ sie die Klinke los und machte einen Schritt zurück. Evi zwinkerte ihr zu, als sie in einer Wolke aus Parfüm an ihr vorbeirauschte. Toni wusste nicht, ob sie sich ertappt fühlen sollte oder ob Evi ihr signalisieren wollte, dass sie beide Verbündete waren.

Im Auto drehte Evi das Radio auf. Ständig wechselte sie die Spur, um Hindernissen auszuweichen, trat aufs Gas, bis das Getriebe aufheulte, bremste nur Zentimeter vor der Stoßstange der vorausfahrenden Autos. Jede rote Ampel brachte sie zum Fluchen. Toni war froh, als sie ihren Twingo endlich in eine Parklücke gegenüber dem einschüchternden Gebäude der Arbeitsagentur quetschte. Sofort riss Evi die Tür auf und überquerte in einem riskanten Manöver die Straße. Toni folgte ihr in das Foyer mit seinen Glastüren, weißen Säulen und quadratischen Bodenfliesen. Ihr Ausflug endete abrupt am Empfangsschalter.

»Wir wollen einen Antrag auf Hartz IV stellen«, rief Evi dem Mann hinter der Glasscheibe zu. »Wo müssen wir da hin?«

»Haben Sie einen Termin?«

»Nein.«

»Persönliche Vorsprache ist leider nur noch nach Anmeldung möglich. Sie müssen telefonisch oder online einen Termin vereinbaren«, sagte der Angestellte mit monotoner Stimme.

Evi legte die Hände auf die schmale Theke, stellte sich auf die Zehenspitzen und brachte ihr Gesicht nahe an die Scheibe. »Das ist ein Notfall. Meine Tochter ist mittellos. Sie braucht sofort Hilfe.«

Toni sah sie verwundert an. Das Lügen schien ihr nicht schwerzufallen. Toni fragte sich, ob sie sich das vorher zurechtgelegt hatte oder ob es ein spontaner Einfall gewesen war.

»Sie können den Antrag auch online stellen«, sagte der Mann unbeeindruckt.

»Ja, ja. Ich gehe aber nicht, bevor ich mit einem Sachbearbeiter gesprochen habe.«

Der Mann hinter der Scheibe atmete einmal tief durch. Er wirkte eher gelangweilt als verärgert. »Sie kommen schneller an Ihr Geld, wenn Sie sich vernünftig verhalten.«

»Leck mich«, sagte Evi. »Ihr werdet alle von unserem Steuergeld bezahlt, und dann tut ihr so, als wäre es euer eigenes Geld, das ihr hier verteilt.« Sie drehte sich zu Toni um. »Komm, wir gehen rein.«

Toni sah, wie der Angestellte auf einen Knopf drückte und in ein Mikrofon sprach. Es konnte nicht mehr lange dauern, bis der Sicherheitsdienst auftauchte und sie rauswarf. Die ganze Situation war ihr unangenehm, obwohl es sich gleichzeitig gut anfühlte, dass sich jemand so für sie einsetzte. Es war eine ganz neue Erfahrung.

»Hey«, sagte sie und legte sanft die Hand auf Evis Unterarm. »Lass uns nach Hause fahren. Ihr habt doch bestimmt einen Computer, da können wir …«

Evi streifte ihre Hand ab. Toni erschrak, als sie den Hass in ihren Augen funkeln sah. Aber dann, nur eine Sekunde später, blickte sie wieder so freundlich und unschuldig, dass Toni sich nicht sicher war, ob sie es sich nur eingebildet hatte.

»Meinetwegen«, sagte Evi und machte eine abfällige Handbewegung in Richtung des Empfangsangestellten. »Lohnt sich nicht, sich wegen diesem Wichtigtuer hinter seiner kugelsicheren Scheibe aufzuregen.«

Eine halbe Stunde später stiegen sie wieder die Treppe zur Wohnung in der Linkstraße hinauf. Evi öffnete die Tür und schaltete den Computer an, der im ehemaligen Kinderzimmer neben dem Tisch mit den Buddelschiffen auf einem antiken Sekretär am Fenster stand. Sie sagte, sie müsse für das Mittagessen einkaufen, und ließ Toni allein.

Als Toni hörte, wie die Tür ins Schloss gezogen wurde, beschloss sie, nach ihrem Großvater zu sehen. Die Wohnzimmertür war immer noch abgesperrt. Kein Geräusch drang heraus. Sie überlegte, ob sie anklopfen sollte, dachte dann aber, dass er vielleicht schlief. Außerdem wusste sie sowieso nicht, worüber sie eigentlich mit dem alten Mann reden sollte.

Sie setzte sich an den Computer mit der verstaubten Tastatur und dem klobigen Bildschirm aus dem letzten Jahrtausend, rief die Seite der Agentur für Arbeit auf und las sich durch, was sie für einen Antrag auf Hartz IV benötigte. Unter anderem brauchte sie eine Bescheinigung über einen Wohnsitz in Deutschland. Und ein Konto, auf welches das Geld überwiesen werden konnte. Wozu sie ebenfalls eine Meldeadresse brauchte. Wenn sie Evi fragte, erlaubte sie ihr vielleicht, sich bei ihnen anzumelden. Andererseits löste die Vorstellung, ihren Status als Untermieterin ihres geisterhaften Großvaters und seiner Pflegerin Schrägstrich Lebensgefährtin zu zementieren, ein beklemmendes Gefühl bei ihr aus. Sie hatte ihr altes Leben nicht aufgegeben, um sich in neue Abhängigkeiten zu stürzen.

Frustriert schaltete sie den Computer aus und legte sich auf das Sofa. Wie gut wäre es jetzt, eine Freundin zu haben. Irgendjemanden, mit dem sie reden könnte. Hätte ihre Mutter sie nicht mit nach Portugal geschleppt, um sich selbst zu verwirklichen, säße sie jetzt vielleicht mit ihren Freundinnen in der Cafeteria der Uni. Sie würde in einem eigenen kleinen Zimmer im Studentenheim wohnen, jeden Tag dreihundert Nachrichten auf ihr Smartphone bekommen und nachmittags im Park Frisbee spielen. Vielleicht hätte sie sogar einen Freund, der sie zum Essen einlud und mit ihr Tanzen ging und am nächsten Morgen die Vorlesungen ausfallen ließ, um den ganzen Tag mit ihr im Bett zu verbringen.

Das alles und vieles mehr hätte sein können, wenn ihre Mutter weiter in ihrem verdammten Fotostudio gearbeitet hätte, statt ihren Träumen nachzurennen. Um dann depressiv zu werden, von der Steilküste zu springen und ihre Tochter allein zurückzulassen. Ohne Geld, ohne Ausbildung, ohne Vorbereitung auf das Leben.

Sie fragte sich, ob sie einmal genauso enden würde wie ihre Mutter. Was hatte ihre Mutter damals empfunden, als sie Deutschland verließ? Das Gleiche, was sie jetzt empfand? Wenn man genauer darüber nachdachte, unterschied sich ihre Situation vielleicht gar nicht so sehr. Mehr oder weniger allein in einem fremden Land.

Toni stand auf, holte die Tagebücher aus dem Rucksack und setzte sich damit wieder auf das Sofa. Drei einfache schwarze Bände mit stabilem Pappdeckel. Von eins bis drei durchnummeriert. Die Ecken abgestoßen. Übersät von Flecken und Kratzern. Wer weiß, wofür sie schon alles als Unterlage gedient hatten.

Sie hatte bisher noch nicht gewagt, sie aufzuschlagen. Eine Mutter, die im Tagebuch ihrer Tochter las, war eine Sache; aber eine Tochter, die im Tagebuch ihrer Mutter las, das kam ihr vor, als würde sie an ihrer Schlafzimmertür lauschen. Sie war sich nicht sicher, ob sie wirklich die intimsten Wünsche und Gedanken ihrer Mutter erfahren wollte. Andererseits, wenn ihre Mutter nicht gewollt hätte, dass sie darin las, hätte sie die Bücher ja entsorgen können, bevor sie ihrem Leben ein Ende setzte.

Toni schlug den ersten Band auf. *6. Mai 1993*, stand ganz oben auf der linierten Seite. Ihre Mutter war vierzehn Jahre alt gewesen.

Hallo Tagebuch!
Du bist ein Geschenk meiner Mutter. Ich glaube, ich habe dich bekommen, weil sie ein schlechtes Gewissen hat. Normalerweise kriege ich nämlich keine Geschenke einfach so zwischendurch, aber nachdem sie mich gezwungen hat, aus unserer schönen Wohnung in Schwabing hierherzuziehen, wollte sie sich wohl bei mir einschleimen. Ich kenne niemanden hier. Im Ghetto. So hat es Sandra genannt, als sie noch meine Freundin war. Ich glaube nicht, dass sie mich noch mal besuchen kommt. Deshalb werde ich wahrscheinlich viel Zeit haben, in dich reinzuschreiben. Aber nicht heute. Ich muss noch Mathehausaufgaben machen. Kotz. Und heute Abend kommt der Schweißer aus Hamburg zurück. Also, bis später!

Der Schweißer?, dachte Toni. Sie hat ihren eigenen Vater *den Schweißer* genannt?

Toni hörte, wie die Wohnungstür aufgeschlossen wurde. Im Flur raschelten Tüten, in der Küche schlugen Schranktüren und Schubladen, dann näherten sich Schritte über den Korridor. Ohne zu wissen warum, versteckte sie die Tagebücher in dem Schlitz zwischen Wand und Sofa, bevor Evi ins Zimmer kam, um sie zum Mittagessen zu rufen.

12

Kant und Rademacher warteten seit einer Viertelstunde unter dem Vordach der Lagerhalle hinter dem Ostbahnhof auf den Gerichtsvollzieher. Endlich näherte sich ein schweres Motorrad durch das Gewerbegebiet und hielt in einer Pfütze vor dem Eingang. Als der Fahrer seinen Helm abnahm, kamen ein überraschend junges Gesicht und schulterlanges Haar zum Vorschein. Der Mann stellte sich als Thomas Böhm vor. »Entschuldigen Sie die Verspätung«, sagte er. »Ich musste noch die Schlüssel bei der Spedition abholen.«

Kant fragte sich, was ihn das anging. Und ob man von einem Gerichtsvollzieher nicht wenigstens Pünktlichkeit erwarten konnte. Er war schlecht gelaunt. Die dritte Nacht in seiner stillen Wohnung hatte ihm kaum Schlaf gebracht. Und Rademachers Verfassung trug auch nicht zu seiner Aufmunterung bei. In letzter Zeit schwankte dessen Stimmung zwischen ungewohnter Redseligkeit und demonstrativem Desinteresse. Offenbar schlenderte er in Gedanken schon über seinen Campingplatz an der Nordsee, um zu kontrollieren, ob alle Fahrzeuge ordnungsgemäß auf ihren Parzellen parkten und die Leinenpflicht für Hunde eingehalten wurde. Oder was auch immer man als Campingplatzbesitzer so tat. An diesem Morgen hatte Anton außer einem gelegentlichen Brummeln jedenfalls noch nichts von sich gegeben.

Böhm schloss die Stahltür auf und drückte auf den Lichtschalter. Die Leuchtstoffröhren unter der Decke der fensterlosen Halle flammten auf. Zu beiden Seiten des breiten Mittelgangs erstreckten sich vier Meter hohe Gitterabteile. Ein Gefängnis für Möbel, in dem es nach Gummi und feuchten Spanplatten roch.

Sie passierten einen Gabelstapler, der an seiner Ladestation schlummerte, bogen an einer Kreuzung nach links ab und blieben vor dem Abteil mit der Nummer 32b stehen. Böhm nahm seinen Rucksack ab und zog einen Ordner heraus.

»Das ist die vollständige Liste der Gegenstände, die in Pfeisingers Wohnung vorgefunden wurden.«

Er öffnete das Vorhängeschloss und zog die Tür auf. Das Abteil war vielleicht fünf mal fünf Meter groß. Auf einer Seite standen Möbel aus billigem Furnierholz, auf der anderen türmten sich Kartons. Dazwischen Lampen mit staubigen Schirmen, gestapelte Stühle, aufgerollte Teppiche, Küchengeräte, ein museumsreifer Staubsauger. Ein ganzes Leben platzsparend verstaut.

»Hier wird der gesamte Besitz aufbewahrt, falls der Mieter seine Schulden und die Lagerkosten begleicht und ihn abholen will«, sagte Böhm. »Das kommt allerdings kaum vor. Nach Ablauf der Frist können die Sachen theoretisch versteigert werden. Praktisch landet allerdings fast alles im Müll.«

Rademacher begann, zwischen den Möbeln umherzugehen und Schubladen und Schranktüren aufzuziehen. »Als Sie in der Wohnung waren, ist Ihnen da irgendwas aufgefallen?«, fragte Kant.

Böhm lehnte sich mit dem Rücken an das Metallgitter. »Die Wohnung wirkte sehr ordentlich. Viele Mieter, die ihren Zahlungsverpflichtungen nicht nachkommen, lassen alles stehen und liegen und suchen sich einfach eine neue Wohnung. Die bringen nicht mal den Müll runter. Aber bei Pfeisinger war alles aufgeräumt. Allerdings lag eine dicke Staubschicht auf den Möbeln.«

»Hat Sie das nicht stutzig gemacht?«

Links von ihnen rumpelte es, als Rademacher sich einen Weg durch die alten Möbel bahnte. Böhm lächelte gezwungen.

»Ich versuche, mir keine Gedanken über das Schicksal der Leute zu machen. Wenn man sich zu sehr darauf einlässt, macht man sich nur selbst kaputt.«

»Und dass Pfeisinger nie erreichbar war, hat sie auch nicht irritiert?« Kant ärgerte sich, dass man die Wohnung ausgeräumt hatte. Falls Pfeisinger dort getötet worden war oder ein Kampf stattgefunden hatte, waren die meisten Spuren sicherlich vernichtet.

»Das ist nicht so ungewöhnlich«, sagte Böhm.

»Haben Sie viele achtzigjährige Mietnomaden?«

Böhm zog den Reißverschluss seiner Lederjacke auf, als wäre ihm plötzlich zu warm. »Was wollen Sie mir unterstellen? Ich habe nur meinen Job gemacht.«

»Natürlich«, sagte Kant. »Damit kann man alles rechtfertigen.«

Weder die Hausverwaltung noch der Hausmeister oder der Gerichtsvollzieher schienen sich im Geringsten für Pfeisingers Schicksal interessiert zu haben. Niemand hatte irgendwelche Warnsignale wahrgenommen. Solange er seine Miete zahlte, wurde er geduldet, und danach musste er eben raus. Tot oder lebendig, was spielte das schon für eine Rolle.

»Haben Sie irgendwelche persönlichen Unterlagen von Herrn Pfeisinger gefunden?«

Böhm schien erleichtert, dass Kant das Thema wechselte. Er stieß sich von dem Metallgitter ab und ging zu einem Stapel Kartons in der Ecke.

»Alles hier drin.« Er warf einen Blick auf seine Liste. »Karton Nummer 12 enthält sämtliche Unterlagen aus den Schreibtischschubladen. In Nummer 14 und 15 sind Aktenordner aus dem Regal im Wohnzimmer.«

»Okay«, sagte Kant. »Die nehme ich gleich mit ins Präsidium. Gab es irgendwelche Wertsachen in der Wohnung?«

»Kein Bargeld, keine Wertpapiere, keine Kunstgegenstände oder Ähnliches. Keine Autoschlüssel. Der Fernseher ist ein Billiggerät und der Videorekorder höchstens noch für ein Technikmuseum interessant.«

»Vielleicht Schmuck von seiner verstorbenen Frau?«

Böhm schüttelte den Kopf. »Nichts.«

Vielleicht hatte der Mörder alles Wertvolle aus der Wohnung mitgenommen. Aber konnte das wirklich das Motiv sein? Auf den ersten Blick wirkte es jedenfalls nicht, als wäre Hubert Pfeisinger ein lohnendes Opfer.

»Was ist das denn?«, ertönte Rademachers Stimme hinter einem halb zerlegten Schlafzimmerschrank. »Das gibt's doch nicht. Joachim, komm mal her.«

Kant ließ Böhm stehen und ging zu ihm. Rademacher hob gerade eine Decke an, die offenbar als Schutz über einem großen weißen Kasten lag.

Eine Gefriertruhe.

Kant spürte, wie sein Herzschlag sich beschleunigte. Hatte Pfeisinger darin gelegen, bevor seine Leichenteile an der Autobahn verstreut worden waren? In seiner eigenen Wohnung?

Das Gerät wirkte im Vergleich zu den anderen Möbeln neu. Dort, wo die Möbelpacker beim Transport die Staubschicht vom Deckel gewischt hatten, glänzte der weiße Lack, und auch an den Seiten war kein Kratzer zu erkennen. Rademacher zog Gummihandschuhe über und sah Kant an.

»Soll ich?«

Wenn das Gerät noch in der Wohnung gestanden hätte, dann hätte Kant auf die Spurensicherer gewartet, aber da sowieso schon alles mit fremden Abdrücken, Haaren und Hautschuppen kontaminiert war, konnte ein kurzer Blick nicht schaden. Er nickte.

Rademacher klappte den Deckel auf. Sein Gesicht blieb ausdruckslos. Die Truhe war vollkommen leer. Kant beugte sich vor und schnüffelte vorsichtig. Er nahm nur den stechenden Geruch eines Reinigungsmittels wahr. Hinter ihm knirschten Böhms Motorradstiefel auf dem Betonboden.

»Das ist das Einzige, was man eventuell noch verkaufen könnte«, sagte der Gerichtsvollzieher.

Kant drehte sich um und sah ihn so scharf an, dass er einen Schritt zurückwich.

»Ich muss das Interesse des Gläubigers im Auge behalten«, sagte Böhm.

»Und ich das Interesse des Opfers«, entgegnete Kant. »Sämtliche Gegenstände in diesem Raum sind hiermit beschlagnahmt. Bitte warten Sie draußen.«

Böhm zuckte mit den Schultern und ging hinaus in den Gang. »Ruf die Spurensicherung an«, sagte Kant zu Rademacher. »Und sag Oldenburg Bescheid, dass wir einen richterlichen Beschluss brauchen.« Er folgte Böhm vor die Tür.

»Wo genau stand die Truhe?«

Böhm warf einen Blick in seine Unterlagen. »Im Schlafzimmer, neben dem Kleiderschrank. In der Küche wäre auch gar nicht genug Platz gewesen.«

»War das Gerät eingeschaltet?«

»Weiß ich nicht.«

»Haben Sie den Deckel aufgemacht?«

»Die Möbelpacker haben hineingesehen, bevor sie die Truhe abtransportiert haben. Sie war leer.«

Kant fragte sich, ob der alte Mann in seiner Wohnung getötet und in der eigenen Gefriertruhe eingefroren worden war. Das Gerät war zwar für einen Einpersonenhaushalt überdimensioniert, aber nicht groß genug, um Pfeisinger darin zu verstauen. Der Mörder musste ihn vorher zerteilt haben. Das war eine blutige Angelegenheit, die Spuren hinterlassen haben musste. In der Wohnung hatte die Spurensicherung bisher nichts entdeckt, vielleicht wurde sie ja hier fündig.

Die Leichenteile an der Autobahn waren erst vor wenigen Tagen aufgetaut. Der Mörder musste sie also kurz vor der Zwangsräumung aus der Truhe geholt haben. Hatte er von der bevorstehenden Räumung gewusst oder war das reiner Zufall gewesen?

Die andere Frage war, wie lange Pfeisinger schon in der Truhe gelegen hatte. Niemand hatte ihn in den letzten Jahren gesehen. Niemand hatte mit ihm gesprochen. Niemand hatte ihn vermisst. Das einzige Lebenszeichen waren die regelmäßigen Überweisungen der Miete gewesen, und die hatten im Januar geendet. Vielleicht hatte aber auch jemand anders Zugriff auf Pfeisingers Konto gehabt. Kant hoffte, die Unterlagen aus der Wohnung würden darüber Aufschluss geben.

»Jeder nimmt einen Karton«, sagte er. »Und Sie, Herr Böhm, mache ich persönlich dafür verantwortlich, dass niemand diesen Raum betritt, bis die Spurensicherung alles ausgewertet hat.«

Sie holten die drei Umzugskisten mit den Akten aus dem Abteil und trugen sie zum Auto. Dann ging Kant noch einmal zurück, um den Computer einzuladen. Hanna Weiß würde sich freuen.

13

Petra Lammers hatte der alten Frau die Fahrt in die Stadt nicht zumuten wollen, außerdem hielt sie es für besser, in einer entspannteren Atmosphäre mit ihr zu reden, als es im Präsidium möglich war. Ihrer Erfahrung nach beflügelte das die Erinnerung. Am Telefon hatte Siegrid Heufeld deutlich gemacht, dass sie die Polizei nicht in ihrer Wohnung empfangen wollte, und stattdessen ein Treffen in einem Café im Einkaufszentrum von Buchenau vorgeschlagen. Während der knapp einstündigen Fahrt dachte Lammers darüber nach, was Rademacher ihr gerade erzählt hatte.

Er hatte sie auf dem Gang abgefangen und in sein Büro gebeten. Ungewohnt förmlich. Sie hatte sofort gewusst, dass es um etwas Ernstes gehen musste, als er ihr den Besucherstuhl zurechtrückte und sich steif hinter seinen Schreibtisch setzte. Ohne große Vorrede teilte er ihr mit, dass er aus dem Polizeidienst ausscheiden wolle.

Lammers konnte es kaum glauben. Nach seiner Krebsoperation hatte er sich so sehr bemüht, möglichst schnell wieder seinen Dienst anzutreten. Wäre er damals gegangen, hätte es jeder verstanden. Es wäre eine Leichtigkeit gewesen, sich ewig krankschreiben und schließlich frühpensionieren zu lassen. Aber offenbar hatte er ihnen oder vielleicht auch sich selbst beweisen müssen, dass er die Entscheidung aus freien Stücken traf. Nicht weil er krank war. Er setzte seine Altersabsicherung für seine Prinzipien aufs Spiel. Lammers respektierte ihn dafür. Wenn sie ehrlich war, hätte sie es ihm nicht zugetraut.

Rademacher war derjenige in ihrem Team, mit dem sie am wenigsten verband. Kant war ihr Chef und Förderer, und sie bewunderte ihn, auch wenn sie das natürlich nie zugegeben hätte. Hanna Weiß war eine Frau und altersmäßig nicht so weit von ihr entfernt, das stellte trotz aller anfänglichen Rivalität eine natürliche Gemeinsamkeit dar. Und Ben war Ben, ihr Partner, der mal mehr, mal weniger in sie verliebt war. Unter anderen Umständen – wenn sie nicht zusammenarbeiten würden und sie selbst sich nicht gerade in einer Phase befände, in der sie nicht sicher war, ob sie mit einem Mann oder einer Frau oder nur ihren Zimmerpflanzen zusammen sein wollte – wären sie wahrscheinlich schon ein Paar. Oder wenigstens einmal miteinander ins Bett gegangen.

Während sie und Ben über die B2 fuhren, vorbei an rechtwinkligen Feldern, Tankstellen, an denen sich abends die Jugendlichen zum Biertrinken trafen, und Werbeschildern für Burgerfabriken, überlegte Lammers, welche Veränderungen Rademachers Weggang mit sich bringen würde. Er war Kriminaloberkommissar, vielleicht würde jemand von ihnen befördert werden. Auf jeden Fall bräuchte Kant einen neuen Partner. Oder eine Partnerin. Wenn niemand Neues von außen kam, wäre sie als Dienstälteste die naheliegende Wahl.

Sie sah zu Ben, der mit einer Hand das Steuer hielt, mit der anderen am Radio herumfummelte, Kaugummi kaute, von irgendeiner neuen Netflix-Serie erzählte, die sie nicht interessierte, und alles andere tat, als sich auf den Verkehr zu konzentrieren. Hatte Rademacher ihn auch schon in seine Pläne eingeweiht? Wahrscheinlich nicht, sonst hätte Ben schon mit ihr darüber gesprochen. Schließlich konnte er kein Geheimnis länger als fünf Minuten für sich behalten. Sie beschloss, vorerst nicht mit ihm darüber zu reden.

Lammers fragte sich, wie er reagieren würde, wenn sie befördert und vielleicht sogar von ihm getrennt würde. Wahrscheinlich wäre er sauer, würde sich mit seinem Bruder betrinken, drei Tage schmollen, und danach hätte er sich damit abgefunden. Er war alles andere als nachtragend.

Ben bemerkte ihren Blick. »Ist was?«, fragte er.

»Nein, was soll sein?«

»Nichts. Ich frag bloß.« Er fuhr die Rampe zur Tiefgarage hinab. »Hätte ja sein können, dass was ist.«

Ben parkte den Wagen. Sie stiegen aus und gelangten durch ein enges Treppenhaus auf einen grau gepflasterten Platz. Pfützen bedeckten die rechteckigen Bodenplatten. Zwischen einem Sanitätshaus und einem Schuhgeschäft leuchtete das rote Schild einer Bäckereikette. Sie gingen vorbei an ein paar Tischen, die verlassen im Nieselregen standen, und betraten durch die Glastür das Café. Unangenehm warme und feuchte Luft schlug ihnen entgegen. Lammers entdeckte in der hinteren Ecke eine Frau, die mit dem Rücken zu ihnen allein an einem Tisch saß. Sie hatte die Hände auf die helle Holzplatte gelegt und betrachtete die Plastikblume in der Vase vor sich. Ihr Haar war zu blond, um echt zu sein.

»Frau Heufeld?«

Die alte Frau hatte sie nicht kommen gehört. Sie zuckte zusammen, und der ockerfarbene Mantel, den sie sich umgehängt hatte, rutschte von ihren Schultern. Lammers wollte ihn aufheben, aber Ben war schneller. Er stand einen Moment lang unschlüssig da, dann legte er ihr den Wollstoff wieder über den knochigen Rücken. Frau Heufeld schien es nicht einmal zu bemerken.

»Dürfen wir uns zu Ihnen setzen?«, fragte Lammers über das Zischen der Kaffeemaschine.

Frau Heufeld nickte. »Ich weiß zwar nicht, was Sie von mir wollen, aber bitte.« Ihre Stimme schwankte in der Tonhöhe, als hätte sie sie lange nicht benutzt und müsste sich erst wieder daran gewöhnen.

Lammers und Dörfner quetschen sich auf die Bank ihr gegenüber. »Ich möchte Ihnen noch mal mein Beileid zum Tod Ihres Schwagers aussprechen«, sagte Lammers förmlich.

Frau Heufeld winkte ab. »Ich wusste ja nicht mal, dass der Hubert noch gelebt hat. Bestellen Sie mir lieber noch einen Kaffee. Die Inflation knabbert mir schon Löcher ins Portemonnaie.«

Dörfner stand wieder auf und steuerte auf die Glastheke zu. »Und wenn Sie schon dabei sind, bringen Sie mir doch einen Krapfen mit Sahne mit«, rief Frau Heufeld ihm nach.

Okay, dachte Lammers, in körperlicher Hinsicht ist sie vielleicht gebrechlich, aber das hat sich noch nicht auf ihren Charakter ausgewirkt. Nur weil ihre Haut faltig und ihr Rücken krumm war, musste man sie nicht wie ein rohes Ei behandeln.

»Wann haben Sie Hubert Pfeisinger denn zuletzt gesehen?«

Frau Heufeld nahm ihre Brille ab, kramte ein Tuch aus ihrer Handtasche, polierte die Gläser und setzte sie wieder auf. Ihr Blick war klar und hart. Kein bisschen altersmilde. »Am Grab meiner Schwester. Das war vor acht Jahren.«

»Und danach hat er sich nie bei Ihnen gemeldet? Oder sie bei ihm?«, fragte Lammers. »Ich meine, hatten Sie kein gutes Verhältnis?«

»Wir hatten gar kein Verhältnis. Weder gut noch schlecht. Er war einfach nur der Mann meiner Schwester. Ich habe nie verstanden, warum sie sich für ihn entschieden hat. Vielleicht weil sie Angst hatte, dass sie keinen mehr abkriegt. Sie war ja schon über vierzig, als sie ihn geheiratet hat. Hubert war ein Langweiler. Und ein Geizkragen. Irma musste ihn ein halbes Jahr anbetteln, wenn sie einen neuen Staubsauger brauchte. Bis zum Schluss wollte er keine Spülmaschine kaufen.«

Und doch hat er sich nach ihrem Tod eine Gefriertruhe angeschafft, dachte Lammers. Eine Truhe, die für eine ganze Familie gereicht hätte. Jemand musste ihn dazu gebracht haben.

Dörfner kam mit einem Tablett zurück, stellte drei Tassen Kaffee auf den Tisch und machte eine kleine Show daraus, Frau Heufeld den Krapfen zu servieren. Sie ignorierte ihn wie einen etwas aufdringlichen Kellner.

»An meinem siebzigsten Geburtstag, das war vor drei Jahren, da wollte ich noch mal ein größeres Fest feiern. In einem Anflug von Sentimentalität habe ich auch Hubert eine Einladung geschickt. Er hat abgesagt. Schriftlich. Angeblich hatte er eine Kreuzfahrt gebucht. Eine ziemlich blöde Ausrede. Als ob der auf Kreuzfahrt gehen würde. Ich nehme an, er hatte einfach keine Lust. Danach habe ich mich nie mehr bei ihm gemeldet.«

»Haben Sie seinen Brief noch?«, fragte Dörfner.

Frau Heufeld nahm ihren Krapfen und biss gierig hinein. »Nein. Der ist direkt ins Altpapier gewandert.«

Lammers kniff die Lippen zusammen. Sie wussten nicht, wie lang Pfeisingers Leiche tiefgefroren gewesen war. Das Dokument hätte helfen können, seinen Todeszeitpunkt einzugrenzen. »Sind Sie sicher, dass Ihr Schwager den Brief selbst geschrieben hat?«, fragte sie.

Frau Heufeld sah sie irritiert an. »Ich bin natürlich davon ausgegangen. Jetzt, wo Sie es sagen, fällt mir ein, dass der Brief mit dem Computer geschrieben war. Ich habe mich noch gewundert, dass der überhaupt mit so einem Ding umgehen kann. Andererseits passte das irgendwie zu ihm. Immer so unpersönlich wie möglich.«

»Kennen Sie jemanden, der in letzter Zeit noch Kontakt zu Herrn Pfeisinger hatte?«, fragte Lammers. »Vielleicht Freunde von früher?«

Frau Heufeld leckte sich Zucker von den Fingerspitzen. »Nein. Ich kann mich nicht erinnern, dass er Freunde hatte. Moment. Einmal die Woche hat er Schafkopf gespielt. Jeden Dienstag, glaube ich. Das weiß ich noch, weil Irma und ich uns da manchmal getroffen haben. Um mal in Ruhe zu reden. Hubert kam dann immer spät nach Hause und ist gleich ins Bett gegangen.«

»Erinnern Sie sich, wo er gespielt hat?«, fragte Dörfner.

»Hm. Er ist immer zu Fuß gegangen. Das war so eine Kneipe, die zu irgendeinem Verein gehört hat. An einem Sportplatz. Sonst gibt's in der Gegend ja nicht viel. Ich habe noch nie verstanden, warum sie ausgerechnet da wohnen mussten. Wahrscheinlich um Geld zu sparen.« Frau Heufeld gab ein ungnädiges Schnauben von sich. »Sieht man ja, was dabei rausgekommen ist.«

Dörfner machte sich Notizen und begann, auf seinem Smartphone zu tippen. Lammers wollte einfach nicht glauben, dass der alte Mann die letzten Jahre seines Lebens in völliger Isolation verbracht hatte. Sie mussten mehr über ihn herausfinden.

»Was hat Ihr Schwager denn beruflich gemacht?«, fragte sie.

»Bremsen«, sagte Frau Heufeld. »Er hat Bremsen gebaut. Das beschreibt seinen Charakter gut. Für das Leben meiner Schwester war er auch eine Bremse.«

»Irgendwelche Arbeitskollegen, zu denen er noch Kontakt hatte?« Pfeisinger musste schon seit mindestens zehn Jahren in Rente gewesen sein, aber wenn man sein Leben lang beim selben Arbeitgeber angestellt gewesen war, musste es doch irgendwelche Freundschaften gegeben haben.

»Es gab mal jemanden, aber das ist schon lange her.« Frau Heufeld dachte einen Augenblick nach. »Schleemann hieß der. Wie der Schneemann, nur mit L. Paul Schleemann. Ich habe ihn drei- oder viermal in ihrer Wohnung getroffen. Vielleicht vor fünfzehn Jahren? Danach nicht mehr. Ich glaube, Irma hat mal erwähnt, dass die beiden sich zerstritten hätten.«

»Weswegen?«, fragte Lammers.

»Weiß ich nicht. Hat mich auch nie interessiert.«

Lammers notierte sich den Namen, auch wenn es unwahrscheinlich schien, dass der Mann nach all den Jahren etwas mit Pfeisingers Tod zu tun hatte.

»War das zufällig an der Bezirkssportanlage Lerchenau?«, fragte Dörfner.

»Bitte?« Frau Heufeld sah ihn verwirrt an.

»Die Schafkopfrunde. Im Restaurant Weidengarten? Das sind ungefähr zwanzig Minuten zu Fuß von der Linkstraße. Hat Ihr Schwager da Schafkopf gespielt?«

»Der Name kommt mir zumindest bekannt vor.«

Dörfner nickte zufrieden. »Kann ich Ihnen noch ein Stück Kuchen holen?«, fragte er.

Frau Heufeld wirkte begeistert. »Vielleicht eine Erdbeerschnitte«, sagte sie.

Lammers verdrehte unauffällig die Augen. Selbst mit einer Siebzigjährigen musste er flirten. Und dadurch, dass er sämtlichen Kuchen aus der Auslage an sie verfütterte, kamen sie dem Motiv für den Mord auch nicht näher. »Frau Heufeld, wenn Ihr Schwager so sparsam war, hat er dann ein größeres Vermögen angehäuft?«

»Hubert war nicht sparsam, er war geizig.«

»Und Ihre Schwester? Besaß sie vielleicht irgendwelchen wertvollen Schmuck?«

Frau Heufeld hatte sichtlich Mühe, ihren Blick von Ben zu lösen, der schon wieder an der Theke stand. »Kann ich mir nicht vorstellen. Er hat ihr bestimmt keinen geschenkt. Der Sarg, den er für meine Schwester gekauft hat, sah aus, als wäre er aus Pappe. Geld hatte er trotzdem nie, soweit ich weiß. Durch Geiz wird man nämlich nicht reich. Reich wird man, wenn man reiche Eltern hat.«

In dem Punkt hat sie wahrscheinlich recht, dachte Lammers. Aber wenn Hubert Pfeisinger weder über ein nennenswertes Vermögen verfügte noch Kontakt zu irgendwelchen Leuten hatte, wieso sollte ihn dann jemand ermorden? Ein gewöhnlicher Einbrecher würde sein Opfer wohl kaum zerstückeln und einfrieren. Vielleicht lag das Motiv irgendwo in der Vergangenheit.

»Können Sie sich vorstellen, dass Herr Pfeisinger Feinde hatte? Leute, mit denen er Streit hatte? Selbst wenn es um Kleinigkeiten ging.«

»Na ja«, sagte Frau Heufeld. »Niemand mochte ihn besonders. Aber um ihn zu hassen, war er einfach zu unbedeutend.«

Lammers ärgerte sich, dass diese Frau so über das Mordopfer sprach. Für sie selbst war Hubert Pfeisinger nicht unbedeutend. Vielleicht hatte er ein kleines unauffälliges Leben geführt, einen einfachen Job gemacht, keine großen Auswirkungen auf die Welt hinterlassen, aber allein durch seine Ermordung war er zu etwas Besonderem geworden. Auch wenn sich zu seinen Lebzeiten niemand für ihn interessiert hatte, waren immerhin jetzt zahlreiche Polizisten und Justizangestellte damit beschäftigt, seinen Tod aufzuklären. Für Lammers ging es darum, ihm seine Würde zurückzugeben. Nicht nur, indem man seine Körperteile einsammelte und einen vollständigen Leichnam bestattete, sondern auch, indem man die Umstände aufklärte, die zu seinem Tod geführt hatten, und seinen Mörder festnahm.

Als Dörfner in seiner Funktion als Hilfskellner zurück an den Tisch kam, stand Lammers auf. Die einzige Angehörige Pfeisingers schien nichts zur Aufklärung seines Todes beitragen zu können oder zu wollen.

»Ich hätte noch eine Frage«, sagte Frau Heufeld. »Was passiert denn jetzt mit seinen Sachen? Da sind ja bestimmt Erinnerungsstücke an Irma dabei.«

»Sobald wir damit fertig sind, geht sein Besitz zurück an den Gerichtsvollzieher. Wenn Sie die Mietschulden übernehmen, können Sie sich die Sachen bei ihm abholen.«

Lammers verabschiedete sich und verließ das Café. Sie stellte sich unter die Markise und atmete tief die kühle Luft ein, während sie auf Dörfner wartete, der noch die Rechnung begleichen musste. Als er mit dem Beleg in der Hand herauskam, sagte sie: »Kann ich Ihnen noch ein Stück Kuchen holen? Im Ernst? Du glaubst doch nicht, dass du das über die Spesenabrechnung zurückkriegst, oder?«

Ben grinste nur, zerknüllte den Beleg und warf ihn wie ein Basketballspieler in hohem Bogen in den Mülleimer vor der Tür.

14

Als sie sich auf ihrem Bürostuhl zurücklehnte, um sich innerlich darauf vorzubereiten, die Kartons zu öffnen, die Kant und Rademacher in ihr Büro geschleppt hatten, spürte sie es wieder. Das Gefühl der Schwerelosigkeit. Das Zischen des Winds in ihren Ohren, das alle anderen Geräusche übertönte. Einen Moment lang hatte die Welt um sie herum zu existieren aufgehört. Sie selbst hatte zu existieren aufgehört. Keine Angst, kein Schmerz. Dann das Eintauchen in das kalte Wasser der Regattastrecke. Als das Seil sich zusammenzog und sie nach oben katapultierte, hatte sie sich von außen gesehen: ein Püppchen, das zappelnd und ohne Einfluss auf das Geschehen durch die Weite des Universums flog. Sie hatte laut lachen müssen.

Das eigentlich Lustige an der Sache war, dass ihre Schwester ihr den Bungeesprung geschenkt hatte, damit sie ihre Ängste überwand. An und für sich schon eine Unverschämtheit. Trotzdem hatte sie den Gutschein gestern Abend eingelöst. Was ihre Schwester nicht begriff, war, dass Hanna keine Angst vor dem Sprung hatte. Wozu sie sich überwinden musste, war, von ihrem gewohnten Tagesablauf abzuweichen. An einen fremden Ort mit fremden Menschen zu fahren. Die Herausforderung bestand darin, sich wiegen und von einem Unbekannten Gurte anlegen zu lassen und mit einem anderen in dem engen Aufzug nach oben zu fahren. Der Schritt ins Leere, der war ihr leichtgefallen.

Die Euphorie danach hatte sie überrascht. Es war nichts weiter als eine chemische Reaktion in ihrem Gehirn. Erhöhte Adrenalin- und Endorphinausschüttung aufgrund der simulierten Lebensgefahr. Man konnte sich nicht dagegen wehren. Deswegen war sie nicht weggerannt, als der Mann, der vor ihr gesprungen war, sie auf einen Kaffee an der Imbissbude neben dem Kran einlud.

Wir Überlebenden müssen zusammenhalten, hatte er gesagt. Sie hatte gelacht, obwohl es nicht besonders witzig war. Stefan hatte dunkles, etwas zu langes Haar und sanfte braune Augen. Durch seine rundliche Figur sah er aus wie ein Teddybär, den man zum Kuscheln mit nach Hause nehmen wollte. Er redete vom Tauchen mit Haien, von Kanufahrten im Wildwasser, vom Fallschirmspringen und vom Schwimmen mit Krokodilen, und als er sie danach darum bat, gab sie ihm ihre Handynummer.

Sobald der Rausch verflogen war, hatte sie überlegt, ihre SIM-Karte zu vernichten, ins Ausland zu ziehen und ihren Namen zu ändern. Dann wiederum dachte sie, sei nicht albern, der ruft sowieso nicht an. Wahrscheinlich ist das seine Masche, die er dreimal pro Woche abzieht. Warum sollte er Interesse an jemandem wie dir haben? Trotzdem behielt sie ihr Handy im Blick wie einen Skorpion, der jederzeit zustechen konnte.

Sie holte tief Luft und atmete langsam durch die Nase aus. In der Ecke ihres Büros wartete Hubert Pfeisinger auf sie, verpackt in drei Kisten und in Nullen und Einsen zerlegt auf der Festplatte seines Computers. Aus den Kartons drang ein muffiger Geruch. Sie hatte keine Lust, sich mit dem Leben des alten Manns zu beschäftigen, viel lieber wollte sie Stefan über seine nächsten geplanten Abenteuer reden hören.

Schnauze, Gehirn, sagte sie leise.

Sie stand auf und klappte den ersten Karton auf. Mit Jahreszahlen beschriftete Aktenordner. Immerhin war er ein ordentlicher alter Mann gewesen. Im zweiten Karton das Gleiche. Im dritten lagen einzelne Unterlagen und Briefe, die er noch nicht in die Ordner einsortiert hatte. Vielleicht weil sie nach Pfeisingers Tod eingetroffen waren, dachte Hanna.

Sie blätterte durch Zeugnisse, Lohnabrechnungen, Versicherungspolicen, Rentenbescheide, Steuerunterlagen, Kontoauszüge und Rechnungen. Vor ihren Augen entstand das Bild eines einfachen Manns. Hubert Pfeisinger hatte mit sechzehn Jahren die Realschule abgeschlossen und eine Lehre als Maschinenschlosser bei einem Münchener Unternehmen begonnen, das hauptsächlich Bremsen für Schienenfahrzeuge produzierte. Nach der Ausbildung war er übernommen worden und hatte bis zum Renteneintritt im Jahr 2007 dort gearbeitet. Mit fünfunddreißig hatte er die sieben Jahre ältere Irma Heufeld geheiratet. Kurz darauf mietete das Paar die Wohnung in der Linkstraße, wo er bis zum Schluss lebte. Ihre Ehe blieb kinderlos. Irma arbeitete in einem Friseursalon. Sie hatten ein niedriges Einkommen und wenig Ausgaben. Alle paar Jahre einen neuen Gebrauchtwagen. Urlaube in einfachen Pensionen in Österreich. Einmal, an ihrem Hochzeitstag, in einem Wellnesshotel am Gardasee. Hausratversicherung, Haftpflichtversicherung. Die letzte große Anschaffung war ein Fernseher für sechshundertneunundvierzig Euro im Jahr 2015 gewesen. Da war Irma schon seit einem Jahr tot.

Pfeisinger hatte offenbar die meisten Unterlagen seiner Frau aussortiert, aber Hanna fand einen Entlassungsbrief aus dem Krankenhaus. Nach dem ersten Schlaganfall. Den zweiten hatte Irma nicht überlebt. Hanna stellte sich vor, dass die beiden zusammen glücklich gewesen waren. Sie hatten nichts und niemanden gehabt außer sich selbst. Wie musste sich Hubert Pfeisinger gefühlt haben, als er nach achtunddreißig Ehejahren plötzlich allein in seinem Bett lag?

Wenn man nach den Unterlagen ging, war ihr Leben so normal und unauffällig verlaufen, dass man es kaum ertragen konnte, dachte Hanna. Aber es musste etwas passiert sein, wodurch Hubert Pfeisinger zum Opfer geworden war. Vielleicht hatte der Tod seiner Frau ihn aus der Bahn geworfen und in Kontakt mit Kriminellen gebracht. Oder die Einsamkeit hatte ihn anfällig für Betrüger gemacht. Oder es war einfach nur ein grausamer Zufall, dass es ihn getroffen hatte.

Hanna widmete sich dem letzten Karton mit den losen Unterlagen, die offenbar neueren Datums waren. Schreibtischschubladen, hatte jemand mit schwarzem Filzstift darauf geschrieben. Sie ging die Kontoauszüge durch. Keine Auffälligkeiten. Nur dass die Mietzahlungen im Januar endeten, aber das wusste sie ja schon aus ihrem Gespräch mit der Hausverwaltung. Kein Kündigungsschreiben, keine Vorwarnung, nichts. Da Pfeisinger die Miete immer pünktlich per Überweisung bezahlt hatte, schien die logischste Erklärung zu sein, dass er zwischen dem dritten Januar und Anfang Februar gestorben war.

Die Rentenzahlungen gingen weiter bis zum jetzigen Zeitpunkt. Offenbar kontrollierte bei der Rentenkasse niemand, ob die Empfänger noch lebten. Hanna sah nach, wann die letzte Abhebung von Pfeisingers Konto stattgefunden hatte. Vor drei Wochen. Da musste Pfeisinger längst tot gewesen sein. Jemand hatte tausend Euro abgehoben. Wahrscheinlich den Maximalbetrag, den der Automat ausspuckte. Danach war das Konto nahezu blank gewesen.

Hanna fischte Pfeisingers Portemonnaie vom Boden des Kartons. Ein Zehneuroschein und ein paar Münzen. In den Fächern eine Krankenversicherungskarte, ein seit sieben Jahren abgelaufener Bibliotheksausweis, eine Karte des ADAC, uralte Fahrscheine.

Keine Bankkarte, kein Personalausweis. Der Mörder musste sie gestohlen haben, um auf das Konto zuzugreifen, dachte Hanna.

Sie rief Pfeisingers Bank an und ließ sich mit dem Leiter der Filiale verbinden, die nur ein paar Hundert Meter von Pfeisingers Wohnung entfernt lag. Obwohl Hubert Pfeisinger seit über vierzig Jahren dort Kunde war, konnte sich niemand erinnern, ihn persönlich getroffen zu haben. Hanna fragte, ob es Videoaufzeichnungen vom Geldautomaten am Eingang gebe. Der Filialleiter bestätigte es. Die Aufnahmen wurden sechs Monate lang aufbewahrt, bevor sie aus Datenschutzgründen gelöscht werden mussten. Sobald sie einen Durchsuchungsbeschluss vorweisen könne, sagte der Filialleiter, werde er ihr die Aufzeichnungen zukommen lassen. Hanna legte auf und schickte sofort eine E-Mail an Oldenburg. In diesem Fall war der Durchsuchungsbeschluss reine Formsache.

Der vierte Karton, der noch in der Ecke ihres Büros stand, enthielt Pfeisingers Computer. Hanna verkabelte das vergilbte Gehäuse mit der Tastatur und dem Monitor. Die Festplatte ratterte bedenklich beim Hochfahren. Windows fragte nach dem Passwort. Hanna probierte die naheliegenden Varianten aus. Geburtsdaten, Vornamen, Hochzeitstag.

Nichts funktionierte.

Entweder war der alte Mann einfallsreicher, als sie gedacht hatte, oder jemand hatte das Passwort geändert. So oder so mussten sich die IT-Spezialisten darum kümmern. Ein

Windows-Passwort umgingen sie vermutlich in der Frühstückspause.

Ihr Telefon klingelte. Es war Manuel Stöger von der Spurensicherung. »Wir sind gerade dabei, die eingelagerten Möbel zu untersuchen«, sagte er. »Kleiner Zwischenbericht: Wir haben Blutspuren an einem Sessel gefunden. Und auf einem der eingelagerten Teppiche. Nicht viel, nur ein paar Spritzer. Aber die Gefriertruhe hat beim Luminoltest geleuchtet wie eine Supernova.«

Hanna kniff die Augen zusammen. Das Bild würde sie so schnell nicht mehr loswerden.

»Ich dachte, das könnte euch interessieren«, sagte Stöger.

»Ja, danke. Ich sage Kant Bescheid.«

»Wir packen jetzt die Sachen ein und schaffen sie ins Labor.« Er legte auf, ohne sich zu verabschieden.

Hanna saß da und sah in das grelle blaue Licht, das aus der Truhe strömte. Sie stellte sich vor, wie sie den Deckel zuklappte, und die Supernova erlosch. Eine Frage, die schon länger in ihrem Unterbewusstsein lauerte, nutzte die Gelegenheit, um sich breitzumachen: Wieso hatte Pfeisinger überhaupt eine so große Gefriertruhe besessen, wenn er schon zu geizig war, um eine Spülmaschine anzuschaffen?

Sie nahm sich noch einmal die Unterlagen aus dem dritten Karton vor. Versteckt zwischen einem Spendenaufruf der Caritas und einer Nebenkostenabrechnung, fand sie den Lieferschein. Er war auf den 6. Januar 2016 datiert und trug Pfeisingers krakelige Unterschrift. Offenbar hatte er bar bezahlt, denn auf seinen Kontoauszügen gab es keine entsprechende Abbuchung.

Hanna verglich die Unterschrift mit der auf älteren Dokumenten. Sie wirkte etwas zittriger, schien aber übereinzustimmen. Nicht der Fernseher war also Pfeisingers letzte Anschaffung gewesen, sondern die Gefriertruhe. Über ein Jahr nach dem Tod seiner Frau. Hanna bezweifelte, dass er von allein auf die Idee gekommen war. Hatte sein Mörder ihn dazu gebracht, sich seine eigene Grabstätte ins Haus zu holen?

Ein plötzlicher Verdacht ließ sie erschaudern. Womöglich lag Pfeisinger schon seit sechs Jahren eingefroren in seiner Wohnung und niemand hatte ihn vermisst.

Wieder unterbrach ein Klingeln ihre Überlegungen. Dieses Mal kam es aus ihrem Handy. Ohne nachzudenken, nahm sie das Gespräch an.

»Hallo, hier ist der Bungee-Stefan.«

15

Der Anruf kam, als Kant mit Rademacher in einem engen vietnamesischen Imbiss zu Mittag aß. Seit Rademachers Darmkrebsoperation konnten sie ihre Pause auch einmal woanders verbringen als in Metzgereien und Biergärten. Rademacher mied solche Lokalitäten jetzt, damit er gar nicht erst in Versuchung geriet, wieder in alte Ernährungsgewohnheiten zurückzufallen. Allerdings hatte Kant den Verdacht, dass seine Frau Mareike dahintersteckte, auch wenn Rademacher es vehement bestritt.

»Die Taucher haben etwas im Seehamer See gefunden«, sagte Grumann. »Einen weiteren schwarzen Müllsack. Sie haben nur einen kurzen Blick reingeworfen. Als sie die Haare gesehen haben, haben sie ihn direkt ins Auto geladen. In zwanzig Minuten müsste die Lieferung bei mir in der Rechtsmedizin eintreffen. Ich dachte mir, ihr wollt vielleicht dabei sein, wenn ich den Sack aufmache.«

Pfeisingers Kopf. Kant schob den Teller mit den Resten der gebratenen Nudeln von sich. »Wir sind schon unterwegs«, sagte er.

Während der Fahrt erinnerte er sich an den Traum, in dem ihn der gesichtslose Kopf verfolgt hatte. Hoffentlich suchte er ihn jetzt, da sie ihn gefunden hatten, nicht noch einmal heim. Zumindest konnte irgendwann eine halbwegs anständige Bestattung stattfinden, auch wenn es keine Angehörigen mehr gab, die darin Trost fanden.

Sie parkten im Innenhof, stiegen die Treppe ins Untergeschoss hinab und traten durch die Schleuse in den Obduktionsraum. Im selben Moment tauchte Grumann mit seiner Assistentin durch eine Tür im hinteren Bereich auf. Er winkte ihnen zu und führte sie zu einem der Stahltische, auf dem eine weiße Plastikkiste stand.

»Bereit?«, fragte er.

Kant und Rademacher nickten.

Grumann klappte den Deckel auf und hob den Müllsack heraus, an dem Algen und Schlamm hafteten. Ein paar Tropfen Wasser fielen auf die makellos saubere Stahlfläche. Seine Assistentin fotografierte den Müllsack, bevor Grumann den Knoten öffnete. Mit beiden Händen griff er hinein und hob den Kopf heraus. Es wirkte beinahe zärtlich, wie er ihn auf dem Obduktionstisch ablegte.

Kant sah das graue Haar, die stumpfen Augen, den aufgerissenen Mund. Das Gesicht war noch gut genug erhalten, um eine gewisse Ähnlichkeit mit den Fotos erkennen zu lassen. Auch wenn erst die DNS-Analyse Gewissheit brächte, war Kant überzeugt, Pfeisingers Kopf vor sich zu haben.

»Auf den ersten Blick ähnliche Schnittverletzungen am Hals wie an den übrigen Körperteilen«, sagte Grumann. »Sehr sauber abgetrennt. Sicher nicht die Todesursache.«

Er drehte den Kopf von einer Seite auf die andere, strich die Haare zur Seite und deutete schließlich auf eine Stelle am Hinterkopf. »Das hier sieht aus wie eine Schussverletzung.« Er nahm eine Lupe von dem Rolltisch neben ihm und beugte sich tiefer über den Kopf. »Eine Eintrittswunde. Möglicherweise steckt das Projektil noch, ich sehe jedenfalls keine Austrittswunde.«

Jemand hat den alten Mann also von hinten erschossen, bevor er ihn in Stücke geschnitten und eingefroren hat, dachte

Kant. Kein Kampf, kein Unfall, der vertuscht werden sollte, sondern kaltblütiger Mord.

Grumann fing seinen Blick auf. »Ich muss den Schädel öffnen«, sagte er fast entschuldigend. »Ihr könnt natürlich gerne hierbleiben, aber vielleicht reicht euch auch das Protokoll …«

»Danke«, sagte Kant. Er schloss sich Rademacher an, der schon auf dem Weg zur Tür war.

Schweigend fuhren sie zum Präsidium. Kant bat alle, sich im Besprechungszimmer einzufinden. Vor dem Fenster trieb der Wind dunkle Wolken über den Himmel, und Hanna Weiß schaltete die Neonbeleuchtung ein. Kant fiel auf, wie blass Lammers' schmales Gesicht wirkte. Dörfner saß steif auf seinem Stuhl und starrte auf die Tischplatte, kein Wippen, kein Kaugummikauen. Falten durchzogen Rademachers Stirn, während er in der Fallakte blätterte. Hanna Weiß teilte mit abwesendem Gesichtsausdruck den Bericht der Spurensicherung aus. Niemand riss einen Witz oder versuchte, die Stimmung aufzulockern.

Kant warf einen Blick auf den Bericht. Auch in Pfeisingers Wohnzimmer waren jetzt ein paar alte Blutstropfen gefunden worden, in einem Kreis mit einem Radius von zwei Metern in der Mitte des Raums. Vermutlich dort, wo der Sessel auf dem Teppich gestanden hatte, dachte Kant.

»Okay«, sagte er. »Es ist damit zu rechnen, dass in den nächsten Tagen noch weitere Leichenteile gefunden werden. Anton und ich mussten uns gerade den Kopf ansehen. Ihr könnt euch sicher vorstellen, dass das kein besonders schönes Erlebnis war. Glaubt mir, der ganze Fall kotzt mich genauso an wie euch.«

Er ließ den Blick über die Runde schweifen. Niemand reagierte, nur Lammers nickte mit zusammengekniffenen Lippen.

»Wenn ein Kind verschwindet oder ein Promi ermordet wird, belagern uns die Reporter. Wenn ein einsamer alter Mann getötet wird, ist das für die Öffentlichkeit weniger von Interesse. Aber für uns darf das keine Rolle spielen. Für uns sind alle Opfer gleich.«

Dörfner hob den Blick von der Tischplatte und sah ihn mit seinen leuchtend blauen Augen an. »Mir brauchst du das nicht zu erzählen. Ich habe seine beschissene Hüfte in der Hand gehalten.«

»Ich auch«, sagte Lammers.

Rademacher räusperte sich. »Wie sich wahrscheinlich schon herumgesprochen hat, könnte das mein letzter Fall sein. Ich habe aber nicht vor, mein Büro zu räumen, solange jemand Leichenteile in meiner Stadt verstreut.«

Kant nickte. »Das dachte ich mir schon.«

»Soll ich auch was dazu sagen?«, fragte Weiß. Sie wartete die Antwort nicht ab. »Ich würde lieber mit Krokodilen schwimmen, als den Typen frei rumlaufen zu lassen.«

Was für eine merkwürdige Aussage, dachte Kant. Bei Hanna wusste man nie, was ihr gerade durch den Kopf ging.

»Ich wollte nicht an eurer Motivation zweifeln. Das musste ich nur mal loswerden. Aber kommen wir zurück zum Fall. Wir haben jede Menge Indizien gesammelt, aber noch kein Gesamtbild entwickelt. Hat jemand eine Theorie, wie das alles zusammenhängt?«

Kant hatte seine eigene Vorstellung vom Ablauf des Verbrechens, aber er wollte, dass die anderen unbeeinflusst ihre Gedanken vortrugen. Wenig überraschend war Lammers die Erste, die sich zu Wort meldete.

»Pfeisinger hat sich offenbar nach dem Tod seiner Frau total zurückgezogen. Wahrscheinlich war er auch schon vorher nicht besonders gesellig. Jedenfalls konnten wir bisher keine Freunde oder Bekannten finden. Ich vermutete, dass sich jemand sein Vertrauen erschlichen hat, um an seine Bankunterlagen zu kommen. Dann hat er ihn von hinten erschossen, während er arglos in seinem Sessel saß. Vielleicht mit einer schallgedämpften Waffe, sonst wäre das Risiko doch groß, dass einer der Nachbarn etwas mitbekommt. Der Mörder hat die Leiche zerstückelt und in der Gefriertruhe verstaut, wo sie vermutlich jahrelang gelegen hat. Keinem der Nachbarn ist aufgefallen, dass die Wohnung nicht bewohnt war.«

Dörfner unterbrach sie mit einem Fingerschnippen. »Außer dem Herrn Nordenberg im vierten Stock. Aber dem hat keiner geglaubt. Alle haben ihn für einen Querulanten gehalten.«

»Ja«, sagte Lammers. »Und den Gestank hat er sich auch tatsächlich nur eingebildet, denn aus der Truhe kann wohl kaum etwas nach außen gedrungen sein, aber egal. Jedenfalls hat der Mörder weiter die Miete gezahlt und alles getan, um das Weiterleben seines Opfers vorzutäuschen. Briefe beantwortet, die Vorhänge auf- und zugezogen. Im Januar hat er dann die Mietzahlungen eingestellt. Vielleicht weil Nordenbergs Beschwerden zu viel Aufmerksamkeit erregt haben. Kurz vor der Zwangsräumung hat er die Leichenteile aus der Wohnung geschafft und an der Autobahn entsorgt. Wahrscheinlich dachte er, wir könnten das Opfer ohne Kopf nicht identifizieren, deshalb hat er ihn in den See geworfen.«

Das entsprach im Großen und Ganzen auch Kants Theorie vom Ablauf der Ereignisse. Er sah zu Rademacher, der Lammers' Vortrag mit skeptischer Miene gefolgt war. »Irgendwelche Einwände?«

»Pfeisinger war nicht gerade reich.« Rademacher knetete seine Unterlippe. »Wozu also der ganze Aufwand?«

»Vielleicht war es ein Identitätsdiebstahl«, warf Dörfner ein. »Solche Fälle häufen sich in letzter Zeit. Wir sollten überprüfen, ob sein Name für irgendwelche kriminellen Aktivitäten missbraucht wurde.«

»Und wie?«, fragte Hanna.

Dörfner zuckte mit den Achseln. »Keine Ahnung. War nur ein Vorschlag.«

»Oder es gab doch noch irgendwelche Vermögenswerte, von denen wir nichts wissen«, meinte Rademacher.

»Ich glaube eher, dass es dem Mörder darum ging, Pfeisingers Rente einzustreichen«, sagte Lammers. »Ein dauerhaftes Einkommen, sozusagen.«

Falls Lammers recht hatte, musste der Mörder in relativ bescheidenen Verhältnissen leben, denn der Betrag war ja nicht besonders hoch. Oder es handelte sich nur um ein kleines Zusatzeinkommen. Vielleicht war er selbst Rentner und hatte auf diese Art seine Bezüge verdoppelt.

»In jedem Fall können wir davon ausgehen, dass Pfeisinger seinen Mörder kannte«, sagte Kant. »So eine Tat erfordert ja eine gewisse Vorbereitung. Der Täter muss sein Opfer vorher ausspioniert haben.«

»Wenn er öfter in der Wohnung war«, sagte Rademacher, »muss ihn doch jemand gesehen haben. Die Nachbarn können sich aber an nichts erinnern. Vielleicht konnte sich der Mörder unauffällig im Haus bewegen, weil er selbst dort wohnt.« Er sah zu Dörfner. »Wie dein Freund Nordenberg zum Beispiel.«

Dörfner schüttelte den Kopf. »Warum sollte er mir das dann alles erzählen?«

»Was weiß ich? Es gibt eben jede Menge Verrückte da draußen.«

»Das Problem ist, dass uns physische Spuren fehlen«, sagte Kant. »Aber das wird sich in den nächsten Tagen möglicherweise ändern. Wir warten auf die Videoaufnahmen von dem Geldautomaten, und vielleicht findet Grumann ja etwas über die Tatwaffe heraus. Bis dahin würde ich vorschlagen, dass ihr beide, Petra und Ben, mit den Leuten aus der Schafkopfrunde redet. Anton und ich fahren zu diesem ehemaligen Arbeitskollegen, Paul Schleemann.«

»Ich habe schon seine Adresse rausgefunden«, sagte Weiß.

Kant stand auf. »Sehr gut. Vielleicht mag er ja Überraschungen.«

Kant war froh, einen Grund zu haben, das Präsidium schnell wieder zu verlassen. Natürlich gab es jede Menge Papierkram zu erledigen, aber er wusste, dass er, wenn er jetzt an seinem Schreibtisch säße, ständig das Bild des abgetrennten Kopfs vor Augen hätte. Dieser aufgerissene Mund. Als hätte er zu einem Schrei angesetzt, der über seinen Tod hinausging. Kant wollte nicht daran denken. Es reichte ihm schon, wenn Pfeisinger sich nachts in seinen Träumen herumtrieb.

Rademacher wirkte weniger begeistert, sich gleich wieder hinter das Lenkrad zu klemmen. Wahrscheinlich hatte er gehofft, nach der Besprechung zur Abwechslung einmal früh Feierabend machen zu können. Immerhin schien er zu spüren, dass es nicht der richtige Moment war, um Kant zu widersprechen. Mit stoischem Gesichtsausdruck chauffierte er sie durch den nachmittäglichen Verkehr nach Milbertshofen.

Auf halber Strecke klingelte Kants Handy. Es war Frida. Obwohl der Umzug gerade einmal drei Tage zurücklag, hatte Kant das Gefühl, schon ewig nichts mehr von ihr gehört zu haben.

»Hallo, meine erwachsene kleine Tochter«, sagte er.

Sie antwortete nicht gleich. Stattdessen hörte er ein Schniefen. »Was ist los?«, fragte er sofort alarmiert.

»Kannst du kommen?« In ihrer Stimme lag diese Verzweiflung, die ihn jedes Mal traf wie ein Schlag in den Magen. In der Pubertät war sie oft in tagelanger Traurigkeit versunken gewesen, aber in den letzten Jahren waren diese Episoden immer seltener geworden.

»Ich bin gerade auf dem Weg zu einer Zeugenbefragung. Was ist passiert?«

»Nichts. Ich muss nur mit dir reden.«

Kant sah zu Rademacher. Sein Kollege hielt das Steuer mit beiden Händen und schien ganz auf den Verkehr konzentriert.

»Heute Abend, okay? Ich komme vorbei, sobald wir hier fertig sind.«

»Ist gut«, sagte Frida und legte auf.

Rademacher bog in eine Nebenstraße ab und hielt vor dem Haus, in dem Paul Schleemann wohnte. »Soll ich das allein erledigen?«, fragte er.

»Nein.«

Kant stieg aus und sah sich um. Über der Kleingartensiedlung auf der anderen Straßenseite wurde der Himmel schon dunkel. Die Häuser, die in den Fünfzigerjahren erbaut worden waren, wirkten einfach und zweckmäßig. Er trat durch das Tor in der Hecke und ging an einer Schaukel und einem traurigen kleinen Sandkasten vorbei zur Tür. Paul Schleemann wohnte im Souterrain. Bevor Kant klingelte, hielt er einen Moment inne. So schwer es ihm fiel, er musste die Gedanken an Frida beiseiteschieben, um einen klaren Kopf für die Befragung zu haben.

Ein Mann in Unterhemd und ausgewaschener Bundeswehrhose öffnete ihnen die Tür. Unter der braun gebrannten faltigen Haut an seinen Oberarmen zeichneten sich ausgeprägte

Muskelstränge ab. Er hatte sein graues Haar kurz geschoren und hielt sich für einen Mann Anfang siebzig auffällig gerade. Seine Augen wirkten klar, aber desinteressiert.

»Herr Schleemann?«, fragte Kant.

»So hat mich schon lange keiner mehr genannt«, sagte Schleemann. Seine Stimme rasselte, als hätte er Kieselsteine im Mund. »Falls ihr mir irgendwas verkaufen wollt, muss ich euch enttäuschen. Bei mir gibt's nichts zu holen.«

Kant stellte sich und Rademacher vor. »Sie haben bestimmt schon gehört oder gelesen, dass Ihr ehemaliger Kollege Hubert Pfeisinger tot aufgefunden wurde.«

Schleemann schüttelte langsam den Kopf. »Ich lese keine Zeitung. Dafür ist mir meine Zeit zu schade.«

»Dürfen wir kurz reinkommen?«, fragte Kant.

»Ich habe Hubert seit ungefähr fünfzehn Jahren nicht mehr gesehen. Was habe ich damit zu schaffen?«

»Sie können natürlich auch zu uns kommen, wenn Ihnen das lieber ist«, sagte Kant. »Wir schicken Ihnen dann eine Vorladung.«

Schleemann sah von Kant zu Rademacher und wieder zurück, dann zuckte er mit den Achseln, drehte sich um und stieg ohne ein weiteres Wort die enge Holztreppe ins Untergeschoss hinab. Kant und Rademacher folgten ihm. Sie gelangten in einen gekachelten Raum mit Fenstern wie Schießscharten. Unter der Treppe war eine einfache Küche eingebaut, in deren Spüle sich schmutziges Geschirr stapelte, und in einer Ecke stand ein ungemachtes Bett, aber der Großteil des Zimmers wurde von einer Werkbank eingenommen. An den Wänden hingen die präparierten Köpfe von Lachsen, Hechten und Barben. Unzählige Angelruten standen ordentlich aufgereiht in einem Ständer.

Schleemann ließ sich auf den Drehstuhl an der Werkbank fallen. »Ich würde euch ja einen Stuhl anbieten, wenn ich einen übrig hätte, aber ihr bleibt ja eh nicht lang«, sagte er.

Kant betrachtete das verwinkelte Metallgestell auf der Werkbank, das einem kleinen Galgen ähnelte. Ein winziges Objekt war zwischen den Backen an der Spitze eingespannt. Die langstieligen Werkzeuge, die daneben lagen, erinnerten ihn an Grumanns Instrumente. »Was machen Sie da?«, fragte er.

»Fliegen binden«, antwortete Rademacher, bevor Schleemann den Mund aufbekam. »Ein faszinierendes Hobby. Wenn ich mehr Zeit hätte, würde ich mich auch daran versuchen.«

»So bessere ich ein bisschen meine Rente auf. Ein Laden in der Nähe verkauft die Fliegen für mich.«

Rademacher ging zu dem Ständer und ließ liebevoll die Hand über die Ruten gleiten. »Pauls Angelshop? Dann habe ich Ihre Fliegen schon gesehen. Ich angle meistens an der Nordsee, da braucht man natürlich gröberes Material.«

»Schön für Sie«, sagte Schleemann. »Wollen Sie sonst noch was wissen?«

»Ja.« Rademacher zeigte auf das aufgerissene Maul des Lachses an der Wand. »Wo haben Sie den denn rausgezogen?«

Schleemann antwortete nicht.

»Erzählen Sie uns doch mal ein bisschen über Hubert Pfeisinger«, sagte Kant. »Was war er für ein Mensch?«

Schleemann spannte einen frischen Haken in den Schraubstock und begann, einen Faden durch eines der Instrumente zu ziehen. »Ein Arschloch.«

»Warum waren Sie dann mit ihm befreundet?«

»Gleiches Hobby.«

»Sie waren zusammen angeln?«

»Ein paarmal.«

»Und dann haben Sie sich zerstritten?«

Mit konzentriertem Blick wickelte Schleemann den Faden um den Schenkel des Hakens. »Geht Sie nichts an.«

Rademacher setzte sich mit einer Hinterbacke auf die Werkbank. »Haben Sie auch mal im Seehamer See gefischt?«

»Zwei- oder dreimal. Ist mir aber zu nah an der Autobahn.«

»Zusammen mit Pfeisinger?«

»Weiß nicht mehr.«

Kant sah, wie sich Rademachers fleischige Wangen röteten. Kein gutes Zeichen.

»Wir haben neulich auch im Seehamer See gefischt«, sagte sein Kollege. »Raten Sie doch mal, was wir da rausgezogen haben.«

Schleemann sah von seinem Haken auf und zuckte mit den Schultern.

»Pfeisingers Kopf«, sagte Rademacher. »Die anderen Körperteile hat jemand an der Autobahn verstreut. Aber Ihnen ist das scheißegal, oder?«

Kant beobachtete, wie Schleemann langsam sein Werkzeug auf die Holzplatte legte. Als er antwortete, klang seine Stimme mühsam beherrscht.

»Hubert ist der Grund, aus dem ich hier sitze. Im Keller, während oben die Kinder meiner Vermieter rumtrampeln.« Er zeigte auf die niedrige Betondecke. »Ich hatte nämlich auch mal eine Familie. Zwei Töchter. Dann habe ich auf der Arbeit Hubert kennengelernt. Er war ein Außenseiter und hat mir ein bisschen leidgetan. Ein paarmal habe ich ihn mit zum Angeln genommen. Wir sind an einen See gefahren und haben danach meistens in einer Pension übernachtet. Ein bisschen was getrunken. So eine Art Männerabend, wenn Sie verstehen, was ich meine. In Wirklichkeit hatte der Hubert aber kein großes Interesse am Fischen. Vom ersten Abend an hat er mir in den Ohren gelegen, dass wir unbedingt in irgendeinen Puff gehen müssen. Ich wollte nicht. Ich habe Johanna nämlich geliebt. Irgendwann waren wir in einer Dorfkneipe am Starnberger See und hatten schon ein paar Bier getrunken, da fing er wieder damit an. An dem Abend habe ich mich überreden lassen. Irgend so ein schäbiger Laden an der Landstraße. Das war der größte Fehler meines Lebens, und ich kann mich kaum noch daran erinnern.«

Schleemann nahm eine Pinzette vom Tisch, betrachtete sie einen Moment lang und legte sie zurück. Er hätte sowieso nichts damit anfangen können, dachte Kant, dafür zitterten seine Hände zu sehr.

»Hubert hat in dem Puff heimlich fotografiert. Am Montag auf der Arbeit hat er die Aufnahmen rumgezeigt. Er war so verdammt stolz darauf. Eine Kollegin hat es meiner Frau erzählt. Das war's. Ein paar Tage später hat Johanna mich vor die Tür gesetzt. Seitdem hocke ich hier in diesem Loch. Mit den Drecksfischen an den Wänden. Nicht mal das Angeln macht noch Spaß.«

Seine Augen wirkten stumpf wie altes Glas, als er Rademacher ansah. »Um Ihre Frage zu beantworten: Ja, mir ist es scheißegal.«

Schleemann zog eine Schublade unter der Werkbank auf, nahm eine Flasche billigen Weinbrand heraus und trank einen Schluck. »Das habe ich auch ihm zu verdanken.«

Er streckte seine Hände aus und wartete, bis die Finger wieder ruhig wurden. Dann nahm er ein neues Werkzeug und wickelte mit einem andersfarbigen Garn ein Streifenmuster um den Haken.

Kant sah, dass in einem Holzkästchen auf der Werkbank schon Hunderte ähnlicher Modelle lagen. Pfeisinger hat sein Leben zerstört, dachte er, aber wenn er sich hätte rächen wollen, hätte er sicher nicht zehn Jahre oder länger damit gewartet. »Nach dem Zwischenfall haben Sie weiter in derselben Firma gearbeitet«, sagte er. »Wie hat das denn funktioniert?«

»Ganz einfach. Ich habe nie mehr ein Wort mit ihm geredet. Und zwei Jahre später oder so ist er in Rente gegangen. Danach habe ich ihn nie wiedergesehen.«

»Hatte Pfeisinger noch andere Freunde?«, fragte Rademacher. »Oder Feinde?«

Schleemann zupfte mit einer Pinzette zwei kleine Federn aus einer Dose und befestigte sie geschickt mit weiteren Windungen an dem Haken. »Eigentlich hat sich nie jemand für ihn interessiert«, sagte er. »Er war einfach nur ein langweiliger Mensch. Deswegen musste er sich auch so aufspielen mit den Fotos. Selbst ich hasse ihn nicht mehr. Ich hasse nur noch mich selbst.«

Kant hatte Mitleid mit ihm. Wenn seine Geschichte stimmte, hatte er durch einen einzigen Fehler alles verloren, was ihm wichtig gewesen war. »Tut mir leid, dass wir alte Wunden aufreißen mussten«, sagte er.

Mit einer schnellen Bewegung schnitt Schleemann den Faden ab. »Schätze, das ist euer Job.«

Kant verabschiedete sich und ging zur Treppe. Rademacher folgte ihm.

»Hey«, rief Schleemann. Er kam ihnen hinterher und drückte Rademacher die fertige Fliege in die Hand. Das Ding sah auf beunruhigende Art echt aus, fand Kant.

»Vielleicht wollen Sie ja mal die Königsdisziplin ausprobieren. Damit kann jeder Vollidiot Forellen fangen.«

»Danke«, sagte Rademacher.

Sobald sie im Auto saßen und durch den abflauenden Berufsverkehr zurück zum Präsidium fuhren, kehrten die Gedanken an Frida mit aller Macht zurück. Kant lehnte sich auf dem Sitz zurück und schloss die Augen. Vielleicht machte er sich umsonst Sorgen. Frida neigte zu heftigen Stimmungsschwankungen, und manchmal genügte schon ein kleiner Vorfall, um sie aus der Bahn zu werfen. Es war nicht auszuschließen, dass sie ihn in bester Laune erwartete.

»Scheint ja ein netter Typ gewesen zu sein«, sagte Rademacher.

»Was?«

»Na, der Pfeisinger. Seinen Kollegen so in die Pfanne zu hauen.«

»Mh«, sagte Kant. »Kannst du mich vielleicht in Neuhausen absetzen?«

16

Allmählich bekam Toni das Gefühl, dass Evi sie mästen wollte. Sie konnte sich nicht erinnern, jemals so viel gegessen zu haben. Ihre Mutter hätte als Size-Zero-Model arbeiten können, wenn sie nicht ständig schmutzige Fingernägel und fettige Haare gehabt hätte, und sie selbst verbrauchte beim Putzen, Kellnern und Surfen normalerweise genug Kalorien, um kein Fett anzusetzen. In ihrem Leben als Vagabundin hatte Essen keine große Bedeutung gehabt. Sie ernährte sich überwiegend von Weißbrot, Tomaten und Olivenöl. Niemand hatte Zeit oder Lust, sich an den Herd – oder den zweiflammigen Gaskocher – zu stellen, um ein aufwendiges Abendessen zuzubereiten.

Bei Evi gab es zum Frühstück Rührei mit Schinken oder Lachs, mittags Pasta, nachmittags Kuchen und abends das volle Programm aus Fleisch, Gemüse und Beilage. Dazu kam der Mangel an Bewegung. Die Wohnung begrenzte Tonis Radius, und sie schleppte sich nur aus dem Bett zu ihrem Stuhl in der Küche und danach auf das Sofa im Wohnzimmer. Die Schwere breitete sich vom Bauch zum Kopf aus, bis ihre Gedanken so träge schwappten wie das Wasser in den Salinen am Ria Formosa.

Sie nahmen ihre Mahlzeiten in der engen Küche ein, während der Schweißer, wie sie ihn in Gedanken mittlerweile ebenfalls nannte, bei geschlossener Tür im Wohnzimmer oder Schlafzimmer speiste. Als Toni einmal fragte, warum sie nicht gemeinsam aßen, sagte Evi nur, ihr Großvater brauche viel Ruhe. Toni war sich nicht sicher, ob er speziell ihr aus dem Weg ging oder sich grundsätzlich zurückzog. Sie fragte nicht weiter nach und nahm sich noch eine Wirsingroulade aus dem Topf.

Das trübe Wetter verstärkte ihre Trägheit. Oft saß sie einfach nur im Sessel und sah aus dem Fenster auf die Fassade des Hauses gegenüber, während Evi irgendetwas im Fernsehen schaute und der Schweißer schlief und von seinen Buddelschiffen träumte. Wenn sie dann auf die Uhr sah, hatte sich der Zeiger unbemerkt zwei oder drei Stunden weitergeschlichen.

Immerhin hatte sie sich mit Evis Hilfe in der Wohnung in der Linkstraße angemeldet und den Antrag auf Hartz IV gestellt. Jetzt wartete sie auf den Bescheid. Sobald sie Geld bekam, wollte sie sich eine eigene Wohnung suchen oder wenigstens ein Zimmer in einer WG. Dann könnte sie vielleicht auch einmal ausgehen in dieser Stadt, in der man für eine Tasse Kaffee so viel ausgeben konnte, wie sie früher mit einer Stunde Putzen verdient hatte. Manchmal überlegte sie, den Shisha-Mann anzurufen, um sich mal mit jemandem in ihrem Alter zu treffen, aber sie wollte sich nicht von ihm aushalten lassen.

An diesem Nachmittag lief eine Kochshow im Fernsehen. Das Geplapper und Geklapper hüllte sie ein, als hätte ihr jemand eine Wolldecke um den Kopf gewickelt. Die trockene Luft aus der Nachtspeicherheizung und das Sofa, in dem man versank wie in Treibsand, sorgten dafür, dass ihr immer wieder die Augen zufielen. Erst als die Fernsehgeräusche plötzlich verstummten, schreckte sie auf.

»Ich muss zur Arbeit«, sagte Evi. »Dauert aber nicht lang. Mach's dir einfach bequem. Spätestens um sieben oder acht bin ich wieder da. Dann koch ich uns was Schönes.«

Toni rieb sich die Augen. Sie hatte gar nicht gewusst, dass Evi einer Arbeit nachging. Bisher war sie davon ausgegangen, dass die beiden von der Rente des Schweißers lebten.

»Was für eine Arbeit?«, fragte sie.

»Nachdem dein Opa sich von seiner Krankheit erholt hat, habe ich wieder ein paar Aufträge angenommen. Ambulante Pflege.« Auf Evis rundlichem Gesicht zeichnete sich ein Lächeln ab. »Ich habe dir doch gesagt, es ist mein Schicksal, alte Männer zu pflegen.«

Sie verschwand im Schlafzimmer, und als sie wenig später wieder auftauchte, trug sie eine weiße Stoffhose und eine weiße Bluse, die an den Brüsten ein wenig zu straff saß. Ihr rotes Haar hatte sie zu einem Dutt gebunden. Der dunkle Lippenstift und die blasse Haut verliehen ihrem Gesicht etwas Puppenhaftes. Toni konnte sich vorstellen, dass es den alten Männern gefiel.

»Also, bis später. Und lass deinen Opa schlafen.«

Toni rekelte sich in dem Sessel. »Habt ihr vielleicht noch einen Schlüssel übrig?«, fragte sie. »Falls ich zwischendurch mal raus will?«

»Bei dem Wetter?« Evi hängte sich ihre perlenbesetzte Handtasche über die Schulter. »Wo willst du denn überhaupt hin?«

Das geht dich gar nichts an, dachte Toni, aber bevor sie etwas sagen konnte, fuhr Evi fort: »Ich meine, vielleicht kann ich dich ja irgendwo absetzen oder so.«

Sofort fühlte Toni sich schlecht, weil sie beinahe den einzigen Menschen, der sie freundlich aufgenommen hatte, gekränkt hätte. »Nein, schon gut. Ich dachte nur, ich gehe vielleicht eine Runde um den Block spazieren.«

»Ich lasse dir die Tage einen Schlüssel nachmachen.« Evi winkte, dann quietschten ihre Crocs dynamisch über das Laminat im Flur, und ein Windzug wehte ihr Parfum ins Wohnzimmer, als sie die Tür hinter sich ins Schloss zog.

Toni war allein. Oder nein, nebenan schlief der Schweißer. Sie fragte sich, wieso ihr Opa fast den ganzen Tag im Schlafzimmer verbrachte, obwohl er doch nicht bettlägerig war. Und wieso war sie selbst eigentlich ständig so verdammt müde, seit sie im ehemaligen Zimmer ihrer Mutter wohnte? Vielleicht sickerten irgendwelche Schadstoffe aus den Wänden, die sie alle lähmten.

Sie hielt die Luft an und lauschte. Nach einer Weile hörte sie ein leises Knarren. Auf Zehenspitzen ging sie durch den Flur. Die Schlafzimmertür war wie immer geschlossen. Toni konnte das Knarren jetzt deutlicher hören. Ein rhythmisches Geräusch, gefolgt von einem Schnauben. Sie legte das Ohr an die furnierte Tür. Es gab keinen Zweifel, die Geräusche kamen aus dem Schlafzimmer. Was trieb der Schweißer da?

Die Neugierde war stärker als das schlechte Gewissen. Toni ging in die Hocke, um durch das Schlüsselloch zu sehen. Absolute Schwärze. Entweder war es stockdunkel im Zimmer oder jemand hatte etwas vor das Schlüsselloch geklebt. Toni schaltete das Licht im Flur aus. Durch die Milchglasscheibe der Wohnzimmertür fiel nur noch ein fahler Schein in den schmalen Gang. Sie legte die Hand auf die Türklinke. Was sollte schon passieren? Im schlimmsten Fall warf er sie raus.

Millimeter für Millimeter drückte sie die Klinke hinunter. Bis zum Anschlag. Sie versuchte, die Tür einen Spalt weit zu öffnen, aber sie ließ sich nicht bewegen. Abgeschlossen. Sie hörte ihren eigenen Herzschlag in den Ohren dröhnen, als sie die Klinke langsam wieder nach oben gleiten ließ. Die einfachste Erklärung war, dass der Schweißer irgendetwas tat, bei dem er nicht gestört werden wollte. Andererseits schien Evi versessen darauf, ihn von Toni abzuschirmen. War es möglich, dass sie ihn einschloss, wenn sie die Wohnung verließ?

Blödsinn, dachte Toni. Wenn Evi nicht wollte, dass sie mit ihrem Großvater sprach, hätte sie sie nicht so freundlich aufgenommen. Wahrscheinlich machte Evi sich nur Sorgen um seine Gesundheit. Aber der Verdacht hatte sich in ihrem Hinterkopf eingenistet und ließ sich nicht so leicht vertreiben. Sie musste daran denken, wie Evi sich gegenüber dem Pförtner der Arbeitsagentur verhalten hatte. Diese plötzliche Aggressivität. Die Überheblichkeit. Der Vorfall hatte eine Seite ihres Charakters offenbart, die Toni beunruhigte.

Sie ging zurück ins Wohnzimmer, öffnete die Balkontür und trat hinaus in die feuchte Luft. Leere Getränkekästen, ein schmutziger Plastiktisch, an die Wand gelehnte Klappstühle, Taubendreck auf dem Geländer. Der Sommer war gerade erst vorbei, trotzdem sah der Balkon aus, als wäre er schon ewig nicht mehr benutzt worden. Er führte vorbei an dem ehemaligen Zimmer ihrer Mutter zum Schlafzimmer.

Toni ging bis zum Ende, stützte die Arme auf das Geländer und sah auf die trostlose Fassade des Häuserblocks gegenüber. Falls der Schweißer aus dem Fenster schaute, würde er denken, dass sie ein bisschen frische Luft schnappte. Nach einer halben Minute drehte sie sich um, als wollte sie zurückgehen. Die Rollos am Fenster waren heruntergelassen, aber durch einen Spalt nahm sie eine Bewegung im halbdunklen Schlafzimmer wahr. Ihr Großvater stand mit dem Rücken zu ihr. Und machte Kniebeugen.

Sie beugte sich ans Fenster, bis ihre Nase fast die Scheibe berührte. Der Schweißer stand in Unterhose neben dem Bett. Für einen Mann seines Alters bewegte er sich erstaunlich dynamisch auf und ab. Sein Stock lehnte am Kleiderschrank.

Nach ein paar Wiederholungen ließ der Schweißer sich auf die Knie sinken und begann, Liegestütze zu machen. Toni konnte sehen, wie seine Rückenmuskeln sich anspannten. Er scheint seine Krankheit ja gut verwunden zu haben, dachte sie.

Der Schweißer ließ sich mit dem Bauch auf den Teppichboden sinken. Plötzlich drehte er sich zu ihr um. Toni machte einen schnellen Schritt vom Fenster weg. Mit pochendem Herzen ging sie zurück in die Wohnung. Sie war sich nicht sicher, ob er sie bemerkt hatte.

Im Wohnzimmer wartete sie darauf, dass die Tür aufflog und ihr Großvater kam, um sie zur Rede zu stellen. Du undankbares Blag, frisst uns die Haare vom Kopf und schnüffelst in der Wohnung rum. Sie sah auf die altmodische Tischuhr und wartete, bis der Sekundenzeiger eine Runde gedreht hatte. Als nichts geschah, ging sie in ihr Zimmer und zog die Tür hinter sich zu.

Was für eine Freakshow, dachte sie. Dagegen war das Leben mit meiner depressiven Mutter in einem schrottreifen Bus ja geradezu normal.

Sie warf sich auf das schmale Bett und zog die drei Tagebücher zwischen Matratze und Lattenrost hervor. Zwei Jahre lang hatte ihre Mutter in unregelmäßigen Abständen in den ersten Band geschrieben. Meistens ging es um ihre Freundinnen, die Musik, die sie hörten, Jungen, in die sie verknallt war, bis sie eine Woche später feststellte, wie doof sie waren, und ähnliche pubertäre Probleme. Toni schämte sich, es zu lesen. Sie blätterte schnell bis zum Ende. Mit sechzehn hatte ihre Mutter zum letzten Mal in diesen Band geschrieben, dann folgten viele leere Seiten.

Der zweite Band begann im Februar 2005. Plötzlich hatte ihre Mutter eine zweijährige Tochter. Toni schlug die letzte beschriebene Seite auf. Es war das Jahr 2008, und ihre Mutter schilderte die letzten Vorbereitungen zum Aufbruch nach Portugal. Irgendwann würde Toni das alles lesen, aber nicht jetzt. Jetzt suchte sie nach etwas Bestimmtem.

Den ersten Eintrag, in dem Evi, wenn auch nicht namentlich, erwähnt wurde, fand sie in der Mitte des dritten Bands.

3. Juni 2011

Als ich heute Morgen im Gemüsegarten Unkraut gejätet habe und mein Handy geklingelt hat, hatte ich sofort ein komisches Gefühl. Manchmal glaube ich, man kann am Klingeln hören, wer anruft. Schon der Rufton klang vorwurfsvoll. Es war der Schweißer. Warum habe ich ein schlechtes Gewissen, wenn ich nur seine Stimme höre? Ich kann nichts dafür, dass meine Mutter gestorben, dass seine Arbeit ihn krank gemacht hat, dass er in Frührente gehen musste und jetzt alleine in seiner Bude hockt. Im Gegenteil, er müsste ein schlechtes Gewissen haben, weil er mir nicht beigebracht hat, wie man ein glücklicher Mensch wird. Egal, das gehört nicht hierher.

Es ist bestimmt ein Jahr her, dass wir zuletzt telefoniert haben. Er druckst rum. Fragt, wie es mir geht, hat aber keine Geduld, die Antwort zu hören. Nach ein paar Minuten rückt er dann mit den Neuigkeiten raus: Er braucht jetzt eine Pflegerin, weil er kaum noch gehen kann. Ich antworte, ja, das klingt vernünftig. Die Pflegerin wird bei ihm einziehen, sagt er, weil die Wohnung doch sowieso viel zu groß ist und er ihr so weniger bezahlen muss und alles total praktisch ist. Ich stimme ihm zu, aber in meinem Kopf feiern die Klischees eine wilde Party. Wie alt sie wohl ist? Sieht sie zufällig gut aus? Soll sie vielleicht meine Mutter ersetzen? Welche Leistungen beinhaltet die Pflege?

Ich ärgere mich über mich selbst. Es geht mich nichts an, womit er seine letzten Jahre verbringt. Er hat sich nie für mich interessiert, und ich interessiere mich nicht für ihn. Ich habe genug eigene Probleme. Gestern ist Julia ausgezogen. Sie war meine letzte Verbündete in unserer kleinen Kommune. Die Leute kommen und gehen wie auf dem Bahnsteig. Nur ich habe den Zug verpasst. Wir schaffen es nicht, genug Essen für alle anzubauen, und müssen ständig Sachen dazukaufen. Niemand hat Geld. Als Fred ausgezogen ist, hat er die Haushaltskasse mitgehen lassen. Unser einziges Auto steht mehr in der Werkstatt, als dass es fährt. Und gestern war jemand von der Baubehörde hier und hat uns mitgeteilt, dass der Anbau, in dem ich mit Toni schlafe, illegal ist und abgerissen werden muss.

Im Gespräch mit dem Schweißer entsteht eine Pause, weil wir so wenig voneinander wissen, dass keiner weiß, was er sagen soll. Ich höre ihn schlucken. Dann kommt der Hammer. Ich kann nicht mehr Auto fahren, sagt er, da dachte ich, du könntest vielleicht den Sprinter gebrauchen. Du hast doch immer von so einem Bus geträumt, oder? Von wegen Unabhängigkeit und so.

Was soll das werden? Ein Friedensangebot? Ich kann es nicht fassen. Der Schweißer macht keine Geschenke. Wenn meine Mutter nicht gewesen wäre, hätte er wahrscheinlich schon in meiner Kindheit meine Geburtstage vergessen. Eigentlich will ich auch nichts von ihm, aber der Sprinter käme mir verdammt gelegen. Sofort stelle ich mir vor, wie ich mit Toni darin wohne. Ich mache alles schön, putze den Gestank von Öl weg, hänge eine Lichterkette auf und einen Traumfänger an den Rückspiegel, damit die Kleine gut schläft.

Ja, sage ich, das klingt gut. Danach wirkt er irgendwie erleichtert, fast fröhlich. Vielleicht können sich Menschen ja doch ändern.

Sobald ich aufgelegt habe, buche ich von meinem letzten Geld einen Flug nach München.

Toni ließ das Buch sinken und dachte nach. Damals war sie acht Jahre alt gewesen. Sie konnte sich daran erinnern, dass ihre Mutter sie in der Kommune alleingelassen hatte, um nach Deutschland zu fliegen. Es war das erste Mal, dass sie länger getrennt gewesen waren. Wahrscheinlich hatte es nicht länger als eine oder zwei Wochen gedauert, aber damals war es ihr wie ein Jahr vorgekommen.

Der Tag, an dem der schwarze Sprinter auf den Hof fuhr, umringt von neugierigen Kindern und kläffenden Hunden, war einer der schönsten ihres Lebens gewesen. Sie sah noch heute vor sich, wie ihre Mutter mit triumphierendem Lächeln aus dem Ungetüm stieg, auf sie zukam, sie auf den Arm nahm und im Kreis wirbelte.

»Morgen verschwinden wir von hier«, hatte sie ihr ins Ohr geflüstert. »Nur wir beide.«

Toni musste lächeln. Damals war ihre Mutter noch fröhlich gewesen, auch wenn es schon Tage gab, an denen sie sich völlig von allem zurückzog. Und was Evi betraf, hatte sie recht behalten. Opa Franz hatte sich offenbar in sie verliebt. Die andere Frage war, ob Evi sich auch in Opa Franz verliebt hatte. Vielleicht war es für sie nur ein angenehmes Arrangement gewesen. Vielleicht hatte sie seine Zuneigung ausgenutzt. Aber was versprach sie sich davon? Soweit Toni wusste, bekam der Schweißer nur eine kleine Rente und war alles andere als reich.

Wenn sie schon in dieser Wohnung festsaß, in der die Vergangenheit sie aus allen Ecken ansprang, konnte sie die Zeit auch nutzen, um es herauszufinden. Dazu musste sie mit dem Schweißer reden. Aber zuerst wollte sie sehen, ob sie aus den Tagebüchern ihrer Mutter mehr erfahren konnte.

17

Durch zwei breite Fenster konnte man auf die Tennisplätze sehen. Der Wind trieb Laub über den roten Sand, und die nassen Netze hingen dunkel und schwer an den Pfosten. Eine Taube landete auf dem Schiedsrichterstuhl und drehte den Kopf von einer Seite zur anderen, als wollte sie einem Ballwechsel folgen. Die wenigen Stammgäste an der Theke waren nicht gekommen, um sich sportlich zu betätigen. Sie interessierten sich mehr für ihre halb vollen Gläser.

Dörfner winkte der Kellnerin. Da Lammers gleich nach dem Eintreten in den holzgetäfelten Gang zum Klo verschwunden war, nutzte er die Gelegenheit, um zwei Bier zu bestellen. Ein alkoholfreies für Lammers und ein normales für sich. Er wusste, wie sehr Lammers Alkohol und Zigaretten verabscheute, aber jetzt brauchte er einfach einen kleinen Schluck zur Entspannung. Schon wieder. Er musste aufpassen, dass das nicht zur Gewohnheit wurde.

Dieser ganze Fall zerrte an seinen Nerven. Er wollte nicht in den deprimierenden Wohnblöcken an der Linkstraße herumlaufen und Leute in ihren verwahrlosten Wohnungen befragen. Er hatte die Schnauze voll von Einsamkeit, Krankheit und Alter. Warum konnten sie nicht einmal in den Villen im Umland ermitteln und Verdächtige auf ihren Jachten am Gardasee aufspüren? Es gab doch auch reichlich ungeklärte Todesfälle unter Reichen. Aber nicht für ihn. Er musste immer wieder dahin zurückgestoßen werden, wo er herkam.

Und dann noch die Sache mit dem Fahrrad. Der Diebstahl an sich ärgerte ihn schon genug, aber dass er auch noch von einem oberschlauen Kind ausgenommen worden war, setzte dem Ganzen die Krone auf. Als er nach dem Vorfall mit Lammers zurück ins Präsidium gefahren war, hatte er ihr nur von dem Fahrraddiebstahl erzählt, der Rest war ihm zu peinlich gewesen. Lammers hatte ohnehin kein Mitleid gezeigt. Er wusste, was sie dachte: Wenn er pünktlich zur Arbeit erschienen wäre, hätte er nicht mit dem Fahrrad kommen müssen und es wäre nicht gestohlen worden.

Jetzt kam seine Kollegin zurück und schwang sich auf den Hocker neben ihm. Sie tranken beide einen großen Schluck aus ihrem Glas.

»Irgendwie habe ich das Gefühl, ich bin der Einzige im ganzen Präsidium, der noch nicht wusste, dass Rademacher aufhört«, sagte er.

»Hanna wusste es auch nicht, glaube ich.« Lammers schien sich ein Grinsen zu verkneifen.

Na toll, dachte er. »Dann weißt du wahrscheinlich auch schon, wer sein Nachfolger wird?«

»Oder seine Nachfolgerin«, sagte Lammers. »Keine Ahnung. Vielleicht kommt jemand von außen?«

»Oder einer von uns wird befördert.«

»Möglich«, sagte Lammers. »Zerbrich dir nicht den Kopf darüber. Lass uns lieber an die Arbeit gehen.«

Okay, sie wollte nicht mit ihm darüber reden. Wahrscheinlich rechnete sie sich Chancen aus. Er selbst wusste, dass er nicht mal in die engere Auswahl kommen würde. Eigentlich war er auch ganz zufrieden mit seiner Position. Aufstieg bedeutete mehr Papierkram und mehr Verantwortung. Mehr Zeit im Präsidium. Er wollte nur auf der Straße unterwegs sein. Außerdem konnten die paar Hunderter extra im Monat den zusätzlichen Stress nicht aufwiegen.

Lammers rief nach der Kellnerin. Die Frau drehte sich um und kam langsam an ihr Ende der Theke. Sie war Mitte vierzig und sah aus, als hätte sie schon zu viele Jahre hinter dem Tresen verbracht, zu viele schlechte Witze gehört, zu viele Schnäpse ausgegeben bekommen, aber ihr ruhiger Blick und ihre gemessenen Bewegungen drückten eine Art proletarischen Stolz aus. Lammers legte ein Foto von Pfeisinger vor ihr auf die Theke. »Haben Sie den Mann schon mal gesehen?«

Die Stirnfalte der Kellnerin vertiefte sich. »Polizei oder was? Hätte ich mir denken können.« Sie warf Dörfner einen durchdringenden Blick zu. »Ja, den kenne ich. Ist aber schon ein paar Jahre her, dass er zuletzt hier war. Das war ein ganz Stiller. Ich kann mich nicht erinnern, dass er mal Ärger gemacht hätte.«

Ihr Blick schweifte über die spärlich besetzten Tische und blieb an einem untersetzten Mann hängen, der in der Ecke neben der Garderobe an zwei Automaten gleichzeitig spielte. »Im Gegensatz zu dem da. Ist schon merkwürdig, wer sich so zusammenfindet.«

»Wollen Sie damit sagen, die beiden waren befreundet?«, fragte Dörfner.

Die Kellnerin hob ihre vom ständigen Spülen rauen Hände. »Ich weiß nur, dass der Gerd manchmal mit ihm Karten gespielt hat. Fragen Sie ihn doch selbst. Ich habe zu tun.« Sie drehte sich zum Zapfhahn um und begann, das schon blitzblanke Metallgehäuse zu polieren.

Lammers und Dörfner gingen zu dem Mann, der auf einem Barhocker zwischen den beiden Geldspielautomaten saß. Er trug eine Fransenlederjacke und ausgewaschene Jeans. Dunkle Locken fielen ihm in den Nacken. Von hinten wirkte er wie ein Mann mittleren Alters, aber als er sie kommen hörte und sich umdrehte, sahen sie in ein Gesicht, in dem das Alter schon tiefe Spuren hinterlassen hatte.

»Kriminalpolizei«, sagte Lammers. »Dürfen wir Ihnen ein paar Fragen stellen?«

»Ich bin gerade mitten im Spiel.« Er wandte sich wieder zu seinen rotierenden Früchten um. Einer der Automaten verkündete mit triumphierendem Klingeln eine Gewinnkombination. Gerd versuchte, den Gewinn durch Hochdrücken zu verdoppeln, und verlor. Dörfner beugte sich vor und drückte an beiden Automaten die Auszahlungstasten. Rasselnd fielen die Münzen in die Metallrinne.

»Schon wieder Geld gespart«, sagte Dörfner.

Gerd stieg von seinem Hocker. »Früher hätte es dafür direkt was auf die Fresse gegeben«, sagte er.

»Tja, die guten alten Zeiten sind vorbei. Nicht mal mehr die Spielautomaten lassen sich manipulieren.«

»Was soll das heißen?«

»Das Gedächtnis ist auch nicht mehr das Beste, oder?«

Gerd setzte ein Grinsen auf, das selbstsicher wirken sollte, aber in seinen Augen machte sich Unruhe breit. »Die Durchsuchung in der Sportsbar hinterm Hauptbahnhof?«, sagte Dörfner. »Das war wirklich Pech. Wir sind eigentlich gekommen, weil der Inhaber nebenbei Speed vertickt hat. Aber Sie haben zufällig gerade im Hinterzimmer an irgendwelchen Automaten getüftelt.«

Dörfner hatte damals noch beim Drogendezernat gearbeitet, aber er erinnerte sich, wie die Kollegen vom illegalen Glücksspiel ihm erzählt hatten, dass Gerd eine Legende in der Stadt sei. Seit Jahrzehnten versuchte er mit verschiedenen Tricks und wechselhaftem Erfolg, Geldspielautomaten zu überlisten.

Wenn Dörfner sich nicht täuschte, war er schon wegen mehrerer kleinerer Delikte vorbestraft.

»Was wollen Sie? Ich bin schon seit Jahren in Rente.«

»Keine Sorge.« Dörfner hob die Hände. »Wir wollen nur mit Ihnen über Hubert Pfeisinger reden.«

»Was ist mit dem?«

»Nichts mehr«, sagte Dörfner. »Der ist tot.«

»Schade.« Gerd trat einen Schritt zurück und lehnte sich an einen der Automaten. »Dann kann ich mein Geld wohl abschreiben?«

»Welches Geld?«, fragte Lammers.

Gerd zuckte mit den Schultern. »Ach, das waren nur ... sechsundvierzig Euro fünfzig. Es geht mir mehr ums Prinzip. Spielschulden sind Ehrenschulden, haben wir damals immer gesagt.«

»Sie haben also früher mit Pfeisinger hier Schafkopf gespielt?«, sagte Lammers.

»Wir haben immer aufgeschrieben. Es lag nie Geld auf dem Tisch. Das hätte sonst auch Ärger mit Inge gegeben.« Er sah zu der Kellnerin, die sie von der Theke aus mit einem Auge beobachtete, während sie sich mit einem der Stammgäste unterhielt. »Sie wollen mir doch nicht wegen den paar Euro was anhängen?«

»Warum sollten wir?«, sagte Lammers. »Wo Sie doch so kooperativ sind.« Sie bat ihn um die Namen der übrigen Mitspieler, und Gerd gab sie sofort preis. Er schien sich noch erstaunlich gut an die Runde zu erinnern.

»Und wann haben Sie Pfeisinger zuletzt gesehen?«, fragte Lammers.

»Ich weiß nicht mehr genau.« Gerd kniff die Augen zusammen, während er nachdachte. »Das ist schon Jahre her. Ich hatte gerade mal wieder eine Therapie hinter mir. Wegen angeblicher Spielsucht. War eine Bewährungsauflage. Das muss 2016 gewesen sein. Im März, wenn mich nicht alles täuscht. Da haben wir hier gespielt. Kurz darauf habe ich eine E-Mail von ihm gekriegt. Das war ziemlich merkwürdig. Ich meine, wir alten Säcke schreiben uns normalerweise keine Mails. Ich wusste nicht mal, dass er meine Adresse hat.«

Interessant, soweit wir wissen, ist er also der Letzte, der Pfeisinger persönlich gesehen hat, dachte Dörfner. »Und was stand in der Mail?«

»Dass er nicht mehr kommen kann. Weil er in eine andere Stadt zieht. Nürnberg, glaube ich. Ich weiß noch, dass ich mich geärgert habe. Schließlich hat er mir noch Geld geschuldet.«

»Haben Sie die Mail noch?«, fragte Lammers.

»Die habe ich bestimmt gelöscht. Das ist ja schon Jahre her.«

Erst die seltsame Mail, dann, drei Jahre später, der Brief an Pfeisingers Schwägerin, als er zu ihrer Geburtstagsfeier eingeladen worden war. Es sah ganz so aus, als hätte jemand planmäßig die letzten Kontakte zur Außenwelt abgebrochen. Vielleicht waren die Dokumente noch auf Pfeisingers Computer gespeichert. Dörfner war gespannt, was Hanna Weiß dort noch alles fand.

»Hatten Sie über die Schafkopfrunde hinaus Kontakt zu Hubert Pfeisinger?«, arbeitete Lammers ihren Fragenkatalog weiter ab.

Gerd verzog den Mund, als wäre der Gedanke irgendwie unappetitlich. »Überhaupt nicht. Ich weiß auch gar nicht, wie er in die Runde gekommen ist. Irgendwann war er einfach da. Wahrscheinlich hat einer der anderen ihn mitgebracht.«

»Wie war das, als Sie zum letzten Mal mit ihm gespielt haben?«, fragte Dörfner. »Hat Pfeisinger sich da anders verhalten als sonst? War er vielleicht verängstigt oder wütend oder deprimiert?«

Der Spielautomat hinter Gerds Rücken stieß ein kurzes Dudeln aus, um auf sich aufmerksam zu machen. Reflexhaft nahm Gerd eine Münze aus dem Fach und warf sie in den Schlitz. Als Dörfner ihn mit einem mahnenden Blick bedachte, zuckte er nur mit den Schultern. »Ich kann mich sonst nicht konzentrieren.«

Dörfner wartete ab, bis das Spiel vorbei war. »Also? Ich habe Sie was gefragt.«

»Wir haben uns ja nicht zum Quasseln getroffen«, sagte Gerd. »Und Hubert hat sowieso nie viel erzählt. Ein oder zwei Jahre vorher war seine Frau gestorben. Das ist so ungefähr das Einzige, was ich von ihm weiß.«

Er warf einen sehnsüchtigen Blick auf den Automaten, aber dann schien ihm noch etwas einzufallen. »Wobei … An dem letzten Abend hatte er bessere Laune als sonst. Ich erinnere mich, dass er sogar eine Runde Schnaps ausgegeben hat. Spendabel war er ja sonst nicht gerade. Das hatte bestimmt was mit dieser Putzfrau zu tun.«

Dörfner sah zu Lammers. Sie hatte gerade einen Schluck von ihrem alkoholfreien Bier nehmen wollen. Der Schaum berührte schon ihre Oberlippe, aber jetzt setzte sie das Glas wieder ab und stand da, als hielte sie die Luft an. Ihre ganze Aufmerksamkeit war auf Gerd gerichtet. Dörfner wagte nicht, den Augenblick zu stören. Ein falsches Wort konnte dazu führen, dass Gerd sich wieder seinem rotierenden Obst widmete. Der Automat dudelte. Ohne hinzusehen, nahm Gerd eine Münze aus dem Fach. Drehte sie zwischen den Fingern.

»Wovon alte Männer so träumen«, sagte er schließlich.

Lammers nickte. Ihr magnetisches Lächeln funktionierte besser als jedes Drängen.

»Anscheinend hat er sich eingebildet, dass da mehr zwischen ihnen war. Wir haben natürlich Witze darüber gemacht. Die ich jetzt nicht wiederholen will.«

Die Kellnerin klimperte mit ihren Gläsern. Jemand schob seinen Hocker über den Holzboden und verabschiedete sich lautstark. Im Radio verbreitete ein näselnder Moderator grundlose Fröhlichkeit. Gerd sah weiter Lammers an, aber mehr hatte er offenbar nicht zu sagen.

»Der Hubert hat doch bestimmt ihren Namen erwähnt, oder?«, durchbrach Lammers das Schweigen.

Jetzt schien auch Gerd zu spüren, dass seine achtlose Bemerkung etwas ausgelöst hatte. Er warf die Münze in den Schlitz und verzog seine schmalen Lippen zur Andeutung eines Grinsens. »Was ist denn überhaupt passiert? Hat ihn jemand umgebracht und um sein Kleingeld erleichtert?«

»So ähnlich«, sagte Dörfner. »Beantworten Sie bitte die Frage.«

»Keine Ahnung, wie die hieß. Vielleicht hat er es mal erwähnt, aber das ist ja alles schon ewig her. Kann ich jetzt in Ruhe weiterspielen?«

Dörfner verlor die Geduld. Er zog den Stecker aus der Dose in der Holzvertäfelung. Mit einem jämmerlichen Geräusch erloschen die blinkenden Lichter. In Gerds Augen flackerte Hass auf.

»Nach unseren Informationen sind Sie der Letzte, der Pfeisinger lebend gesehen hat. Aber wenn Sie wollen, können wir das auch gerne auf dem Präsidium besprechen.«

Die Drohung klang selbst in seinen eigenen Ohren nicht besonders überzeugend, und er brauchte Lammers nicht anzusehen, um zu wissen, was sie davon hielt, aber Gerd schien es nicht darauf ankommen lassen zu wollen.

»Ich weiß nur, dass er sie aus irgendeiner Zeitungsannonce hatte«, sagte er. »Einmal hat er mir ein Foto auf seinem Handy gezeigt. Die sah tatsächlich ganz gut aus. Jung, jedenfalls. Mehr weiß ich nicht. Ich kann mir nicht vorstellen, dass die irgendwas von ihm wollte. Außer Geld vielleicht, aber das hatte er ja auch nicht.«

Na also, dachte Dörfner, besser als nichts. »Sonst noch irgendetwas, das uns weiterhelfen könnte?«

Gerd schüttelte energisch den Kopf.

»Lass uns gehen«, sagte Lammers.

Dörfner trank den Rest aus seinem Glas in einem Zug. Es fühlte sich gut an, wie das kalte Bier sich in seinem Magen ausbreitete und der Alkohol durch die Blutbahn zirkulierte. Mit einem Mal besserte sich seine Laune.

»Dann viel Glück noch«, sagte er.

Gerd steckte den Stecker wieder in die Dose. Er rückte seine Lederjacke zurecht und setzte sich auf den Hocker. »Mit Glück hat das gar nichts zu tun. Das ist alles System«, sagte er trotzig.

Draußen war es dunkel geworden. Ein schmieriger Film aus Blättern bedeckte den Bürgersteig, und Dörfner konnte den feuchten Wind auf der Haut spüren, als sie zum Auto gingen.

»Was meinst du?«, fragte er.

Lammers blieb unter einer Laterne stehen und sah ihn an. »Jetzt müssen wir noch die gut aussehende Putzfrau finden«, sagte sie.

Wie üblich fand Dörfner es schwierig zu beurteilen, ob sie sich über ihn lustig machte. Egal. Er zog den Autoschlüssel aus der Hosentasche, warf ihn hoch und fing ihn hinter dem Rücken wieder auf. Ein Trick, den er als Jugendlicher mit seinem Bruder bis zur Perfektion geübt hatte. Allerdings auf trockenem Untergrund. Er musste einen kleinen Ausfallschritt machen, rutschte auf dem nassen Laub aus und landete auf dem Hintern. Lammers schüttelte nachsichtig den Kopf und half ihm auf.

»Gib mir den Schlüssel«, sagte sie. »Du bist ja schon nach einem Bier zu besoffen, um zu fahren.«

Wie hat sie das schon wieder mitgekriegt?, dachte er. Es war wirklich nicht immer einfach, mit ihr zu arbeiten, aber falls sie ihm durch eine Beförderung weggenommen würde, dann konnte es sein, dass er den Rademacher machte.

18

Frida öffnete erst nach dem dritten Klingeln. Kant lief die Stufen in den fünften Stock hinauf. Aus der Wohnung wehte ihm eine träge Bassmelodie entgegen. Er ging durch den dunklen Flur und fand seine Tochter allein mit einer Tasse Tee am Küchentisch. Im schwachen Licht des Kerzenleuchters fiel Kant auf, dass alles schon perfekt eingerichtet war, als wohnten die beiden schon seit Jahren dort, während in seiner eigenen Wohnung, in der er schon eine halbe Ewigkeit lebte, allem ein Hauch von Improvisation anhaftete.

»Wo ist Tom?«, fragte er.

Frida hatte den Kopf in die Hände gestützt und hob ihn jetzt ein paar Millimeter. »Auf irgendeinem beschissenen Betriebsfest.«

Das klang nicht gut. Kant zog einen Stuhl unter dem Tisch hervor und setzte sich zu ihr. »Also, was ist los?«

Sie sah ihn mit den großen dunklen Augen, die sie von ihrer Mutter geerbt hatte, einen Moment lang an. Kant bemerkte, dass sie sich geschminkt hatte, als wollte sie gleich ausgehen. »Ich glaub, ich habe einen Fehler gemacht«, sagte sie schließlich.

Kant nickte und wartete, bis sie weitersprach.

»Das Ganze hier …« Sie schluchzte einmal, fing sich aber sofort. »Es ist lächerlich.«

»Habt ihr euch gestritten?«, fragte Kant.

»Nein. Ich habe nur das Gefühl, wir wollen nicht das Gleiche.«

»Hast du ein Bier im Kühlschrank?«

Frida nickte, und er holte sich eine Flasche, öffnete sie, trank ein paar Schlucke. Okay, dachte er, eine Beziehungskrise nach drei Tagen in der gemeinsamen Wohnung. Nicht unbedingt ein gutes Zeichen, aber auch kein Weltuntergang.

»Tom nimmt mein Studium nicht ernst«, sagte Frida. »Er hält das für eine Art Hobby. Er hat gesagt, bald verdient er sowieso genug Geld für uns beide.«

»Er will eine Hausfrau aus dir machen?«, sagte Kant ungläubig. »Da ist er wohl an die Falsche geraten.«

Frida brachte ein Lächeln zustande, das sie nur noch trauriger wirken ließ. »Stimmt.«

»Du weißt, dass du jederzeit zurückkommen kannst, oder? Ich meine, falls du lieber wieder auf deiner Matratze im Kinderzimmer schlafen willst.«

»Das geht nicht«, sagte Frida.

»Wieso nicht?«

Sie zögerte einen Augenblick. »Die ganze Arbeit. Das ganze Geld.«

»Wen interessiert das Geld?«, sagte Kant. »Die Frage ist doch, ob du ihn liebst.«

Frida starrte in ihre Teetasse. »Ich weiß es selber nicht genau.«

»Denk drüber nach«, sagte Kant. Mit einem Mal überkam ihn eine lähmende Müdigkeit. Er trank den Rest aus der Flasche in einem Zug aus. »Ich muss jetzt nach Hause. Ein bisschen schlafen.«

Frida brachte ihn zur Tür. »Danke, dass du gekommen bist.«

»Danke, dass du mich angerufen hast. Und leg mal andere Musik auf. Von dem Zeug würden selbst die Teletubbies Depressionen kriegen.«

Am nächsten Morgen ging Kant früher als sonst ins Präsidium. Seine Wohnung kam ihm so still und leer vor, dass er keine Lust hatte, dort zu frühstücken. Selbst die Klamottenberge vor der Waschmaschine und die Geschirrstapel auf der Spüle fehlten ihm.

Hanna Weiß, die sonst immer schon frisch geduscht, geschminkt und deodoriert in ihrem Büro saß, war noch nicht da. Seltsamerweise lagen auf ihrem Schreibtisch ein Aktenordner, Textmarker und lose Blätter herum. Die Kartons mit Pfeisingers Nachlass standen aufgeklappt überall im Zimmer. Normalerweise hasste sie Unordnung. Sie hatte die Angewohnheit, Stifte rechtwinklig zu Blöcken anzuordnen, und ging am Nachmittag durch die Büros, um leere Kaffeetassen einzusammeln.

Lammers und Dörfner würden später kommen, weil sie gestern noch lange unterwegs gewesen waren, und Rademacher saß wahrscheinlich unten im Auto, hörte Radio, träumte vom Fliegenfischen und wartete darauf, dass die Uhr Punkt acht zeigte, bevor er seinen Dienst antrat. Als Kant über den stillen Flur zu seinem Büro ging, kam Hanna um die Ecke und prallte beinahe mit ihm zusammen.

Eine leichte Röte überzog ihre Wangen, und ihr Atem pfiff, als wäre sie die Treppe hochgerannt. Kant bemerkte, dass ihre Frisur nicht so perfekt saß wie sonst. Sie murmelte eine Begrüßung und huschte mit gesenktem Blick an ihm vorbei in ihr Büro. Kant nahm einen feinen Geruch an ihr wahr. Offenbar hatte sie vergessen, Deo aufzutragen. Sie roch wie eine Frau, die gerade erst aus dem Bett gestiegen war.

Er blieb stehen und sah ihr verwirrt nach. Fünf Sekunden später kam sie aus der Tür geschossen. »Joe«, rief sie. »Ich glaub, ich bin auf was gestoßen. Komm.«

Joe? Das letzte Mal, als ihn jemand so genannt hatte, war er noch auf dem Gymnasium gewesen und hatte vergeblich versucht, sich einen Bart wachsen zu lassen. Nur Rademacher sprach ihn manchmal mit Joachim an, die anderen vermieden normalerweise seinen Vornamen, und er war sich ziemlich sicher, dass sie ihn einfach Kant nannten, wenn sie in seiner Abwesenheit über ihn redeten. Ausgerechnet Hanna, die einem kaum in die Augen sehen konnte. Er wusste nicht, was er davon halten sollte, daher beschloss er, es erst einmal zu ignorieren.

»Pfeisinger hatte ein Auto«, sagte Hanna, als er in ihr Büro kam. »Einen Audi A4, Baujahr 1996. Das Fahrzeug wurde 2016 bei der Zulassungsstelle abgemeldet. Ich habe in seinen Unterlagen den Kaufvertrag gefunden. Der Audi wurde von einem Händler in München erworben.«

»Und?«, sagte Kant. »Vielleicht fühlte er sich nicht mehr fahrtüchtig. Soll vorkommen in dem Alter.«

Hanna wedelte mit einem ausgedruckten Dokument. »Das ist eine Vollmacht für den Verkauf. Ausgestellt auf eine Frau Annemarie Gerber. Sie trägt Pfeisingers Unterschrift.«

Kant verstand immer noch nicht. Er sah zu, wie Hanna Weiß die Textmarker in die Schublade räumte, den Ordner zuklappte, schnell mit dem Ärmel über den Schreibtisch wischte. Langsam schien sie wieder sie selbst zu werden.

»Wir konnten bisher niemanden finden, der Pfeisinger nach dem Jahr 2015 persönlich gesehen hat«, fuhr sie fort. »Auf seiner Festplatte waren Briefe und Mails gespeichert, in denen er unter Vorwänden private Termine absagt. Bei seiner Schwägerin, bei den Kartenspielern und auch einen Kontrolltermin beim Arzt. Ich glaube nicht, dass er sie selbst geschrieben hat. Vermutlich war er da schon tot. Und ich würde darauf wetten, dass die Unterschrift unter der Vollmacht gefälscht ist.«

Als sie zu ihm aufsah, lag ein bisher unbekanntes Glitzern in ihren Augen. »Dann würde ich vorschlagen«, sagte Kant, »dass du rausfindest, wer diese Annemarie Gerber ist und in welcher Beziehung sie zu Pfeisinger stand.«

Während sie miteinander redeten, klickte Hanna mit der Maus auf ihrem Monitor herum. »Ah, gut«, sagte sie. »Eine E-Mail aus der Forensik. Die Videoaufzeichnungen von dem Geldautomaten sind gestern Abend eingetroffen. Der Techniker hat eine Nachtschicht eingelegt.«

Kant hatte geplant, am Vormittag die Fallakte auf den neuesten Stand zu bringen und die wenigen Anhaltspunkte, die sie hatten, noch einmal neu zu bewerten, aber jetzt gab es Wichtigeres zu tun. Vielleicht kam endlich Bewegung in den Fall.

»Gute Arbeit, Hanna«, sagte er, bevor er durch die endlosen Gänge des Präsidiums zum Videoraum ging.

Der Techniker, ein blasser junger Mann, dessen Namen Kant ständig vergaß, hatte schon alles vorbereitet. Kant setzte sich auf einen Drehstuhl und sah erwartungsvoll auf die Reihe von Monitoren. Die Lüfter der Rechner summten und erfüllten den fensterlosen Raum mit ihrer trockenen warmen Luft. Der Techniker dimmte das Licht. »Das sind die Aufnahmen aus den letzten sechs Monaten. In der Zeit hat fünfmal jemand auf Pfeisingers Konto zugegriffen. Ich habe die Stellen zusammengeschnitten.«

Die Kamera zeigte den Vorraum der Raiffeisenbank in Feldmoching, bei der Hubert Pfeisinger seit über vierzig Jahren sein Girokonto hatte. Kant konnte den Geldautomaten von schräg oben sehen. Eine Person tauchte im Blickfeld auf. Eher klein. Mit Baseballkappe und Sonnenbrille. Von ihrem Gesicht war nicht viel zu erkennen, und weite dunkle Kleidung verhüllte ihren Körperbau, aber aus der Art, wie sie sich bewegte, schloss Kant, dass es sich wahrscheinlich um eine Frau handelte. Sie schob die EC-Karte in den Schlitz, gab die PIN ein, zog die Geldscheine aus dem Fach, schob sie zusammen mit der Karte in die Hosentasche und verschwand, ohne den Kopf zu heben.

Das Bild sprang, und der Vorgang wiederholte sich. Fünfmal. Immer das Gleiche. Kant sah auf den eingeblendeten Timecode. Die Unbekannte hatte immer an den ersten drei Tagen des Monats die komplette Rente Pfeisingers abgehoben. Ihre Körpersprache zeigte keine Unsicherheit, kein Schuldbewusstsein. So routiniert, als hätte sie es schon tausendmal getan, dachte Kant.

Sah er die Frau vor sich, die Pfeisinger von hinten in den Kopf geschossen hatte? Konnte sie ihn allein zerstückelt, in die Truhe gelegt und Jahre später an der Autobahn verstreut haben? Möglich war es, wenn auch nicht sehr wahrscheinlich.

Er bat den Techniker, die besten Aufnahmen herauszusuchen und Ausdrucke anzufertigen. Für eine Öffentlichkeitsfahndung konnte man nicht genug von ihrem Gesicht erkennen, aber immerhin eigneten sich die Bilder, um den Kreis von Verdächtigen einzuengen. Allerdings musste man dazu erst mal Verdächtige haben.

»Haben Sie die Kette gesehen?«, unterbrach der Techniker seinen Gedankengang.

»Was?«

Kant stand auf und trat näher an den Monitor. Der Techniker spulte die Aufnahmen zurück zu einer Stelle, an der sich die Frau über den Automaten beugte, um die PIN einzutippen. In einem Lichtstrahl, der in den Vorraum fiel, sah man unter ihrem Kinn etwas aufblitzen. Der Anhänger einer Halskette war aus ihrem Pullover gerutscht. Nur eine Sekunde, dann schob sie ihn mit einer unbewusst wirkenden Bewegung zurück.

»Können Sie das vergrößern?«

Der Techniker klickte ein paarmal mit der Maus und zoomte auf den silbernen Anhänger. Kant betrachtete die grobkörnige Aufnahme. »Was ist das? Ein Fisch?«

»Nein«, sagte der Techniker. »Ein Delfin.«

»Sind Sie im Nebenberuf Meeresbiologe?«

Der Techniker lachte. »Welche Frau hängt sich denn einen Fisch um den Hals?«

»Vielleicht ist sie Christin. Oder Anglerin. Egal. Machen Sie mir davon bitte auch einen Ausdruck. Oder besser fünf.«

Er wartete, bis der Techniker die Standbilder aufbereitet und ausgedruckt hatte, und nahm sie gleich mit in seine Abteilung. Hanna Weiß saß vor ihrem Computer und sah kaum auf, als er hereinkam. Nachdem er sich jeweils einen Ausdruck herausgenommen hatte, warf er den Umschlag mit den Bildern auf ihren Schreibtisch.

»Verteil das bitte an alle«, sagte er. »Und schick mir die Adresse von dem Gebrauchtwagenhändler aufs Handy. Mit dem würde ich gerne persönlich sprechen.« Hanna nickte geistesabwesend.

Kant holte Rademacher in seinem Büro ab, und sie fuhren nach Laim. Serdars Autowelt bestand aus einem großen gekiesten Parkplatz an der Hauptstraße und einer Blechhütte, vor der ein Schäferhund angebunden war. Fahrzeuge sämtlicher Fabrikate rosteten dicht gedrängt vor sich hin. Die meisten sahen aus, als stünden sie schon seit Jahren dort. An diesem feuchten und windigen Vormittag hatte sich kein Kunde auf den Platz verirrt, und es ließ sich auch kein Angestellter blicken, als sie vor der Blechhütte aus ihrem Dienstwagen stiegen. Der Hund bellte ein paarmal empört und verzog sich dann in seinen Unterstand, der aus alten Autoreifen, Paletten und Lkw-Planen zusammengebastelt war.

»Von jemandem, der seinen Hund so hält, würde ich kein Auto kaufen«, sagte Rademacher.

Sie gingen zu der Blechhütte, deren Tür einen Spalt weit offen stand. Kant konnte einen Mann sehen, der auf einem Stuhl saß, die Füße auf den Schreibtisch gelegt hatte und ein Buch las. Aus den Boxen einer Kompaktanlage drang leise türkische Popmusik. Als Kant klopfte, stand der Mann auf und strich sich seinen zu weiten Anzug glatt.

»Kommen Sie ruhig rein«, sagte er mit weicher Stimme. »Kann ich Ihnen einen Tee anbieten?«

»Wir sind nicht gekommen, um ein Auto zu kaufen.« Kant sah sich in dem engen Raum um. Gegenüber dem Schreibtisch stand ein zerschlissenes Ledersofa. Plakate mit religiösen Sprüchen schmückten die Blechwände. Ein Regal in der Ecke war vollgestopft mit Büchern. Ein Klimagerät über der Tür blies Kant heiße Luft ins Gesicht.

»Das dachte ich mir schon«, sagte der Mann. »Ich habe selten deutsche Kundschaft. Alles, was da draußen steht, ist für den Export gedacht.«

»Ich nehme an, Sie sind Herr Serdar?«

»Höchstpersönlich.« Er deutete eine Verbeugung an. »Und die Herren sind vom Ordnungsamt? Oder von der Polizei?«

Kant stellte sich und Rademacher vor. »Wir würden gerne mit Ihnen über ein Fahrzeug sprechen, das Sie vor sechs Jahren gekauft haben.«

Serdar deutete auf das Sofa. »Nehmen Sie doch Platz.« Er ging zu dem Samowar, der auf einem Tischchen neben der Tür stand, und schenkte ihnen zwei kleine Gläser Tee ein. »Zucker?«

»Für mich Süßstoff«, sagte Rademacher.

Serdar reichte ihnen ihre Gläser, zog seinen Schreibtischstuhl heran und setzte sich zu ihnen. »Sechs Jahre sind eine lange Zeit.«

»Es handelt sich um einen blauen Audi A4«, sagte Kant. »Das Fahrzeug wurde von einer Frau namens Annemarie Gerber verkauft. Sie war aber nicht die Eigentümerin.«

»Ich kaufe keine gestohlenen Autos«, sagte Serdar ruhig und lehnte sich auf seinem Stuhl zurück.

Rademacher schlürfte lautstark seinen Tee. »So was würden wir auch nie unterstellen. Die Frau hatte vermutlich eine Vollmacht und sämtliche Papiere.«

»Wo ist dann das Problem?«, fragte Serdar.

»Sie haben doch sicher noch die Unterlagen von dem Geschäft«, sagte Kant.

Serdar schnalzte mit der Zunge. »Vor vier Jahren hat hier jemand nachts einen Molotowcocktail durchs Fenster geworfen. Alle Unterlagen sind verbrannt. Die Polizei konnte die Täter nicht ermitteln. Danach habe ich den Hund angeschafft.« Er lachte trocken. »Gibt nichts Besseres gegen Nazis als Deutsche Schäferhunde.«

»Woher wissen Sie, dass es Nazis waren, wenn die Täter nicht gefasst wurden?«, fragte Rademacher.

»Klar, das sagt die Polizei immer. Wie beim NSU. Ich bin aber nur ein kleiner Autohändler. Kein Krimineller. Warum sollte mir jemand was tun?«

Kant spürte, wie die Wände der Blechhütte bebten, als auf der nahen Landsberger Straße ein Sattelschlepper vorbeirauschte. »Das hat sich der Mann, wegen dem wir hier sind, vielleicht auch gefragt«, sagte er. »Dann wurde er zerstückelt und an der Autobahn verstreut.«

Serdar betrachtete das Muster des fadenscheinigen Orientteppichs unter seinen Füßen, bevor er sich zu einem Entschluss durchrang. »Unterlagen hin oder her«, sagte er schließlich. »Ich kann mich dunkel erinnern, dass vor ein paar Jahren eine Frau hier war und einen Audi gebracht hat. Damenbesuch ist ja eher selten in meinem Geschäft. Mit den Papieren schien alles in Ordnung zu sein. Sie hatte eine Vollmacht. Von ihrem kranken Lebensgefährten, wenn ich mich recht erinnere. Offenbar hatte sie es eilig, das Auto loszuwerden. Sie hat gleich mein erstes Angebot akzeptiert.«

»Können Sie die Frau beschreiben?«, fragte Kant.

»Deutsch. Hübsch. Mittelalt. Wie die halbe Stadt.« Er lachte, aber seine Augen blieben ernst. »Hat sie den Mann umgebracht?«

»Das wissen wir noch nicht. Lassen Sie sich normalerweise den Ausweis zeigen, wenn jemand ein Auto bringt?«

»Hundertprozentig.« Serdar zeigte auf einen stählernen Aktenschrank an der Wand hinter seinem Schreibtisch. »Ich mache sogar Kopien. Alles da drin. Aus den letzten vier Jahren, wie gesagt.«

»Und was ist mit dem Auto passiert?«, fragte Rademacher.

»Export. Wahrscheinlich in den ehemaligen Ostblock, aber das weiß ich nicht mehr genau. Vielleicht können Sie es über die Fahrgestellnummer finden.«

Mit enormem Aufwand wäre das möglich, dachte Kant. Aber nach sechs Jahren gab es wohl kaum noch verwertbare Spuren. Er zog die Bilder der Frau, die Pfeisingers Rente abgehoben hatte, aus seiner Aktentasche und zeigte sie Serdar ohne große Hoffnung. »Könnte das die Verkäuferin gewesen sein?«

Serdar warf nur einen kurzen Blick auf die Ausdrucke. »Das Gesicht kann man ja kaum erkennen. Von der Figur her könnte es passen. Ansonsten, keine Ahnung.«

Kant bezweifelte, dass Serdar Annemarie Gerber bei einer Gegenüberstellung erkennen würde, aber auch wenn sie keine Beweise hatten, war er überzeugt, dass sie hier gewesen war und mit einer wahrscheinlich gefälschten Vollmacht Pfeisingers Auto verkauft hatte. Damit hatten sie immerhin eine Verdächtige. Sobald Hanna Weiß sie gründlich unter die Lupe genommen hatte, mussten sie persönlich mit ihr sprechen.

Er stand auf und stellte sein Teeglas ab. »Danke für Ihre Kooperation«, sagte er.

Sobald sie durch die Tür traten, kam der Schäferhund aus seiner improvisierten Hütte geschossen, bis die Leine ihn abrupt stoppte. Rademacher näherte sich ihm vorsichtig. Er ging in die Hocke und streckte die Hand aus. Der Hund knurrte leise. Rademacher wartete ab. Nach einer Weile schnüffelte der Hund an seinen Fingern. Mit der Zungenspitze prüfte er Rademachers Geschmack. Dann wedelte er vorsichtig mit seinem buschigen Schwanz.

»Siehst du«, sagte Rademacher. »Kein Nazi.«

19

Sobald Kant und Rademacher das Präsidium verlassen hatten, stand Hanna Weiß auf und zog die Tür ihres Büros zu. Was für ein Morgen. Sie musste erst einmal durchatmen. Das Letzte, was sie jetzt gebrauchen konnte, war, dass Dörfner oder Lammers ihre Nasen in ihr Büro steckten und blöde Fragen stellten. Kants Blick hatte ihr schon gereicht. Offenbar stand ihr ins Gesicht geschrieben, wie sehr die letzte Nacht sie aufgewühlt hatte.

Sie setzte sich an ihren Schreibtisch, um sich in die Arbeit zu stürzen. Nur nicht an Stefan denken. Haha. Sie brauchte nicht an ihn zu denken, sie konnte ihn noch spüren. Das flauschige Barthaar an ihrer Wange. Seine weichen Hände auf ihrem Rücken. Die Muskeln, die sich unter der gemütlichen Fettschicht an seinem Bauch verbargen. Sie spürte ihn auf sich, unter sich, in sich. Seine Wärme und das Vibrieren des Lebens.

Natürlich war sie nicht zum ersten Mal mit einem Mann ins Bett gegangen, aber normalerweise ergriff sie die Flucht, sobald die körperlichen Bedürfnisse erfüllt waren. Mit Stefan hatte sie die ganze Nacht verbracht. Sie hatten in seiner Einzimmerwohnung auf der Luftmatratze gesessen, die er anstatt eines Betts besaß, und geredet, bis das erste Licht durchs Fenster fiel. Möbel, hatte er gesagt, sind doch nur eine Belastung. Alles, was er besaß, passte in einen Rucksack. Er arbeitete als Beleuchter bei Filmproduktionen, aber das war nur ein Job, mit dem er das Geld für seine Reisen verdiente. Wenn sie ihm zuhörte, bekam sie das Gefühl, das ganze Leben wäre ein einziges Abenteuer. Im Gegensatz zu ihr war er so frei und unbeschwert.

Schluss damit. Kant hatte sie nicht beauftragt, ein Psychogramm von Stefan zu erstellen, sondern alles über Annemarie Gerber herauszufinden. Sie musste nur an den Namen denken, schon hatte sie ein Bild vor Augen. Irgendwie sexy. Auf jeden Fall lange Beine. Ein bisschen vulgär.

War Annemarie Gerber die Frau, die bei Pfeisinger geputzt hatte? Die Frau, die sein Auto verkauft hatte? Die Frau, die am Geldautomaten seine Rente abgehoben hatte?

Die erste Überraschung brachte der Abruf der Daten bei der Meldebehörde. Die einzige Annemarie Gerber in ganz Bayern war 1942 geboren und somit genau achtzig Jahre alt. Das Bild in Hannas Kopf veränderte sich drastisch. Nicht mehr so sexy. Ein grauer Rock verdeckte die langen Beine. Billige Klunker an den runzeligen Händen. Augen, die schon alles gesehen hatten. Wer auch immer diese Frau war, sie hatte nicht bei Pfeisinger geputzt und ihn vermutlich auch nicht erschossen und in Stücke gesägt.

Die zweite Überraschung war, dass Annemarie Gerber in derselben Wohnsiedlung in der Linkstraße wohnte wie Pfeisinger. Zwischen ihren Häusern lagen vielleicht hundert Meter. Vielleicht hatten sie sich zufällig kennengelernt, beim Bäcker, beim Arzt, beim Taubenfüttern im Park oder wo auch immer alte Leute sich so herumtrieben, wenn sie nicht zu Hause auf dem Sofa saßen.

Die dritte Überraschung war, dass es Hanna nicht gelang, mehr herauszufinden. Keine lebenden Verwandten. Keine Treffer im Internet. Nichts außer der Adresse und der Telefonnummer.

Kant hatte nicht gesagt, dass sie Annemarie Gerber kontaktieren sollte. Als sie mit ihm gesprochen hatte, war Gerber noch eine potenzielle Verdächtige gewesen, aber das hatte sich jetzt wohl erledigt. Soweit Hanna wusste, neigten ältere Damen nicht zu solch extremen Gewalttaten. Es konnte also nicht schaden, mit ihr zu sprechen. Hanna griff zum Telefon und wählte die Nummer. Sie stellte sich vor, wie das Schrillen des altmodischen Apparats durch die Wohnung hallte. Niemand hob ab.

Sie legte auf und lehnte sich auf ihrem Stuhl zurück. An diesem Vormittag war es merkwürdig still im Präsidium, und unter normalen Umständen genoss sie diese Momente, in denen sie sich ganz auf ihre Arbeit konzentrieren konnte. Sie hätte noch einmal Pfeisingers Unterlagen sichten oder sich mit dem Inhalt seiner Festplatte beschäftigen können, aber heute fehlte ihr die innere Ruhe dazu. Sie stand auf und ging zum Fenster. Unten auf der Straße liefen Leute mit bunten Schirmen vorbei. Mit Taschen beladene Einkaufsbummler, Büroangestellte im Anzug, vereinzelte Touristen mit albernen Schirmmützen und Fotoapparaten.

Vielleicht wurde es Zeit, dass auch sie sich in ein kleines Abenteuer stürzte. Kurz entschlossen zog sie ihre Jacke an, marschierte aus dem Büro, kehrte noch einmal zurück, um zu überprüfen, ob sie das Licht ausgeschaltet hatte, und fuhr dann mit ihrem Fiat 500 durch die halbe Stadt zur Linkstraße. Als sie gegenüber dem Wohnblock am Straßenrand parkte, überlegte sie kurz, was Kant von ihrem eigenmächtigen Handeln halten würde, dann stieß sie die Tür auf und trat in den Nieselregen.

Annemarie Gerbers Klingelschild befand sich an der dritten Tür des lang gestreckten Blocks, der sich nur durch seine

Farbe von dem unterschied, in dem Pfeisinger gewohnt hatte. Hanna sah an der Fassade hoch. Hinter einem der mit Gardinen verhangenen Fenster im dritten Stock musste Frau Gerber wohnen. Hanna läutete.

Niemand öffnete.

Sie probierte es bei den Nachbarn. Es dauerte eine Weile, bis der Türöffner schließlich summte. Durch das schmucklose Treppenhaus stieg sie in den dritten Stock. An der Tür neben Frau Gerbers Wohnung lehnte eine schwangere Frau und beobachtete sie misstrauisch. Aus ihrer Wohnung drangen aufgeregte Fernsehstimmen und der Geruch von Waschmittel.

»Ich wollte eigentlich zu Frau Gerber«, sagte Hanna.

Statt zu antworten, paffte die Nachbarin an ihrer E-Zigarette. Ihr Gesichtsausdruck blieb leer.

Hanna zeigte auf die Tür der Nebenwohnung. »Annemarie Gerber? Ihre Nachbarin?«

»Ach, die«, sagte die Frau. »Die ist nicht da. Ich habe gehört, sie lebt irgendwo im Ausland. Bei ihrer Tochter oder so. Keine Ahnung, warum sie die Wohnung behalten hat.«

Zu den wenigen Dingen, die Hanna über Frau Gerber wusste, gehörte, dass sie keine Kinder hatte. »Wann haben Sie sie denn zuletzt gesehen?«

Die Nachbarin trat den Rückzug in ihre Wohnung an. »Noch nie. Ich habe die noch nie gesehen. Wer sind Sie überhaupt?«

Hanna zeigte ihren Ausweis. »Wie lange wohnen Sie schon hier?«

Die Nachbarin verzog das Gesicht, als wäre das Nachdenken eine ungewohnte Anstrengung. »Paar Jahre. Fünf oder sechs. Ich kann Ihnen nicht weiterhelfen. Außerdem habe ich was auf dem Herd stehen.«

»Wer hat Ihnen erzählt, dass Frau Gerber im Ausland wohnt?«

»Daran kann ich mich nicht erinnern. Irgendjemand im Treppenhaus, nehme ich an. Wiederschauen.« Sie schob die Tür ins Schloss.

Hanna stand allein in dem stillen Flur. Sie spürte, wie ihr Herzschlag sich beschleunigte. Ein Schweißtropfen rann ihr über den Rücken. Instinktiv schob sie die Fingerspitze unter die Achsel, um ihren Geruch zu prüfen, aber dann überlegte sie es sich anders. Jetzt war nicht der Zeitpunkt, um sich Gedanken über ihre Wirkung auf nicht anwesende andere zu machen.

Der normale Weg wäre gewesen, sich an die Hausverwaltung zu wenden und sie zu bitten, die Wohnung zu öffnen. Auf diese Weise würden Stunden vergehen, bis sie einen Blick in die Wohnung werfen konnte. Sie zog ihr Portemonnaie aus der Jackentasche und nahm mit zittrigen Fingern eine Kreditkarte heraus. Wahrscheinlich war es nicht so einfach, wie es in den Filmen immer aussah, aber sie wusste, dass Kant schon öfter Türen auf diese Art geöffnet hatte. Vor allem seine eigene, wenn seine Tochter wieder einmal ihren eigenen Schlüssel verloren und den von Kant in der Wohnung vergessen hatte.

Mit einem Blick übers Geländer vergewisserte sie sich, dass niemand die Treppe hinaufkam, dann zwängte sie die Karte in den Schlitz zwischen Tür und Rahmen und schob sie langsam nach unten, bis sie auf Widerstand traf. Gut, das musste die Verriegelung sein. Obwohl sie mit aller Kraft dagegendrückte, blieb das Schloss unbeeindruckt. Sie fasste die Karte mit beiden Händen, nahm ein wenig Anlauf und ließ sie nach unten schnellen.

Das Plastik riss halb durch, eine scharfe Kante bohrte sich in ihren Daumen, und sie ließ die Karte fallen.

»Was machen Sie denn da?«, fragte jemand hinter ihr, als sie sich nach ihrer zerstörten Kreditkarte bückte.

Sie drehte sich um. Auf der Treppe über ihr stand ein kleiner Mann mit kugelrundem Kopf und polierter Glatze. Er trug eine Leiter über der Schulter.

Hanna leckte sich das Blut vom Daumen. Sie wünschte, sie hätte ihren Schreibtisch im Präsidium nie verlassen. »Nichts. Ich wollte nur …«

Der Mann kam die letzten Stufen herab und blieb so dicht vor ihr stehen, dass sie das Pfefferminzbonbon in seinem Mund und den Schweiß in seinem Overall riechen konnte. Er sah von der zerbrochenen Karte in ihrer Hand zum Türschlitz. Langsam nahm er die Leiter von der Schulter und lehnte sie an die Wand.

Hanna fühlte sich von ihm in die Ecke gedrängt, und seiner Miene nach zu urteilen, genoss er es. Sie wich zurück, bis sie mit dem Rücken die Wohnungstür berührte, und zog ihren Ausweis aus der Jackentasche.

»Polizei«, sagte sie. Es war das erste Mal, dass sie sich auf diese Art Respekt zu verschaffen versuchte, und sie kam sich albern dabei vor. Zu ihrer Überraschung funktionierte es. Der Mann, der sowieso schon nicht besonders groß war, schien ein paar Zentimeter zu schrumpfen. Die sadistische Belustigung in seinen Augen verwandelte sich in Wachsamkeit. Von einer Sekunde auf die andere verlor er jegliche Bedrohlichkeit.

»Ich bin der Luggi«, sagte er. »Gebäudemanagement.« Er streckte ihr die Hand entgegen, aber sie ignorierte es.

»Haben Sie einen Schlüssel für diese Wohnung?«

Luggi grinste. »Kommt drauf an. Haben Sie einen Durchsuchungsbeschluss?«

»Nein, aber ich mache mir Sorgen, dass der alten Dame etwas zugestoßen ist.«

»Wieso?«, fragte Luggi.

Gegenfragen kann ich auch, dachte Hanna. »Möchten Sie die Verantwortung übernehmen, falls ihr etwas passiert, bis der Papierkram erledigt ist?«

Luggi zuckte die Achseln. »Ich will nur keinen Ärger mit der Hausverwaltung.«

Er klappte seine Brusttasche auf und zog einen Schlüsselbund heraus. Als er aufschloss, fiel Hanna auf, dass seine Hände klein wie die eines Kinds waren. Er wollte die Tür aufschieben, aber Hanna hielt ihn zurück.

»Sie warten hier.« Luggi wirkte enttäuscht, aber er gehorchte und lehnte sich mit verschränkten Armen an das Treppenhausgeländer.

Hanna trat über die Schwelle. Der Korridor versank im Halbdunkel, als sie die Tür hinter sich zuschob. Auf dem Boden ein Teppich mit Karomuster. An der Decke ein gehäkelter Lampenschirm. In der Ecke, auf einem Tischchen mit gedrechselten Beinen, ein altmodisches Tastentelefon. Genau wie sie es sich vorgestellt hatte. Hanna drückte auf den Lichtschalter und spürte eine dicke Staubschicht unter den Fingern. Die Glühbirne tauchte den Korridor in gelbes Licht. Immerhin schien jemand die Stromrechnung zu bezahlen.

Hanna bezweifelte, dass es Annemarie Gerber selbst war.

Die Wohnung roch nach Polstermöbeln und Staub, aber nicht nach Mensch. Niemand wohnte hier, seit langer Zeit. Sie sollte umkehren und Kant anrufen, aber die Türen am Ende des Gangs zogen sie magisch an. Langsam, wie in einem Traum, in dem man durch tiefen Sand läuft, drang sie tiefer in die Wohnung vor.

Links befand sich die Küche. Holzvertäfelung an den Wänden. Ein kleiner Tisch mit einer geblümten Plastikdecke. Zwei Stühle. Ein Fenster mit zugezogenen Gardinen. Und überall Staub.

Hanna drehte sich um und warf einen Blick in das Wohnzimmer. Eine klassische Schrankwand mit Fernseher in der Mitte. Ein Sofa, ein Sessel, ein gekachelter Tisch. Alles aufgeräumt. Und überall Staub.

Vorsichtig schob Hanna die dritte Tür auf, die in ein fensterloses Bad führte. Sie stieß die Luft aus. Nirgendwo eine Leiche. Nirgendwo eine Gefriertruhe. Nirgendwo eine Spur von Leben.

20

Annemarie Gerber war verschwunden, und Kant hatte wenig Hoffnung, dass sie lebendig wieder auftauchte. Lammers, Dörfner und Rademacher befragten noch die Nachbarn, aber bisher hatten sie niemanden finden können, der sich überhaupt an die alte Dame erinnern konnte. Die Nachbarn kamen und gingen, und die meisten waren zu sehr mit ihrem eigenen Leben beschäftigt, um sich dafür zu interessieren, was in den Nebenwohnungen vorging. Ein Anruf bei der Hausverwaltung ergab, dass Gerber die Wohnung vor zweiundzwanzig Jahren angemietet und bis zum heutigen Tag immer pünktlich ihre Miete gezahlt hatte. Auch dort konnte sich niemand entsinnen, sie je persönlich zu Gesicht bekommen zu haben.

Es ist das Gleiche wie bei Pfeisinger, dachte Kant, während er zusammen mit Hanna Weiß in dem kleinen Wohnzimmer die Unterlagen aus der Schreibtischschublade und dem untersten Fach des Eichenholzschranks sichtete. Ab einem gewissen Alter konnte man einfach von der Bildfläche verschwinden, wenn man keine Angehörigen oder engen Freunde hatte.

Er spürte ein unangenehmes Ziehen im Magen, als ihm bewusst wurde, dass es ihm einmal genauso ergehen könnte. Wenn man ein Alter erreichte, in dem alle um einen herum wegstarben, waren Kinder das Einzige, das einen vor diesem Schicksal bewahren konnte. Zum Glück hatte er Frida. Aber auch das war keine Garantie. Sie könnte ins Ausland ziehen oder sich von ihm lossagen oder ihn einfach vergessen. Blödsinn. Das würde nie passieren. Es war nur dieser Fall, der ihm solche depressiven Gedanken einflüsterte. Die Einsamkeit der Opfer. Die Anonymität der Wohnsiedlung. Die Gleichgültigkeit der Umgebung.

Die Lebenden wurden behandelt, als wären sie schon tot.

Die Toten wurden behandelt, als lebten sie noch.

Und der ewige Nieselregen und die Dunkelheit trugen auch nicht gerade zur Stimmungsaufhellung bei.

Kant sah aus dem Fenster. Starker Wind trieb die Wolken im letzten Licht des Tages über den Himmel. Nur ein schmaler Grünstreifen trennte das Haus von dem Wohnblock gegenüber. Dahinter lag Pfeisingers Wohnung. Keine hundert Meter Luftlinie. Hatten die beiden sich gekannt?

»Nichts«, unterbrach Hanna seine Gedanken. Sie war die Einzige, der dieser Fall nichts auszumachen schien. Im Gegenteil, wenn sie sich unbeobachtet fühlte, lag oft ein glückseliges Lächeln auf ihren Lippen.

»Hier auch nicht«, sagte Kant. »Keine Bankkarte, kein Personalausweis, kein Portemonnaie.«

Natürlich hätte sie die Dokumente bei sich, falls sie wirklich irgendwo anders lebte, aber das passte alles nicht zusammen. Erstens schien es äußerst unwahrscheinlich, dass eine alte Frau in offenkundig bescheidenen Lebensverhältnissen eine Wohnung unterhielt, die sie nicht nutzte, zweitens hatte vor sechs Jahren jemand mit ihrem Personalausweis Pfeisingers Auto verkauft. Eine Frau, die deutlich jünger war. Entweder hatte die Unbekannte den Ausweis manipuliert, oder der Autohändler hatte entgegen seiner Aussage kaum einen Blick darauf geworfen. In jedem Fall war Annemarie Pfeisinger innerhalb von wenigen Stunden von ihrer ersten Verdächtigen zum zweiten Opfer geworden. Wodurch sie wieder von vorn anfangen konnten.

Allerdings hatten sie dieses Mal einen kleinen Vorteil: Wenn sich Kants Vermutung bestätigte und Annemarie Pfeisinger ebenfalls ermordet worden war, um ihre Rente zu kassieren, dann wusste der Täter wahrscheinlich noch nicht, dass die Polizei die Wohnung entdeckt hatte. In Pfeisingers Fall hatte der Mörder die Wohnung rechtzeitig geräumt, vermutlich weil Nordenberg, der schwierige Nachbar aus dem vierten Stock, keine Ruhe gegeben hatte, aber jetzt waren sie ihm einen Schritt voraus.

»Fahr zurück ins Präsidium und ruf die Bank an«, sagte Kant. »Ich kläre das mit dem Staatsanwalt. Frag nach, ob von Gerbers Konto regelmäßig die Rente abgehoben wurde. Wenn ja, dann sollen sie schon mal die Aufnahmen der Überwachungskamera bereitstellen. Wenn es immer derselbe Automat war, können wir ihn observieren. Vielleicht taucht der Täter oder die Täterin noch mal da auf.«

Kant sah Hanna Weiß nach, als sie aus der Wohnung rauschte. Sie hatte nicht mehr viel gemein mit der schüchternen, leicht neurotischen jungen Frau, die er als Unterstützung bei Recherchearbeiten ins Team geholt hatte. Mit jedem neuen Fall schien sie an Selbstvertrauen zu gewinnen.

Während er auf die Spurensicherung wartete, ging er in die Küche. Bis auf den allgegenwärtigen Staub war alles sauber und ordentlich. Er öffnete den Kühlschrank. Das Gerät war ausgeschaltet und leer. Nirgendwo lagen Essensreste herum. Im Mülleimer unter der Spüle befand sich nicht mal eine Tüte. Falls jemand Frau Gerber getötet hatte, musste er danach gründlich aufgeräumt haben. Offenbar hatte der Täter keine Angst gehabt, in der Wohnung entdeckt zu werden.

In einem Unterschrank entdeckte Kant zwischen Schüsseln und Töpfen einige Konservendosen. Ravioli. Serbische Bohnensuppe. Pürierte Tomaten. Er sah auf das Mindesthaltbarkeitsdatum. Die jüngste Konserve war im Februar 2016 abgelaufen. Da die Hersteller meist ein Datum aufdruckten, das achtzehn bis vierundzwanzig Monate in der Zukunft lag, waren die Dosen vermutlich im Jahr 2014 gekauft worden. War es möglich, dass Annemarie Gerber schon seit acht Jahren tot oder verschwunden war? Sie wussten immer noch nicht genau, wann Hubert Pfeisinger ermordet worden war, aber 2015 hatte er definitiv noch gelebt. Möglicherweise war er nicht das erste Opfer gewesen.

Kant sah aus dem kleinen Küchenfenster auf den Wohnblock gegenüber. In einigen Fenstern brannte Licht, aus anderen drang das bläuliche Flackern von Fernsehgeräten, aber manche waren nur dunkle Löcher im Beton. Bewohner, die noch arbeiteten oder schon ausgegangen waren. Oder weitere Geisterwohnungen.

Kant spürte, wie sich die Härchen in seinem Nacken aufstellten. Wenn jemand systematisch alte Menschen tötete, um ihre Rente zu kassieren, wie viele Opfer gab es dann noch? Allein in der Siedlung an der Linkstraße musste es Tausende Wohnungen geben, und in Hunderten davon lebten einsame alte Menschen. Potenzielle Opfer.

Eines war klar: Der Mörder musste seine Opfer vorher ausgespäht haben, um herauszufinden, ob jemand sie vermissen würde. Wahrscheinlich hatte er sich auf irgendeine Art ihr Vertrauen erschlichen. Pfeisingers Haushaltshilfe stand ganz oben auf der Liste. Vielleicht hatte sie auch bei Gerber sauber gemacht.

Wer kam noch infrage? Nachbarn, Ärzte, der hilfsbereite Angestellte aus dem Supermarkt, der die Einkäufe nach Hause trug. Handwerker, falsche Polizisten, Lieferdienste. Jeder, der einen plausiblen Grund hatte, in die Wohnungen der Opfer zu kommen.

Es klopfte an der Tür. Kant öffnete und ließ die Kollegen von der Spurensicherung ein. Manuel Stöger und eine Frau, die er nicht kannte. Kant hatte die Kollegen extra gebeten, kein Aufsehen zu erregen, deshalb waren sie nur zu zweit angerückt und trugen noch ihre Zivilkleidung.

»Sucht vor allem nach Blutspuren«, sagte Kant, während die beiden in ihre Schutzanzüge schlüpften. »Wenn Frau Gerber hier getötet wurde, ist es wahrscheinlich acht Jahre her, und der Täter hat gründlich sauber gemacht, aber das ist für euch ja kein Problem, oder?«

»Natürlich nicht«, sagte Stöger, ohne eine Miene zu verziehen.

Kant verließ das Haus und ging zu der Reihe von Garagen, die den Wohnblock von der Straße trennten. Hanna hatte ihm berichtet, dass der Hausmeister ihr die Tür geöffnet habe und sich dort bereithalten werde, falls sie noch Fragen hatten.

Von den Holztoren blätterte der Lack ab, und dunkle Wasserflecke sprenkelten den Putz. Das Licht der Laternen spiegelte sich in den Pfützen auf dem welligen Asphalt. Es gab nur etwa zwanzig Garagen für sämtliche Bewohner eines Blocks, und eine davon diente der Hausverwaltung als Lager für Werkzeug und Ersatzteile. Vermutlich waren sie zu einer Zeit gebaut worden, als man noch nicht ahnte, dass der Trend einmal zum Drittwagen gehen würde.

An der letzten Garage in der Reihe stand das Tor offen. Leise Radiomusik drang auf die Straße. Ein Schlagersänger träumte von endlosen Sommern, knappen Bikinis und süßem Wein. Kant musste blinzeln, als er in das grelle Neonlicht trat. Der Hausmeister stand mit dem Rücken zu ihm an einer Werkbank, auf der er großformatige Papierbögen ausgelegt hatte. An der Wand hinter ihm hingen ordentlich aufgereiht Schraubenschlüssel, Zangen und Hämmer. Die Elektrowerkzeuge in den Regalen an der linken Wand verströmten den Geruch von Öl. Rechts standen ein Spind und ein Metallschreibtisch mit einem Drehstuhl.

»Gemütlich haben Sie es hier«, sagte Kant.

Der Hausmeister drehte sich zu ihm um. Erst jetzt wurde Kant klar, dass es derselbe Mann war, der ihn vor wenigen Tagen in Pfeisingers Wohnung gelassen hatte.

»Man tut, was man kann«, sagte Luggi.

»Sind Sie für die ganze Siedlung zuständig?«

Luggi klemmte sich den Bleistift, den er in der Hand gehalten hatte, hinters Ohr. »Nicht allein. Aber mein Kollege ist gerade im Urlaub.« Er schob die Blätter zusammen, die auf der Arbeitsfläche lagen.

Kant gelang es, einen Blick darauf zu werfen. Es waren ungelenke Zeichnungen, die offenbar die Grünfläche zwischen den Wohnblöcken darstellten. Als Luggi sein Interesse bemerkte, strich er sich verlegen über den kahl rasierten Schädel, als hätte er vergessen, dass es dort keine Frisur mehr zu richten gab.

»Was ist das da in der Mitte?«, fragte Kant. »Eine Schaukel?«

»Ja«, sagte Luggi. »Und ein Sandkasten.« Er zeigte mit seinen kurzen Fingern auf das Papier. »Das hier ist ein Spielturm. Und das soll eine Seilbahn sein. Sie wissen schon, so eine, mit der man quer über den Spielplatz segeln kann.« Er rollte die Blätter zusammen, wickelte geschickt ein Gummiband darum und schob sie in eine Schreibtischschublade. »Gibt aber sowieso nichts. Die Hausverwaltung rückt kein Geld raus.«

Kant nickte. »Wohnen denn viele Kinder in der Anlage?«

»Nicht mehr. Früher war das anders. Ich dachte, wenn man den Innenhof ein bisschen attraktiver macht, ziehen wieder mehr Familien her. Aber wen interessieren schon meine Vorschläge? Die feinen Herren von der Verwaltung jedenfalls nicht.«

Kant setzte sich auf den Schreibtischstuhl. »Langer Tag«, sagte er. »Die Bewohner scheinen Ihnen ja ziemlich am Herzen zu liegen.«

»Ich kriege mein Geld von der Hausverwaltung, aber ich sehe mich als Anwalt der Mieter.« Er sah Kant trotzig an, als erwartete er Widerspruch.

»Darf ich fragen, seit wann Sie schon für die Hausverwaltung arbeiten?«

Luggi musste nicht lange nachdenken. »Nächstes Jahr habe ich mein Fünfundzwanzigstes. Vielleicht bekomme ich einen goldenen Schlüsselbund.«

»Dann gibt es also niemanden, der die Mieter so gut kennt wie Sie, oder?«

Luggi zog seinen Overall aus und hängte ihn in den Spind. »Wollen Sie auf was Bestimmtes hinaus?«, fragte er, während er in eine Fleecejacke schlüpfte.

Das ist einer der Menschen, die ständig unterschätzt werden, dachte Kant. Von Leuten, die Bildung mit Schlauheit verwechselten. Es hatte keinen Sinn, ihm etwas vorzumachen. »Soweit wir wissen, sind Sie der Einzige, der sowohl Hubert Pfeisinger als auch Annemarie Gerber kannte.«

»Kennen ist ein bisschen übertrieben. Ich bin Frau Gerber ein paarmal im Hausflur begegnet. Sie war nicht gerade gesprächig. Dann ist sie ins Ausland gezogen. Das habe ich zumindest gehört.«

»Von wem?«

Luggi hatte gerade einen Arm in seinen zu engen Anorak gezwängt. Halb angezogen drehte er sich zu Kant um. »Weiß ich nicht mehr. Wahrscheinlich hat es irgendein Nachbar erzählt.«

»Wann haben Sie Frau Gerber zuletzt gesehen?«

Er schaffte es, in den zweiten Ärmel zu schlüpfen, und zog den Reißverschluss zu. »Wissen Sie, mich kotzt es auch an, was hier vorgeht. Tote oder verschwundene Mieter sind keine gute Reklame. Und wenn die normalen Familien wegziehen, bleibt nur noch Pack übrig.« Bedächtig klappte er seinen Spind zu und schloss ihn ab. »Wann haben Sie denn zuletzt die alte Dame aus dem dritten Stock im Nebenhaus gesehen? Schwer zu sagen, oder? Ab einem gewissen Alter sehen ja alle auch irgendwie gleich aus. Vielleicht ist es drei Jahre her, vielleicht fünf, vielleicht zehn.«

Luggi ging zur Wand neben dem Tor und schaltete das Licht aus. »Wenn Sie nichts dagegen haben, mache ich jetzt Feierabend. Wie Sie schon sagten, langer Tag.«

Im Schein der Straßenlaterne konnte Kant nur noch seine Silhouette erkennen. Konnte dieser Mann etwas mit der Ermordung Pfeisingers und dem Verschwinden Gerbers zu tun haben? Nach all den Jahren als Ermittler musste er sich eingestehen, dass es unmöglich war, vom Auftreten einer Person auf ihre kriminelle Energie zu schließen. Das Einzige, was zählte, waren konkrete Spuren und verlässliche Zeugenaussagen. Nichts davon hatten sie in diesem Fall. Er spürte, wie eine lähmende Müdigkeit an seinen Beinen hochkroch.

Luggi schloss den ersten Flügel des Tors. Die Dunkelheit ließ seine Stimme weicher klingen. »Haben Sie kein Zuhause?«, fragte er merkwürdigerweise ohne jeden spöttischen Unterton.

Wenn Kant an seine leere Wohnung dachte, war er sich nicht sicher, ob man sie als Zuhause bezeichnen konnte, aber das war eine Frage für einen anderen Tag. Schwerfällig erhob er sich von dem Bürostuhl.

Während der Fahrt durch die Stadt musste er aufpassen, dass ihm nicht die Augen zufielen. Er schleppte sich die Treppe zu seiner Wohnung hinauf, ließ sich aufs Sofa fallen und wollte noch Nachrichten ansehen, aber kaum hatte er den Fernseher eingeschaltet, fiel er in einen tiefen traumlosen Schlaf.

Die Klingel ließ ihn aufschrecken. Es war halb zwei. Im Fernsehen lief ein alter Western. Kant schaltete das Gerät aus und ging zur Tür. Der Mann, der ihn aus dem Spiegel im Flur ansah, trug ein zerknittertes Hemd, und sein Gesicht wirkte auch nicht gerade frisch gebügelt.

Noch bevor er sehen konnte, wer gerade die Treppe hinaufrannte, löste das Geräusch der Schritte ein warmes Gefühl bei ihm aus. Frida kam in die Wohnung gestürmt. Ihr Haar war nass, das Make-up verflossen.

»Hast du schon geschlafen?«, fragte sie mit merkwürdig heiserer Stimme.

»Komm rein«, sagte Kant, obwohl sie sowieso schon im Wohnzimmer stand und ihre Regenjacke auf die Sofalehne warf. Mit Erleichterung stellte er fest, dass sie nicht traurig, sondern wütend war.

»Ich wusste nicht, wo ich sonst hinsollte.« Frida blieb mitten im Zimmer stehen, und Kant konnte sehen, wie ihre Nasenflügel bebten. »Ich bin so eine Idiotin.«

»Setz dich«, sagte Kant. »Willst du einen Tee oder was Stärkeres?«

Frida ließ sich auf das Sofa fallen. »Du hast echt keine Ahnung, oder?«

»Nein«, sagte Kant, aber dann kam ihm ein Gedanke, der ihn traf wie ein Schlag in den Magen. Mit einem Mal war seine Müdigkeit verflogen. »Wenn Tom dir irgendwas getan hat …«

Frida schüttelte heftig den Kopf. »Er würde uns nie irgendwas tun.« Sie legte sich die Hände auf den Bauch.

»Was?«, sagte Kant.

»Ich bin schwanger.«

Kant setzte sich neben seine Tochter. Obwohl ihm tausend Gedanken durch den Kopf schossen, bekam er kein Wort heraus. Wie sollte sie, die selbst noch ein halbes Kind war, ein Kind großziehen? Wie sollte sie mit einem Baby zur Uni gehen?

»Warum hast du mir denn nichts gesagt?«, brachte er schließlich hervor.

Frida ließ den Kopf hängen, sodass ihr Gesicht hinter dem Vorhang aus Haaren verschwand. »Ich dachte, du wärst sauer.«

Er kam sich unbeholfen vor, als er ihr wie in Zeitlupe den Arm um die Schultern legte. Frida rührte sich nicht, aber er spürte, wie ihr Brustkorb sich unregelmäßig hob und senkte. Mit dem Zeigefinger schob er ihre Haare zur Seite, um ihr in die Augen zu sehen.

»Glückwunsch«, sagte er.

»Meinst du das ernst?«

»Natürlich. Das ist doch ein Grund zur Freude, oder?«

»Ich weiß nicht«, sagte sie. »Ich glaub, ich liebe Tom einfach nicht. Wenn er in der Wohnung ist, kriege ich kaum Luft. Und die Uni. Was soll ich nur machen?«

»Vergiss Tom und die Wohnung«, sagte Kant. »Und das mit der Uni kriegen wir schon geregelt. Du musst das nicht allein machen. Es gibt Kinderbetreuung. Außerdem kann ich dir helfen.«

Frida löste sich von ihm. »Ich komme mir so gemein vor. Als ich gemerkt habe, dass ich schwanger bin, wollte ich alles richtig machen. Du weißt schon, mit Tom zusammenziehen, eine echte Familie gründen, so wie wir sie nie hatten. Er hat sich solche Mühe gegeben. Und jetzt will ich nicht mehr mit ihm zusammen sein.«

Kant wusste genau, was sie meinte, schließlich war es ihm mit Fridas Mutter ähnlich ergangen. »Es gibt nicht nur eine Art, das Richtige zu tun«, sagte er. »Aber du musst bald mit ihm reden.«

»Okay.«

Kant stand auf und holte sich eine Flasche Bier aus dem Kühlschrank. Er hebelte den Kronkorken mit dem Feuerzeug auf, sodass er gegen die Decke knallte. »Sekt habe ich leider nicht da, aber du kannst ja die nächsten Monate sowieso nichts trinken.«

Frida lachte. »Es gibt Schlimmeres.«

»Du kannst das Bett nehmen. Ich habe sowieso schon auf dem Sofa geschlafen.«

»Willst du mal fühlen?«

Frida zog ihren Kapuzenpullover hoch. Kant sah die leichte Wölbung um ihren Bauchnabel und legte vorsichtig die Hand darauf. »Es bewegt sich gar nicht«, sagte er nach einer Weile.

»Papa, ich bin erst im dritten Monat!«

21

Die Spurensicherer hatten Annemarie Gerbers Wohnung versiegelt und waren längst abgezogen, aber Dörfner und Lammers befragten immer noch die Nachbarn. Es war ermüdend. Die Bewohner reagierten abweisend, und wie in Pfeisingers Haus hatte angeblich niemand etwas beobachtet, das ihnen weiterhelfen konnte.

»Lass uns für heute Schluss machen«, sagte Lammers schließlich. Dörfner konnte ihr die Erschöpfung anhören. Er selbst sehnte sich nach einer heißen Dusche, seinem Jogginganzug und irgendeiner schwachsinnigen Fernsehserie.

Sie waren auf dem Weg zu ihrem Dienstwagen, als er den Jungen sah. Karim saß auf dem Rücksitz eines roten Honda Civic, und das Licht einer Laterne erhellte sein schmales Gesicht genau in dem Moment, als das Auto langsam an ihnen vorbeirollte. Der Fahrer steuerte eine freie Parklücke auf der gegenüberliegenden Straßenseite an.

»Fahr schon mal zurück«, sagte Dörfner. »Ich habe noch was zu erledigen.«

Lammers blieb neben der Fahrertür ihres Dienstwagens stehen und sah ihn verwundert an. »Brauchst du Hilfe?«

»Nein.«

»Sag nicht, es geht um dein Fahrrad.«

Dörfner überquerte die Fahrbahn. Er hörte, wie Lammers die Autotür zuschlug und den Motor anließ. Aus dem Honda stieg ein breitschultriger Mann mit Bomberjacke. Der Junge kletterte vom Rücksitz und folgte dem Mann mit ein paar Metern Abstand zu dem Haus, in dem Hubert Pfeisinger gewohnt hatte.

»Hallo«, rief Dörfner. »Warten Sie mal einen Moment.«

Der Mann blieb vor dem Hauseingang stehen und drehte sich langsam um. Er bewegte sich wie jemand, der zu viel Zeit auf der Hantelbank verbrachte und es bei jeder Gelegenheit demonstrieren musste. Seine Miene war abweisend. Karim ließ die Schultern hängen, als er Dörfner erkannte. Sein Gesicht wurde noch blasser als sonst.

»Was ist?«, fragte der Mann.

Dörfner sah zu Karim. Der Junge wirkte, als finge er gleich an zu weinen.

Der Mann bemerkte Dörfners Blick und legte Karim seine Hand auf die Schulter. Es war keine freundschaftliche Geste. »Kennst du den?«

Dörfner trat einen Schritt zurück. »Oh«, sagte er. »Sorry. Ich habe Sie mit jemandem verwechselt.«

Der Mann gab ein unwilliges Schnauben von sich, zog seinen Schlüssel aus der Hosentasche und drehte sich zur Haustür um. Dörfner wartete, bis Karim sich zu ihm umsah, dann zeigte er sich selbst auf die Brust und zu den Müllcontainern, wo er den Jungen zuerst gesehen hatte. Karim nickte, bevor er im Hausflur verschwand.

Dörfner wartete in der Dunkelheit. Eine halbe Stunde verstrich. Er fragte sich, ob Karim sein Zeichen richtig gedeutet hatte. Vielleicht lag er schon im Bett und lachte über ihn, weil er ihn hatte davonkommen lassen. Oder er wagte es nicht, sich aus der Wohnung zu schleichen.

Er hörte ein leises Zischen hinter sich im Gebüsch. Das schmale Gesicht das Jungen tauchte zwischen den Zweigen auf. »Komm«, sagte er. »Hier kann man uns vom Fenster aus sehen.«

Dörfner folgte Karim auf die andere Seite der Müllcontainer. Der Junge zog eine zerknitterte Zigarette aus der Gesäßtasche und zündete sie an. »Danke«, sagte er, ohne Dörfner in die Augen zu sehen.

»War das dein Vater?«

Karim nickte.

»Schlägt er dich?«

Karim hielt die Zigarette wie ein Bauarbeiter zwischen Daumen und Zeigefinger, als er daran zog. Er blies eine dichte Rauchwolke aus und schwieg.

»Ich nehme an, du hast mein Geld dabei«, sagte Dörfner.

Karim griff in die Hosentasche und brachte eine Handvoll Kleingeld zum Vorschein. »Den Rest habe ich ausgegeben.«

»Wo ist mein Fahrrad?«

»Weiß ich nicht. Ich habe es nicht geklaut. Die fahren hier rum, nehmen alles mit, schrauben es auseinander und verkaufen die Einzelteile.« Er schloss seine kleine Faust um die Münzen. »Ich verkaufe nur Informationen.«

Na toll, dachte Dörfner, das Fahrrad kann ich wohl abschreiben. »Behalt das Geld«, sagte er. »Aber gib es nicht für Zigaretten aus.«

»War da ein Toter in der Wohnung? Im Haus nebenan?«

»Wie kommst du darauf?«

»Ich habe das Polizeisiegel gesehen. Das macht ihr doch immer, wenn ihr einen Toten findet.«

»Schau nicht so viel Fernsehen«, sagte Dörfner.

Karim kniff die Augen zusammen. »Aber jemand hat mir gesagt, dass da eine Leiche drin liegt.«

»Ach ja?«, sagte Dörfner. »Wer denn?«

»Einer bei uns aus dem Haus.«

»Hat der auch einen Namen?«

Karim streckte die Hand aus. »Das kostet noch mal dreißig.«

Dörfner lachte. »Glaubst du wirklich, du kannst mich zweimal abzocken? Sag mir, wer das war, dann sehen wir weiter.«

Karim trat von einem Fuß auf den anderen, während er nachdachte. »Okay, ich vertrau dir«, sagte er schließlich. »Es war der Verrückte aus der Wohnung über uns. Im vierten Stock. Nordenberg.«

»Was?« Dörfner konnte es kaum glauben. »Was genau hat er gesagt?«

»Ich muss jetzt gehen.« Karim schnippte seine Kippe in die Pfütze neben den Müllcontainern. »Hast du keine Karte oder so was?«

Dörfner nahm eine Visitenkarte aus dem Portemonnaie. Karim riss sie ihm aus der Hand und rannte auf der Rückseite der Müllcontainer vorbei zum Hauseingang. Verblüfft sah Dörfner ihm nach, bis die Tür hinter ihm zufiel.

Er fragte sich, was Nordenberg mit Annemarie Gerbers Wohnung zu schaffen hatte. Der Mann hatte als Einziger den Verdacht gehabt, dass mit Hubert Pfeisingers Wohnung etwas nicht stimmte, und mit seinen ständigen Beschwerden wahrscheinlich den Mörder aufgescheucht. Wusste er mehr, als er preisgegeben hatte?

Hinter den Vorhängen im vierten Stock, wo er Nordenbergs Wohnung vermutete, brannte Licht. Dörfner beschloss spontan, noch einmal mit ihm zu reden. Er klingelte, und Nordenbergs Stimme knisterte aus der Gegensprechanlage. Sobald Dörfner seinen Namen nannte, ertönte der Summer.

Nordenberg empfing ihn an der Tür. Er trug einen Pullunder mit Karomuster, der so eng saß, dass sich der knochige

Brustkorb darunter abzeichnete. Sein Adamsapfel zuckte. »Haben Sie meine Unterlagen dabei?«, fragte er.

»Leider nicht«, entgegnete Dörfner. »Das sind wichtige Beweismittel, die noch ausgewertet werden müssen.«

Das schien Nordenberg einzuleuchten. Er nickte gewichtig und ließ Dörfner in sein spartanisch eingerichtetes Wohnzimmer. »Haben Sie schon etwas herausgefunden?«

»Allerdings«, sagte Dörfner. »Sie haben vollkommen recht gehabt mit Ihren Beschwerden. Der arme Herr Pfeisinger lag jahrelang tot in seiner Wohnung.«

Nordenberg ging zum Fenster und zog den Vorhang, der einen Spalt breit offen gestanden hatte, komplett zu. »Ich wusste es«, sagte er mit einer Spur von Triumph in der Stimme. »Ich verstehe nur nicht, warum sonst niemand den Gestank bemerkt hat.«

Dörfner fiel auf, dass das Fenster genau gegenüber von Annemarie Gerbers Wohnung lag. »Wissen Sie, was merkwürdig ist? Pfeisinger lag in einer Gefriertruhe. Die Kollegen von der Kriminaltechnik haben das Gerät natürlich gründlich untersucht. Es war voll funktionsfähig, die Dichtungen einwandfrei.«

»Und?«

»Wie können Sie dann im Hausflur Leichengeruch wahrgenommen haben?«

Nordenberg lehnte sich gegen die Fensterbank. »Was weiß ich. In der Wohnung lag eine Leiche. Das ist doch das Entscheidende.«

»Kennen Sie den Jungen aus dem dritten Stock? Karim?«

»Den kleinen Gauner? Jeder kennt den. Der treibt sich ja den ganzen Tag auf der Straße herum.«

»Haben Sie mit ihm über die Wohnung im Haus gegenüber geredet?«

Nordenberg verschränkte seine dünnen Arme vor der Brust. »Was wollen Sie von mir? Ich dachte, wir stehen auf derselben Seite.«

»Ja oder nein?«, fragte Dörfner.

»Ich habe ihn gefragt, ob er etwas darüber weiß. Der steckt seine Nase ja in jedes Loch.«

»Und dann haben Sie gesagt, dass in der Wohnung eine Leiche liegt.«

»Das muss er falsch verstanden haben. Also, vielleicht habe ich die Vermutung geäußert.«

Dörfner trat drei Schritte vor und zog den Vorhang zur Seite. Hinter Nordenbergs Rücken lag ein Feldstecher auf der Fensterbank. Ein olivfarbenes klobiges Gerät. Vom Fenster aus hatte man freie Sicht auf Annemarie Gerbers Wohnung gegenüber.

»Waren Sie bei der Bundeswehr?«, fragte Dörfner.

Eine leichte Röte breitete sich über Nordenbergs Wangen aus. »Nein. Ich wurde ausgemustert.«

»Warum?«

»Man hat mir psychische Probleme unterstellt.«

»Besitzen Sie eine Pistole?«

»Natürlich nicht.« Er zögerte einen Augenblick. »Nur Pfefferspray. Irgendwie muss man sich ja schützen.«

»Und Werkzeug?«

»Nur einen Hammer und zwei oder drei Schraubenzieher. Ich bin handwerklich unbegabt.« Er zeigte auf ein Regalfach. »Wollen Sie sehen?«

Dörfner ignorierte das Angebot. »Kennen Sie Annemarie Gerber?«

»Wer soll das sein?«

»Die Frau, deren Wohnung Sie beobachtet haben.«

Mit unsicheren Schritten steuerte Nordenberg auf den einzigen Sessel zu, ließ sich ganz vorn auf der Kante nieder und stützte den Kopf in die Hände. »Mir ist aufgefallen, dass hier irgendwas vorgeht. Da war so eine Unruhe in der Siedlung. Deshalb habe ich mit dem Feldstecher die Gegend abgesucht. Dann habe ich zufällig gesehen, dass Leute in der Wohnung gegenüber waren. Sie haben weiße Overalls angezogen. Es müssen Spurensicherer gewesen sein. Aber bevor ich mehr sehen konnte, haben sie die Fenster zugehängt.« Er verzog das Gesicht, als empfände er diesen Vorgang als persönliche Beleidigung. »Ich kann eins und eins zusammenzählen. Jemand wurde in der Wohnung ermordet.«

»So, so«, sagte Dörfner. »Dann wissen Sie mehr als wir.«

Nordenberg lehnte sich zurück. Er wirkte jetzt etwas entspannter. »An Ihrer Stelle würde ich mich auf die Hausverwaltung konzentrieren. Das Ganze hätte nicht passieren können, wenn es nicht von oben abgesegnet worden wäre. Es muss irgendein System dahinterstecken.«

»Ich dachte, die entscheidende Frage lautet: Cui bono?«

»Sie machen sich über mich lustig.«

Dörfner grinste. »Das ist etwas, das wir gemeinsam haben. Polizisten und Verschwörungsgläubige, beide suchen nach demjenigen, der von einem Vorfall profitiert.«

»Ich bin kein Verschwörungsgläubiger. Herr Pfeisinger ist wirklich tot.«

»Und was soll die Hausverwaltung davon haben?«

Das brachte Nordenberg ins Grübeln.

Dörfner zog den Vorhang wieder vor das Fenster. »Nur eine Frage noch, dann lasse ich Sie in Ruhe. Sie haben nicht zufällig beobachtet, wie jemand da vorn bei den Müllcontainern ein rotes Rennrad gestohlen hat?«

22

Die Ungeduld baute sich auf wie eine Welle in Zeitlupe, und Toni wartete hilflos, bis der Punkt kam, an dem sie brach und die Dinge um sie herum in Bewegung brachte. Sie spürte, wie das Nichtstun sie immer missmutiger machte. Je netter Evi zu ihr war – und sie schien sich wirklich größte Mühe zu geben –, desto stärker wuchsen ihre Vorbehalte gegen sie. Toni wollte allein sein, um weiter im Tagebuch ihrer Mutter zu lesen, aber Evi schien sich vorgenommen zu haben, sie nicht aus den Augen zu lassen. Und sie selbst brachte nicht die Kraft auf, sich eine Ausrede auszudenken, um für ein paar Stunden aus der Wohnung zu verschwinden. Zu allem Überfluss erinnerte sie ihr eigenes Verhalten an das ihrer Mutter, die in ihren schlimmsten Phasen nur noch apathisch auf dem Bett im Laderaum des Sprinters gelegen hatte. Waren Depressionen oder zumindest die Anlage dazu vererbbar? Sie wusste es nicht.

Die erlösende Nachricht kam am frühen Abend, als Evis Telefon klingelte. Sie stand vom Wohnzimmertisch auf, wo sie mit Toni die fünfundzwanzigste Folge ihrer Lieblingssitcom auf DVD geschaut hatte, während der Schweißer sich wieder einmal ins Schlafzimmer zurückgezogen hatte, und verschwand im Flur. Toni hörte sie gedämpft sprechen. Als sie zurückkam, hatte sie den Jogginganzug gegen ihre weiße Arbeitskleidung getauscht.

»Das war der Pflegedienst«, sagte sie. »Ich muss leider für eine Kollegin einspringen. Der Patient braucht eine Rundumbetreuung. So wie es aussieht, werde ich erst morgen früh abgelöst. Kommst du so lange allein klar?«

Toni versuchte, sich ihre Erleichterung nicht anmerken zu lassen. »Ja, ich mache mir einen gemütlichen Abend. Noch ein bisschen fernsehen, dann früh ins Bett.« Sie rekelte sich auf dem Sofa.

»Ich habe noch Essen im Gefrierfach. Rindergulasch mit Rotkohl und Kartoffeln. Das kannst du dir später warm machen.«

»Und Opa?«, fragte Toni.

»Der meldet sich schon, wenn er etwas braucht.«

Kurz darauf zog Evi die Tür hinter sich ins Schloss. Toni schaltete den Fernseher aus und wartete noch ein paar Minuten in der Stille, bis sie sicher war, dass Evi nicht zurückkam, weil sie etwas vergessen hatte. Dann ging sie in ihr Zimmer, schloss die Tür, warf sich aufs Sofa und fischte das Tagebuch aus dem Schlitz zwischen dem Polster und der Wand. Sie las dort weiter, wo sie beim letzten Mal aufgehört hatte.

14. Juni 2012

Ist das die Freiheit, von der ich mein ganzes Leben lang geträumt habe? Wir übernachten, wo wir wollen. Am Strand. Auf windigen Parkplätzen an der Steilküste. In den grünen Tälern, wo die Bächlein gurgeln und die Zikaden schreien. Danke, Papa. Ich nenne dich auch nie mehr den »Schweißer«. Der Bus ist das größte Geschenk, das er mir je gemacht hat. Und das nicht nur in materieller Hinsicht.

Es wurde Zeit, dass wir die Kommune verlassen. Zu viel Streit. Zu viele Regeln, an die sich keiner hält. Zu viele Idioten, für die freie Liebe bedeutet, dass ihnen sämtliche Frauen zur Verfügung stehen. Kein Ort, um ein Kind großzuziehen. O Gott, jetzt klinge ich schon wie meine eigene Mutter.

Toni ist so glücklich. Wir mussten uns beide erst wieder aneinander gewöhnen, weil wir in der Kommune meistens getrennt waren, aber jetzt habe ich wieder dieses Gefühl wie während der Schwangerschaft – als wären wir ein einziges Wesen.

Natürlich weiß sie nichts von den Problemen, die bald auf uns zukommen. Wir brauchen Geld. Ich muss mir eine Arbeit suchen. Toni muss in die Schule. Wie immer sind es die Gedanken an die Zukunft, die die Gegenwart vergiften. Ich versuche, sie durch Meditation zu vertreiben, mit mäßigem Erfolg. Aber auch die Vergangenheit bedroht unser glückseliges Hier und Jetzt. Ständig geht mir durch den Kopf, was ich auf meiner Deutschlandreise erlebt habe.

Ich hatte mich telefonisch angekündigt, sobald ich den Flug gebucht hatte, aber als ich dann vor der Tür stand, machte mir diese Frau auf. Evi. Der erste Schock war, dass sich meine kleinlichen Vorurteile bestätigten. Evi ist wahrscheinlich zwanzig Jahre jünger als mein Vater. Sie sieht gut aus. Nicht wie ein Model, sondern ein bisschen drall, so wie die Männer es mögen. Wenn mein Vater reich wäre, gäbe es keinen Zweifel, dass sie nur auf sein Geld aus ist. Aber so habe ich keine Ahnung, was sie von ihm will oder in ihm sieht.

Sie weiß nicht, wer ich bin. Als ich mich vorstelle, ist sie verwirrt. Offenbar hat der Schweißer, äh, mein Vater, ihr nicht Bescheid gesagt, dass ich komme. Er ist auch gar nicht da, sagt sie. In Reha. Irgendwo an der Nordsee. Ich stehe im Hausflur wie eine Staubsaugervertreterin. Es dauert eine Weile, bis sie sich überwinden kann, mich in die Wohnung zu lassen. Unsere spontane gegenseitige Abneigung ist so offensichtlich, dass es wehtut.

Immerhin weiß sie, dass ich den Bus bekommen soll. Ich warte in dem Wohnzimmer, in dem ich jetzt eine Fremde bin, während sie die Papiere und den Schlüssel holt. Wir quetschen uns ein paar Höflichkeiten ab, dann stehe ich wieder auf der Straße. Wow, so hatte ich mir das nicht vorgestellt.

Wochenlang hatte ich darüber nachgedacht, wie die Begegnung mit meinem Vater verlaufen würde. Gäbe es eine große Versöhnung? Würden wir gemeinsam Kinderfotos von mir anschauen? Oder würde er mir Vorwürfe machen, weil ich ihn nach Mutters Tod alleingelassen hatte? Nachdem die erste Verwirrung vorbei war, stellte sich Erleichterung ein. Vielleicht wollte er gar nicht mit mir reden, sonst hätte er mir doch Bescheid gesagt, dass ich zu einem anderen Zeitpunkt kommen soll. Ich nahm mir vor, ihm eine Dankeskarte zu schreiben, und setzte mich ans Steuer meines zukünftigen Wohnmobils.

Manchmal denke ich, ich muss ihn warnen, dass Evi ihn nur ausnutzen will, aber natürlich wird er sowieso nicht auf mich hören. Er wusste ja schon immer alles besser. Vielleicht täusche ich mich auch. Vielleicht kann ich es nur nicht ertragen, dass diese Frau meine Mutter ersetzt.

Toni versuchte, sich an die Zeit zu erinnern, als sie die Kommune verlassen hatten und von Ort zu Ort gezogen waren, aber in ihrem Kopf verschwamm alles miteinander. Damals war sie neun Jahre alt gewesen. Sie konnte nicht unterscheiden, was echte Erinnerungen waren und was sie nur aus den Erzählungen ihrer Mutter wusste. Das Einzige, was sie empfand, wenn sie an diese Zeit zurückdachte, war ein unbestimmtes Glücksgefühl. So war das Leben gewesen, bevor sich der Schatten der Krankheit ihrer Mutter über alles legte.

Sie blätterte durch die übrigen Seiten des letzten Tagebuchs. Evi wurde nirgendwo mehr erwähnt. Die Einträge wurden kürzer und immer seltener, bis sie schließlich ganz abrissen. In den letzten vier Jahren ihres Lebens hatte ihre Mutter anscheinend nicht mehr die Energie gehabt, etwas zu Papier zu bringen.

Beim Anblick der leeren Seiten stiegen Toni Tränen in die Augen. Sie hatte kaum Zeit gehabt, den Tod ihrer Mutter zu betrauern – oder wenn sie ehrlich zu sich selbst war, sich die Zeit nicht genommen –, sondern sich in organisatorische und praktische Aufgaben gestürzt, um sich nicht damit beschäftigen zu müssen. Jetzt kam ihr der schreckliche Gedanke, dass sie sich nicht genug um ihre Mutter gekümmert hatte. Sie hätte sie überreden können, ihre Depressionen behandeln zu lassen. Vielleicht hätten sie zusammen nach Deutschland zurückkehren können, wo die Krankenkasse für einen guten Psychiater aufgekommen wäre. Hier hätten sie sich eine kleine Wohnung nehmen und ein normales Leben führen können.

Toni drehte sich auf den Bauch und drückte den Kopf in das Kissen, um ihr Schluchzen zu unterdrücken. Nach einer Weile, als sie sich etwas beruhigt hatte, hörte sie ein Geräusch im Flur. Das Schlagen einer Tür. Da Evi noch bis zum Morgen bei einem Patienten war, konnte es nur eines bedeuten: Der Schweißer hatte sein Zimmer verlassen.

Sie wischte sich mit dem Ärmel die Tränen ab und stand auf. In der ganzen Woche oder so, die sie wie eine Gefangene in dieser Wohnung verbracht hatte, war sie nicht einmal dazu gekommen, allein mit ihrem Großvater zu reden, dafür hatte Evi gesorgt. Überhaupt hatte sie ihn nur zu Gesicht bekommen, wenn er in seinen Morgenmantel gewickelt aus dem Schlafzimmer ins Bad schlich oder sich eine Flasche Wasser aus der Küche holte, um sich gleich wieder zurückzuziehen. Es wurde Zeit, diesem armseligen Theater ein Ende zu bereiten.

Sie riss die Tür auf, ging entschlossen in den Flur und blieb so abrupt stehen, als wäre sie gegen eine unsichtbare Mauer geprallt. Der Schweißer stand mit durchgedrücktem Rücken und gestrafften Schultern vor dem Spiegel neben der Wohnungstür. Er trug einen weißen Leinenanzug und braune Slipper, als wollte er eine Runde über die Strandpromenade schlendern. Der Gehstock lehnte neben ihm an der Wand. Zum ersten Mal bemerkte Toni, dass der silberne Knauf nicht etwa eine einfache Kugel war, sondern einen Totenkopf darstellte.

Der Schweißer bemerkte sie im Spiegel. Langsam drehte er sich zu ihr um. Er war frisch rasiert, und ein Lächeln umspielte seine Lippen. »Kommst du auch mal aus deinem Loch raus?«, fragte er.

Toni suchte mit einer Hand Halt am Türrahmen. »Was machst du?«, brachte sie hervor.

»Das, was du auch mal machen solltest. Ich gehe aus.« Er nahm einen Hut mit breiter Krempe von der Ablage über dem Spiegel und setzte ihn auf.

»Ich dachte … du wärst krank.«

»Ich bin nicht krank, ich bin nur alt. Da gibt es gute und schlechte Tage.« Seine Augen wirkten riesig, während er sie durch seine runde Brille musterte. Das Lächeln verflog. Er griff nach seinem Stock und kam ein paar Schritte auf sie zu. Toni rührte sich nicht, als er die Hand hob und mit der Fingerspitze eine feuchte Stelle an ihrer Wange berührte.

»Hast du geweint?«

Toni nickte.

»Wasch dir das Gesicht«, sagte der Schweißer, »und zieh dir was Vernünftiges an. Es wird Zeit, dass du mal auf andere Gedanken kommst.«

Sie fuhren mit dem Aufzug ins Erdgeschoss. Ihr Großvater ging langsam, aber mit festem Schritt voraus und hielt ihr die Haustür auf. Toni spürte den Sprühregen im Gesicht, als sie auf die Reihe von Garagen zusteuerten, die das Haus von der Straße trennten. Es fühlte sich so gut an, im Freien zu sein, dass sie sich sofort fragte, warum sie in den letzten Tagen nur in der Wohnung herumgehangen hatte. Niemand hatte sie eingesperrt, es war lediglich ihre eigene Trägheit gewesen, die sie gelähmt hatte.

Zwei Männer – einer klein und rundlich, der andere groß und schlank – kamen aus der ersten Garage und verabschiedeten sich mit einem kurzen Händedruck voneinander, bevor sie in verschiedene Richtungen davongingen. Ihr Großvater blieb vor der dritten Garage in der Reihe stehen, schloss auf und bat sie, die Flügeltüren zu öffnen. Er schaltete das Licht an, und die Röhren an der Decke spiegelten sich auf dem roten Lack der gewölbten Motorhaube.

Toni konnte ein Reserverad montieren und das Öl wechseln, aber von Automarken hatte sie nicht die geringste Ahnung. Trotzdem sah sie sofort, dass sie etwas Besonderes vor sich hatte. Einen Sportwagen, aber keins von diesen neuen Modellen, die alle gleich aussahen. Sie blickte auf das Emblem über dem Kühlergrill. Ein Porsche.

Ihr Großvater strich im Vorbeigehen mit der freien Hand über den Kotflügel. »Als ich deiner Mutter den Bus geschenkt habe, dachte ich, ich könnte nie mehr Auto fahren. Aber sobald ich wieder allein aus dem Bett aufstehen konnte, habe ich mir das schöne Stück hier gekauft.«

Wenn Tonis Mutter von ihren Eltern geredet hatte, dann hatte es immer geklungen, als wären sie der Inbegriff des Kleinbürgertums. Bescheiden, sparsam, fleißig. Offenbar hatte der Schweißer noch eine andere Seite, die erst jetzt im Alter zum Vorschein kam. Und ganz so knapp, wie sie gedacht hatte, schien das Geld auch nicht zu sein.

Es fiel ihrem Großvater schwer, in das niedrige Auto zu steigen, aber sobald er seinen Stock zwischen den Vordersitzen verstaut, den Hut auf die Rückbank geworfen und mit leicht zittriger Hand das Zündschloss gefunden hatte, schoss er aus der Garage und rief ihr zu, sie solle aufhören zu träumen und das Tor hinter ihm zumachen. Toni schwang sich auf den Beifahrersitz.

»Wohin fahren wir überhaupt?«

Statt einer Antwort schaltete der Schweißer das Radio an und schob eine CD in den Schlitz. Jazzmusik rieselte aus den Boxen. Toni lehnte sich in dem Ledersitz zurück und versuchte, sich zu entspannen, während sie durch die nächtlichen Straßen glitten. Sie spürte das Vibrieren des Motors in den Oberschenkeln. Lichter flogen vorbei wie Sternschnuppen, als sie durch einen Tunnel fuhren. Sie atmete tief durch die Nase ein. Das Rasierwasser ihres Großvaters roch wie der Pinienwald an einem regnerischen Tag.

Sie wusste nicht, ob zehn Minuten oder eine Stunde vergangen waren, als ihr Großvater den Porsche auf dem Kopfsteinpflaster einer engen Straße ausrollen ließ.

Auf dem Bürgersteig hakte er sich wie selbstverständlich bei ihr ein. Er führte sie zu einer schwarzen Metalltür im Erdgeschoss eines nüchternen Mietshauses. Auf sein Klopfen öffnete ein Türsteher mit Lederjacke und kurz geschorenem Haar. Er nickte ihrem Großvater zu und gab sich solche Mühe, an Toni vorbeizusehen, dass sie sich fragte, ob er etwas Unanständiges in ihrem Verhältnis vermutete, während sie die Treppe hinabstiegen.

Die Glühbirnen in den altmodischen Deckenlampen waren so schwach, dass die Ecken des Kellergewölbes im Schatten versanken, nur die Flaschen hinter der Theke strahlten verlockend. Ihr Großvater steuerte sofort darauf zu. Er hievte sich auf einen Barhocker, winkte der Kellnerin und hatte schon zwei Gläser Wodka bestellt, bevor Toni sich auch nur hingesetzt hatte.

Sie stießen an und tranken. Ihr Großvater rief die Kellnerin beim Namen und bestellte Nachschub. Während er mit ihr ein paar Sätze wechselte, sah sich Toni in der Bar um. Nur wenige Gäste hockten in den Nischen zu beiden Seiten des Mittelgangs. Die meisten sahen aus wie Studenten, nur an der Theke saßen einige ältere Stammgäste. Auf einer kleinen Bühne standen ein Schlagzeug, eine Gitarre und ein Bass, aber die Musiker waren nirgends zu sehen. Leiser Blues aus den Boxen an der Decke vermischte sich mit den Unterhaltungen zu einem trägen, glücklich machenden Brei.

Nachdem sie das zweite Glas getrunken hatten, legte ihr Großvater seine Hand auf ihre. Obwohl es ihr unangenehm war, ließ sie es geschehen.

»Antonia«, sagte er dicht an ihrem Ohr. »Ich muss dich etwas fragen.«

»Klar.«

»Was zum Teufel hast du vor?«

Erschrocken zog sie ihre Hand weg, griff nach ihrem Schnapsglas und stellte fest, dass es leer war. »Wie meinst du das?«

»Wir haben uns seit fünfzehn Jahren nicht gesehen, und dann stehst du plötzlich vor der Tür. Ich bin alt, aber nicht senil. Du willst mir doch nicht erzählen, dass das eine spontane Idee war.«

»Wie gesagt, ich wollte in München arbeiten und im Bus wohnen, aber dann kam die Polizei …«

»Ja, ja. Brauchst du mehr Geld? Ich kann dir ein bisschen was geben.«

Der Schweißer kramte in seiner Anzugjacke und zog seine Brieftasche hervor. Toni konnte es nicht fassen. Glaubte der alte Mann wirklich, alles auf der Welt drehte sich um Geld? Mit einem Mal verstand sie, warum ihre Mutter sich von ihm abgewandt hatte. Und den Bus hatte er ihr wahrscheinlich auch nur geschenkt, um von seinem Totalversagen als Vater abzulenken.

»Ich will dein Scheißgeld nicht«, sagte sie so laut, dass die Kellnerin sich zu ihnen umdrehte. »Außerdem brauchst du doch alles, um Evi zu bezahlen.«

Der Schweißer ließ die Brieftasche auf die Theke sinken, als wäre seine Hand plötzlich erschlafft. Ein verletzter Ausdruck trat in seine Augen. »Was redest du da? Evi liebt mich. Sie ist ein Engel. Was glaubst du, warum sie sich so um dich kümmert? Weil du meine Enkelin bist. Sie tut das alles nur für mich.«

Erst stellte er Toni als Erbschleicherin dar, dann erklärte er ihr, dass die Einzige, die sie freundlich aufgenommen hatte, es nur ihm zuliebe getan hatte. Sie wusste, dass es besser gewesen wäre, den Mund zu halten, aber jetzt sprudelte es einfach aus ihr heraus. »Und warum sperrt sie dich dann zu Hause ein? Warum schleichst du dich aus dem Haus, wenn sie weg ist?«

Der Schweißer sah ihr so lange in die Augen, bis sie den Blick senkte. Dann kam ein kratziges Geräusch tief aus seiner Lunge, und sein Brustkorb begann zu zucken. Toni wurde klar, dass sie ihn zum ersten Mal lachen hörte.

»Meinst du das ernst?«, sagte er um Beherrschung ringend. »Wenn du das wirklich glaubst, bist du noch verrückter als deine Mutter.«

Toni rutschte von ihrem Barhocker. »Ich gehe jetzt meine Sachen holen. Wenn du nach Hause kommst, bin ich schon weg.«

Der Schweißer zog ein Taschentuch hervor und wischte sich über die Augen. Er hatte immer noch Mühe, seine Mundwinkel zu kontrollieren. »Nein, warte. Wie willst du denn nach Hause kommen? Ich fahr dich gleich. Außerdem hast du doch gar keinen Schlüssel.« Wieder drang ein kurzes Lachen aus seiner Kehle. »Entschuldigung. Das ist einfach zu absurd.«

»Leck mich«, sagte Toni, aber ihre Entschlossenheit bröckelte. Er hatte ja recht. Wo sollte sie denn hin? Sie konnte genauso gut noch eine Nacht im warmen gemütlichen Bett verbringen und sich morgen aus dem Staub machen.

»Komm«, sagte ihr Großvater. »Trink noch was.« Bevor sie antworten konnte, hatte er schon der Kellnerin gewinkt, die ihre Gläser mit schadenfrohem Glitzern in den Augen randvoll goss. Toni setzte sich wieder auf ihren Hocker.

»Jetzt, wo wir unsere Missverständnisse ausgeräumt haben, können wir uns auch noch ein bisschen amüsieren.« Ihr Großvater hob sein Glas. »Niemand sperrt irgendwen ein, und niemand will Geld von irgendwem, okay?«

Sie zögerte nur kurz, bevor sie mit ihm anstieß. Der Schnaps brannte angenehm in ihrem Magen. »Trotzdem ziehe ich morgen aus.«

»Gut«, sagte ihr Großvater und rief wieder die Kellnerin. »Lass die Flasche einfach hier stehen.«

Die Musik wurde abgedreht, und zwei unscheinbare Männer mit dünnen Schnurrbärten sowie eine Frau in Anzug und Krawatte betraten die Bühne. Toni ließ sich noch ein Glas eingießen und lehnte sich zurück. Ein bisschen amüsieren, okay. Das war eine der Disziplinen, die sie ganz gut beherrscht hatte, bis sie nach München gekommen war. Mal sehen, was der Abend noch so brachte.

23

»Das bringt doch alles nichts«, sagte Dörfner zum fünften Mal.

Lammers fiel auf, dass er dunkle Ringe unter den Augen hatte. Normalerweise wirkte er immer frisch und ausgeruht, selbst wenn er sich die halbe Nacht mit seinem Bruder herumgetrieben hatte. Irgendetwas schien ihm in letzter Zeit zuzusetzen.

»Glaubst du wirklich, dass die hier auftaucht und Geld abhebt? So dumm kann doch niemand sein«, sagte Dörfner.

Lammers beobachtete durch das Seitenfenster, wie ein älterer Mann sich mühsam am Geländer die drei Stufen zum Eingang der Stadtsparkasse hochschleppte und durch die Glastür im Inneren des zweigeschossigen Gebäudes verschwand. Eine halbe Stunde vorher hatte es zu regnen aufgehört, aber aus den Blättern der Linde, unter der sie geparkt hatten, fielen schwere Tropfen auf das Autodach. Ein nervtötendes Geräusch.

»In der Stadt gibt es Hunderte von Automaten, an denen sie auf das Konto zugreifen kann«, sagte Dörfner.

Sie hatte keine Lust, mit ihm darüber zu diskutieren. Kant hatte sie hergeschickt, um die Observation durchzuführen, bis er Verstärkung genehmigt bekam, und sie würden so lange hierbleiben, bis die Ablösung auftauchte. Punkt. Die Erfolgsaussichten spielten keine Rolle.

Lammers sah auf das ausgedruckte Standbild, das sie auf der Mittelkonsole gegen den Schaltknüppel gelehnt hatte.

Eine weiblich anmutende Person mit Sonnenbrille und Baseballkappe. Die Bildanalytiker hatten es aus dem Video ausgeschnitten, auf dem sie Geld von Hubert Pfeisingers Konto abhob. Die Untersuchungen hatten lediglich ergeben, dass es sich um eine Frau mittleren Alters und mittlerer Größe handelte. Na toll, da wäre sie auch selbst draufgekommen.

Es stand noch nicht fest, ob diese Frau auch von Annemarie Gerbers Konto Geld abgehoben hatte, weil die Sparkassenverwaltung die Aufnahmen der Überwachungskamera noch nicht bereitgestellt hatte. Aber irgendjemand hatte definitiv auf das Konto zugegriffen. Mit Gerbers EC-Karte. An diesem Automaten. Immer am Monatsanfang wurde ihre komplette Rente abgehoben, das zeigten die Kontoauszüge.

Dörfner rutschte auf seinem Sitz herum. Im Minutentakt setzte er seine Sonnenbrille auf und ab. Es war eine Qual, mit ihm zusammen Observationen durchzuführen. Lammers selbst hätte sich als ungeduldigen Menschen bezeichnet, aber Bens Aufmerksamkeitsspanne glich der eines Vierjährigen.

Seit zweieinhalb Stunden behielten sie den Eingang im Blick, und es war noch niemand aufgetaucht, der der Frau auf der Aufnahme auch nur im Geringsten ähnelte. Falls sie allerdings den Fehler beging, an diesem Automaten Geld abzuheben, würden sie und Dörfner sie festnehmen, und der Fall wäre mehr oder weniger gelöst.

»Ich könnte einen Kaffee gebrauchen«, sagte Dörfner. »Hast du zufällig deine Thermoskanne dabei?«

Lammers schüttelte den Kopf. Sie sah, wie der ältere Mann die Sparkasse wieder verließ. Eine Frau hievte ihren Kinderwagen die Stufen hoch, obwohl es ein paar Meter weiter eine Rampe gab. Als sie sich in ihre Richtung drehte, sah Lammers, dass sie asiatischer Abstammung war. Und zu jung.

Eine ganze Weile passierte gar nichts. Das Tropfen aus dem Baum wurde schwächer. Dörfner stellte auf seinem Handy einen neuen Klingelton ein. Lammers sah auf die Uhr. Zwölf Uhr dreißig. Vielleicht machte die Sparkasse gerade Mittagspause. Sie musste zugeben, dass sie selbst allmählich Lust auf einen Kaffee bekam.

»Ich bin müde«, sagte Dörfner. »Während du gemütlich im Bett gelegen hast, habe ich nämlich noch weiter in der Siedlung ermittelt.«

»Ach ja? Hast du ein paar Fahrraddiebe verhaftet?«

Dörfner schob die Lippen vor wie ein beleidigtes Kind. Er hielt es ungefähr drei Sekunden lang durch. »Ich war noch mal bei Nordenberg. Er interessiert sich auffällig für die Ermittlungen. Von seinem Fenster aus hat er mit einem Feldstecher beobachtet, wie wir Gerbers Wohnung durchsucht haben.«

»Nordenberg ist ein Spinner«, sagte Lammers.

»Trotzdem kann er was damit zu tun haben. Vielleicht hat er die Opfer ausspioniert.«

Lammers hatte sich einen Augenblick von Dörfner ablenken lassen. Als sie sich wieder zur Sparkasse umdrehte, sah sie einen kleinen stämmigen Mann in Jeans und Anorak die Stufen hochlaufen. Wo war der plötzlich hergekommen? Sie konnte ihn nur kurz von hinten sehen, dann verschwand er im Vorraum, wo die Geldautomaten standen. Irgendetwas an dem Verhalten des Manns irritierte sie. Vielleicht lag es daran, dass er aus dem Nichts aufgetaucht war, vielleicht waren es die Eile und Entschlossenheit, mit der er sich bewegte. Man konnte nicht ausschließen, dass die Frau auf dem Überwachungsvideo doch von der Entdeckung der Wohnung erfahren und einen Komplizen geschickt hatte.

So betrachtet war jeder verdächtig, der das Gebäude betrat. Vielleicht sollte sie alle Sparkassenkunden fotografieren. Falls sich dann später herausstellte, dass auf Gerbers Konto zugegriffen worden war, brauchte man bloß die Uhrzeit abzugleichen und hätte zumindest eine Aufnahme der entsprechenden Person. Da Lammers keine Kameraausrüstung dabeihatte, zog sie ihr Handy aus der Jackentasche.

Eine Minute verstrich. Der Mann tauchte nicht wieder auf. Vielleicht war er gar nicht am Automaten, sondern hatte am Schalter zu tun. Lammers ließ das Seitenfenster herunter, damit die Spiegelung nicht die Qualität der Aufnahme beeinträchtigte.

Dörfner gähnte. »Was ist jetzt mit dem Kaffee?«, fragte er.

Hundert Meter weiter auf der anderen Straßenseite gab es eine Bäckerei. Der Moment war auch nicht ungünstiger als jeder andere. »Also gut«, sagte sie. »Bring mir einen Cappuccino mit.«

Ben stieg aus und überquerte die Straße. Die Glastür der Sparkasse öffnete sich. Der untersetzte Mann kam heraus, blieb auf der obersten Stufe stehen und schob sein Portemonnaie in die Gesäßtasche. Lammers hob ihr Telefon und zoomte dichter heran. Der Mann sah sich um. Sein Blick blieb an etwas hängen. Oder an jemandem. Dörfner.

Lammers sah, wie der Mann sich versteifte. Dörfner blieb stehen. Als der Mann mit schnellen Schritten die Treppe herunterkam, erkannte Lammers ihn. Es war der Hausmeister. Ludwig. Oder Luggi. Sie war ihm nur zweimal kurz begegnet, in Pfeisingers Wohnung und im Hausflur vor Gerbers Wohnung, aber er hatte ein Gesicht, das man so schnell nicht vergaß. Rund wie eine Billardkugel, nahezu unbehaart, kleine schlaue Nagetieraugen, Stupsnase, dünne Lippen.

Dörfner hatte ihn auch erkannt. Er sah sich zu Lammers um und wartete, dass sie eine Entscheidung traf. Lammers zögerte. Hatte Luggi gerade Geld von Gerbers Konto abgehoben? Er war der Einzige, von dem sie wussten, dass er beide Opfer gekannt hatte, aber wenn sie ihn jetzt ansprachen, gefährdeten sie die Observation. Die Frau auf dem Foto könnte auftauchen, sie als Zivilpolizisten erkennen und für immer verschwinden. Luggis Personalien hatten sie ja aufgenommen und konnten ihn dementsprechend jederzeit zur Vernehmung einbestellen. Andererseits schien er Dörfner erkannt zu haben, und es bestand die Gefahr, dass er untertauchte.

Der Hausmeister kam jetzt mit kurzen schnellen Schritten die Stufen herab. Dörfner sah sie immer noch an und drehte hilflos die Handflächen nach oben. Luggi bog hinter den Blumenkästen am Fuß der Treppe nach rechts ab. Lammers musste eine Entscheidung treffen, auch wenn sie das Gefühl hatte, dass sie es nur falsch machen konnte.

Nach zwanzig Metern blieb Luggi vor einem Auto stehen, das am Straßenrand parkte, und kramte in seiner Hosentasche nach dem Schlüssel. Es wirkte nicht, als wollte er flüchten. Vielleicht hatte er Dörfner doch nicht erkannt. Oder er hatte ein reines Gewissen.

Er zog den Schlüssel aus der Tasche, und die Lichter des Fahrzeugs blinkten einmal auf. Es war ein weißer Golf. Mit dem Schriftzug der Hausverwaltung auf der Seite.

Lammers erinnerte sich an die Beschreibung des Zeugen, der beobachtet hatte, wie auf der Autobahn ein schwarzer Gegenstand aus dem Fenster geworfen worden war. Ein Polo oder Golf, hatte Wagenhoff gesagt. Hell, mit einer Aufschrift auf der Seite. Vielleicht ein Firmenwagen.

Luggi stieg in das Auto. Lammers gab Dörfner ein Zeichen. Zugriff.

Er sprintete los. Vorbei an den Blumenkästen. Lammers konnte nicht erkennen, wie Luggi in seinem Auto reagierte, weil sich die Fassaden der Häuser in der Windschutzscheibe spiegelten. Als Dörfner noch zehn Meter entfernt war, schoss der Golf aus der Parklücke, wendete schwungvoll und kam auf Lammers zu. Sie ließ den Motor an. Schaltete die Sondersignalanlage ein und ließ die Sirene aufheulen.

Sie fuhr vom Randstreifen auf die Straße, um Luggi den Weg zu versperren. Zu spät. Er war schon mit ihr auf einer Höhe. Reifen quietschten, Metall kreischte, Glas splitterte. Die Motorhaube des Golfs erwischte ihren Wagen am linken Kotflügel. Sie wurde nach vorn geworfen und prallte mit dem Gesicht auf das Lenkrad.

Als sie den Kopf hob, sah sie Luggi durch die Seitenscheibe keine drei Meter entfernt hinter dem Steuer sitzen. Er hielt mit beiden Händen das Lenkrad umklammert. Auf der Straße hinter ihm stand Dörfner. Er riss die Fahrertür auf, packte Luggi am Oberarm und zerrte ihn aus dem Auto.

Lammers stieg aus und lief um den Golf herum. Dörfner hatte Luggi gegen die Seite des Wagens gedrückt und legte ihm Handschellen an. Der Hausmeister wehrte sich nicht. Sein Gesicht war rund und blass wie der Vollmond.

»Was soll das?«, brachte er hervor.

»Warum haben Sie versucht zu fliehen?«, fragte Lammers.

»Fliehen? Ich bin auf dem Weg zur Arbeit, und Sie haben mich gerammt.«

Während Dörfner Verstärkung anforderte, nahm Luggis Gesicht wieder Farbe an. Lammers stellte erleichtert fest, dass er offenbar keine Verletzungen davongetragen hatte. Sie sah zur Front des Golfs. Der rechte Scheinwerfer war gesplittert, und die Stoßstange hing ein wenig schief. An dem Zivilfahrzeug war der Kotflügel eingebeult. Es war weniger schlimm, als es sich angehört hatte.

Dörfner führte Luggi von der Straße herunter und forderte ihn auf, sich auf die Stufen vor dem Eingang der Sparkasse zu setzen. Luggi gehorchte. »Was haben Sie da drin gemacht?«, fragte Lammers ihn.

»Ich wollte Geld abholen. Was dachten Sie denn? Ein Überfall?«

»Kann ich Ihre Bankkarte und das Geld sehen?«

Luggi zuckte mit den Schultern. Lammers legte ihm eine Hand auf die Schulter und drückte ihn zur Seite, um das Portemonnaie aus seiner Gesäßtasche zu ziehen.

»Das Problem ist«, sagte Luggi, »dass ich meine Karte zu Hause vergessen habe. Deshalb habe ich ja gesagt, ich *wollte* Geld abholen.«

Ein Streifenwagen hielt auf der Straße, und zwei Polizisten stiegen aus, um die Unfallstelle zu sichern.

»Die hat mich einfach gerammt«, rief Luggi ihnen zu. »Ich will, dass das dokumentiert wird.«

»Sie sind vorläufig festgenommen«, sagte Lammers mit einem flauen Gefühl im Magen. Sie hatte innerhalb von Sekunden eine Entscheidung treffen müssen und war alles andere als überzeugt davon. Aber jetzt musste sie dabei bleiben.

Sie führte Luggi zu ihrem Dienstwagen und setzte ihn auf die Rückbank. Einer der Streifenpolizisten kam zu ihr. Er ließ den Blick über das verbeulte Blech schweifen. »Sie wollen doch nicht damit weiterfahren, oder?«

»Doch«, sagte Lammers.

»Ihre Nase blutet.«

Lammers wischte sich mit dem Ärmel über das Gesicht. »Halb so schlimm.«

»Sie sollten sich untersuchen lassen.«

Lammers setzte sich hinter das Steuer. Dörfner machte Anstalten, auf der anderen Seite einzusteigen. »Einer von uns muss hierblieben«, sagte sie. »Und das bist leider du. Regle diesen Mist hier mit den Kollegen und warte, bis die Ablösung kommt.«

Dörfner verzog das Gesicht, als hätte er Zahnschmerzen. »Okay. Aber erst hol ich mir einen Kaffee.«

24

Kant saß an seinem Schreibtisch und ging die nicht identifizierten Todesfälle aus den Jahren 2014 bis 2016 durch. Alles sprach dafür, dass Annemarie Gerber demselben Täter zum Opfer gefallen war wie Hubert Pfeisinger. Die räumliche Nähe. Das Alter der Opfer. Das Vortäuschen des Weiterlebens. Die Abhebung der Rente. Nur in einem Punkt schien der Täter sein Vorgehen geändert zu haben: bei der Entsorgung der Leiche. Offenbar hatte er Pfeisinger dazu gebracht, sich sein eigenes Grab in die Wohnung zu bestellen. Wie war er auf die Idee gekommen? Kant hätte sich nicht gewundert, wenn auch Gerber schon in einer Gefriertruhe gelegen hätte, aber in ihrer Wohnung stand kein solches Gerät. So oder so mussten sie ihre Leiche finden. Bei Pfeisinger hatte der Täter keine Spuren hinterlassen, aber vielleicht war er bei Gerber noch nicht so vorsichtig gewesen.

Er konnte sich die Fälle noch so oft auf den Bildschirm rufen, in ganz Bayern war kein passendes Opfer dabei. Es gab drei unidentifizierte Leichen im passenden Alter, aber alle waren männlich. Gedankenverloren klickte Kant durch die Fallakten. Eine stark verweste Leiche, die an einem Wasserkraftwerk des Lechs im Rechen hängen geblieben war. Todesursache vermutlich Ertrinken. Ein verwahrloster Mann, der in einer Scheune in der Nähe von Deggendorf gefunden worden war. Ein Toter, den Spaziergänger in der Nähe des Parkplatzes Neuherberg an der A99 entdeckt hatten. Nein, Moment, jetzt war er schon im Jahr 2012 gelandet.

Kant schob seinen Stuhl zurück, um sich einen Kaffee zu holen, aber dann hielt er mitten in der Bewegung inne. Ein Autobahnparkplatz? Er sah auf der Karte nach und stellte fest, dass sich der Parkplatz in einem Waldstück gleich nördlich der Panzerwiese befand. Keine drei Kilometer entfernt von den Wohnungen der Opfer in der Linkstraße.

Das war Grund genug, sich den Fall genauer anzusehen. Der Mann war in Plastikfolie eingewickelt gewesen, und bei der Obduktion hatte sich herausgestellt, dass er zwei bis vier Wochen dort gelegen hatte, bis er Ende Juni entdeckt worden war. Todesursache war eine Schussverletzung am Hinterkopf. Ein Geschoss vom Kaliber 9 mm konnte sichergestellt werden. Möglicherweise stammte es aus einer Walther P38, der Standardpistole der Wehrmacht.

Kant spürte, wie sein Herzschlag sich beschleunigte. Er rief den Obduktionsbericht von Hubert Pfeisinger auf. Schuss in den Hinterkopf. Kaliber 9 mm. Die Untersuchungen zum Waffentyp waren noch nicht abgeschlossen. Wenn die Ballistiker die beiden Geschosse verglichen, konnten sie feststellen, ob sie aus derselben Pistole stammten.

Er blätterte in der Akte des unbekannten Toten weiter. Sein Alter, das auf etwa sechzig Jahre geschätzt worden war, passte nicht ganz ins Muster. Trotz aller Bemühungen hatte man ihn nie identifizieren können, aber anhand der Kleidung gingen die Ermittler davon aus, dass er aus der Münchener Gegend stammte. In der Nähe des Fundorts waren Reifenspuren gesichert worden, die aufgrund des trockenen Wetters erhalten geblieben waren. Außerdem hatten die Ermittler ein junges Liebespaar ausfindig machen können, das sich zum fraglichen Zeitpunkt vom Parkplatz aus in den Wald zurückgezogen hatte, um – wie der Verfasser des Berichts es ausdrückte –

Intimitäten auszutauschen. Die beiden hatten einen schwarzen Lieferwagen beobachtet, der sich schnell über einen für die Öffentlichkeit gesperrten Forstweg entfernte. Der Mann konnte sich erinnern, dass es sich dabei um einen Mercedes Sprinter mit Dachgepäckträger gehandelt hatte. Obwohl die Polizisten sich in ihren Ermittlungen mangels anderer Spuren auf das Fahrzeug konzentriert hatten, war es ihnen nie gelungen, es aufzuspüren.

Es handelte sich um einen dieser ungeklärten Fälle, die sie sich alle paar Jahre wieder vornahmen, um zu überprüfen, ob sich neue Anhaltspunkte ergeben hatten oder die Weiterentwicklung der kriminaltechnischen Methoden zur Aufklärung beitragen konnte. Aus dem Vermerk ergab sich, dass zuletzt vor zwei Jahren ein Kollege die Akte durchgesehen hatte.

Kant hatte eine weitere Leiche gefunden, aber nicht die, nach der er gesucht hatte. Er war jetzt überzeugt, es mit einem Serientäter zu tun zu haben. Drei ermordete alte Menschen innerhalb von zehn Jahren.

Bei Pfeisinger und Gerber war das Motiv klar: Der Täter hatte aus Habgier gehandelt und bereicherte sich an den Rentenzahlungen. Wenn der dritte Fall ins Muster passte, dachte Kant, gab es vielleicht irgendwo noch eine leer stehende Wohnung. Bei dem Gedanken drehte sich ihm fast der Magen um. Falls es drei gab, konnte es auch vier oder fünf geben. Und wenn die Geisterwohnungen jetzt nach und nach aufflogen, wollte der Täter sich möglicherweise Nachschub verschaffen.

Kant ging in Hannas Büro. An einer Wand standen noch die Kartons aus Pfeisingers Wohnung, an der anderen stapelten sich die frisch eingetroffenen Unterlagen Annemarie Gerbers. Das Chaos in dem sonst so ordentlichen Büro erinnerte ihn schmerzlich an den Umzug seiner Tochter. Hanna tauchte zwischen den Kartontürmen auf und schleppte eine Ladung Ordner zu ihrem Schreibtisch.

»Es ist genau das Gleiche wie bei Pfeisinger«, sagte sie, als sie Kant bemerkte. »Jemand hat sich um sämtliche Verpflichtungen gekümmert. Die Miete wurde weiterbezahlt. Eine Lebensversicherung und ein Zeitungsabonnement wurden 2015 gekündigt. Alle Briefe, die sie bekommen hat, wurden ordentlich abgeheftet. Die Bankunterlagen sind verschwunden.«

Kant nickte. Er hatte nichts anderes erwartet. »Ich habe einen weiteren Fall gefunden, der mit unseren zusammenhängen könnte. Eine unbekannte männliche Leiche, die durch einen Schuss in den Hinterkopf getötet wurde. Kannst du in der Kriminaltechnik Bescheid sagen, dass die Ballistiker das Geschoss aus Pfeisingers Kopf mit dem damals sichergestellten vergleichen sollen?«

»Noch ein Opfer?« Hanna sah ihn über den Stapel Ordner hinweg an. Kurz hatte er den Eindruck, dass die Fassade aus Rationalität und Professionalität, auf deren Erhaltung sie so viel Wert legte, zusammenbrechen könnte. Aber es dauerte nur eine Sekunde, bis sie sich wieder gefasst hatte. »Natürlich. Ich kümmere mich darum.«

»Noch was«, sagte Kant. »Die wichtigste Spur in dem alten Fall ist ein Lieferwagen, der bisher nicht gefunden werden konnte. Kannst du da noch mal nachhaken? Vielleicht hat sich ja irgendwas Neues ergeben.«

Hanna ließ den Blick über die Kartons an den Wänden schweifen. »Klar, ich habe ja sonst nichts zu tun.«

»Ich schicke dir die Akte auf deinen Rechner.«

Schuhe quietschten draußen auf dem Linoleumboden des Flurs, und dann kam Lammers mit geröteten Wangen in das

Büro gestürmt. »Ich habe jemanden mitgebracht«, sagte sie atemlos. »Ludwig Radow.«

»Den Hausmeister?«

»Er bezeichnet sich als Gebäudemanager«, sagte Lammers. »Er kam aus der Sparkasse. Und er wusste über die Ermittlungen Bescheid.«

Kant war verblüfft. »Ihr solltet den Automaten überwachen, keine Festnahmen machen.«

»Ich hatte die Befürchtung, dass er das restliche Geld abholt und abtaucht«, verteidigte sich Lammers. »Als ich ihn aufhalten wollte, gab es einen kleinen Unfall. Nichts Dramatisches. Ben ist noch vor Ort und behält die Sparkasse im Blick.«

»Gut«, sagte Kant. »Dann reden wir mal mit Luggi.«

Als sie ins Vernehmungszimmer kamen, saß Ludwig Radow ruhig auf seinem Stuhl. Er hatte die Hände im Schoß liegen und fixierte einen Punkt irgendwo an der kahlen Wand. Lammers setzte sich ihm gegenüber. Kant schob seinen Stuhl einen halben Meter zurück und überließ Lammers die Gesprächsführung.

»Also«, sagte sie. »Würden Sie uns bitte aufklären, was Sie in der Sparkasse gemacht haben?«

Luggi sah Kant an, als er antwortete. »Wie gesagt, ich wollte Geld abheben. Aber dann habe ich gemerkt, dass ich meine Karte zu Hause vergessen hatte.«

»Haben Sie Zugriff auf Annemarie Gerbers Konto?«, fragte Lammers.

»Was? Natürlich nicht.«

»Unsere Kollegin überprüft gerade, ob jemand versucht hat, von Gerbers Konto Geld abzuheben. Dürfte ich mal Ihre Brieftasche sehen?«

Luggi zog sein abgegriffenes Portemonnaie aus der Hosentasche und warf es auf den Tisch. Kant beobachtete ihn, während Lammers es mit spitzen Fingern aufklappte. Ein Schweißfilm glänzte auf seinem kahlen Schädel, aber die Augen waren ruhig und die Lippen gespitzt, als wollte er gleich anfangen, ein Liedchen zu pfeifen.

»Etwa fünfunddreißig Euro in bar, keine Bankkarte, keine Kreditkarte.« Lammers' Stimme klang ein wenig enttäuscht. Offenbar wurde ihr allmählich klar, dass sie voreilig gehandelt hatte. Kant nahm es ihr nicht übel. Sie hatte spontan zwischen zwei Möglichkeiten wählen müssen und sich für die falsche entschieden. Es hätte auch anders ausgehen können, dann hätten ihr jetzt alle Beifall geklatscht.

»Wo Sie gerade hier sind, möchte ich Sie noch etwas anderes fragen«, fuhr Lammers fort. »Ist Ihnen in Ihrer Funktion als Hausmeister – Entschuldigung, Gebäudemanager –bei keiner der beiden Wohnungen aufgefallen, dass sie unbewohnt war?«

Wieder sah Luggi Kant an, als er antwortete. »Es gehört nicht zu meinen Aufgaben, in den Angelegenheiten der Mieter rumzuschnüffeln.«

»Aha«, sagte Lammers. »Warum haben Sie dann jedem erzählt, dass Frau Gerber ins Ausland gezogen wäre?«

Luggi beugte sich nach vorn, stützte die Ellbogen auf den Tisch und sah jetzt Lammers direkt an. »Junge Frau, was wollen Sie mir unterstellen? Man redet eben, wenn man sich im Hausflur trifft. Das war nur so ein Gerücht. Ich weiß nicht mehr, woher das kam. Ich habe es jedenfalls nicht in die Welt gesetzt.«

Es klopfte an der Tür. Kant stand auf und trat in den Flur. Hanna stand mit einem Blatt Papier in der Hand vor ihm. Ihre Gesichtshaut wirkte seltsam blass. »Ich habe bei der Sparkasse angerufen. Niemand hat versucht, auf Gerbers Konto zuzugreifen. Und man hat mir bestätigt, dass Ludwig Radow dort ein Konto hat.«

Kant hatte nichts anderes erwartet. Luggis Aussage hatte glaubwürdig geklungen, und außerdem hielt er ihn für viel zu schlau, um zur Sparkasse zu rennen, nachdem Gerbers unbewohnte Wohnung entdeckt worden war. Was nicht hieß, dass sie ihn als Verdächtigen ausschließen konnten. Immerhin hatte er beide Opfer gekannt und die Gelegenheit gehabt, sich Zutritt zu ihren Wohnungen zu verschaffen.

»Danke«, sagte Kant. »Ist sonst noch was?«

Er bemerkte, dass Hannas Hand zitterte, als sie ihm den Zettel reichte. »Das habe ich gerade in Gerbers Unterlagen gefunden.«

Es war ein Lieferschein. Über eine Gefriertruhe. 308 Liter. Groß genug, um eine Leiche darin zu verstauen. Sie war am 10. Oktober 2014 ausgeliefert worden. Eine krakelige Unterschrift bestätigte den Empfang. Kant brauchte keinen Experten, um festzustellen, dass es nicht Annemarie Gerbers Unterschrift war.

»Nimm Kontakt zu dem Lieferanten auf«, sagte er. »Ist zwar acht Jahre her, aber vielleicht kann sich jemand noch an irgendwas erinnern, das uns weiterhilft.«

Hanna marschierte zurück in ihr Büro. Kant lehnte sich mit dem Rücken gegen die Wand. Wo war die verdammte Gefriertruhe? Falls sie jemals in Gerbers Wohnung gestanden hatte, musste jemand sie weggeschafft haben. Aber die kleine Wohnung war voll möbliert, und es hatte nicht ausgesehen, als wäre dort Platz für dieses Gerät gewesen, das für eine alleinstehende Frau vollkommen überdimensioniert war.

Lammers sah ihn erwartungsvoll an, als er zurück ins Vernehmungszimmer kam. Er schüttelte den Kopf. Luggi bemerkte es und lehnte sich auf seinem Stuhl zurück. Ein kaum merkliches Lächeln lag auf seinen Lippen.

»Kann ich jetzt gehen?«, fragte er.

Kant setzte sich wieder auf seinen Platz. Wortlos schob er Lammers den Lieferschein zu. Sie überflog das Dokument, legte es vor sich auf den Tisch, strich mit der Handfläche darüber. Kant bemerkte, wie Luggi immer wieder aus den Augenwinkeln einen Blick darauf warf. Sein Lächeln hatte sich aufgelöst.

»Wissen Sie, was das ist?« Langsam drehte Lammers den Lieferschein um und schob ihn ein Stück vor, sodass Luggi den oberen Teil lesen konnte. Der Rest wurde von ihrer Hand verdeckt.

»Sieht so aus, als hätte Frau Gerber sich ein Elektrogerät liefern lassen.«

»Hm«, sagte Lammers. »Dieses Elektrogerät befindet sich aber nicht in der Wohnung. Haben Sie vielleicht irgendeine Erklärung dafür?«

»Vielleicht hat sie es zurückgegeben. Oder verkauft. Was spielt das für eine Rolle?«

Lammers hob ihre Hand von dem Lieferschein. »Erkennen Sie die Unterschrift?«

Luggi kniff die Lippen zusammen und schwieg.

»Wären Sie bereit, eine Unterschriftenprobe abzuliefern?«, fragte Kant.

»Okay«, sagte Luggi. »Ich muss jetzt ein Geständnis ablegen. Können Sie das vertraulich behandeln? Wenn die Hausverwaltung davon erfährt, bin ich meinen Job los. Wie soll ich denn in meinem Alter noch was Neues finden?«

»Wir geben nur weiter, was wir weitergeben müssen«, sagte Lammers.

Luggi strich sich den Schweiß von der Glatze und wischte sich die Hand am Hosenbein ab. »Es ist wie in einer Diktatur. Die Hausverwaltung bestimmt alles. Meine Aufgabe ist, die Regeln umzusetzen. Ich versuche ja nur, alles ein bisschen menschlicher zu gestalten. Als Frau Gerber eingezogen ist, gehörte zu der Wohnung kein Kellerabteil. Offiziell ist das immer noch so. Die alte Dame hatte aber allen möglichen Kram, für den in der Wohnung kein Platz war. Andere Mieter wiederum brauchten überhaupt keinen Keller, weil sie sowieso nichts hatten. Also habe ich die Räume ein bisschen umverteilt. Jedem nach seinen Bedürfnissen, sozusagen.«

Er schien zu ahnen, was Kant durch den Kopf ging, und hob abwehrend die Hände. »Ich habe nie Geld dafür genommen. Mal eine Kiste Bier oder Pralinen für meine Frau. Es ist also niemand zu Schaden gekommen.«

»Was ist mit der Gefriertruhe?«, fragte Lammers.

»Frau Gerber hat mich gefragt, ob ich das Gerät für sie annehmen kann. Sie hatte, glaube ich, einen Arzttermin oder so. Ich habe den Keller aufgeschlossen, und die Lieferanten haben die Truhe aufgestellt. Das war alles.«

Kant stand auf. »Wie finden wir den Keller?«

»Abteil 23«, sagte Luggi. Kant sah ihn schlucken. »Sie glauben doch nicht, dass Frau Gerber all die Jahre …«

Kant nickte Lammers zu und verließ das Vernehmungszimmer. Ludwig Radow würde noch eine Menge Fragen beantworten müssen, aber jetzt gab es erst einmal Wichtigeres zu tun.

25

Rademacher hing den ganzen Morgen am Telefon, um die Nachbarn zu befragen, die sie bisher noch nicht erreicht hatten. Es war das Gleiche wie in Pfeisingers Haus. Angeblich hatte niemand zu Annemarie Gerber Kontakt gehabt, und keinem war etwas Ungewöhnliches aufgefallen. Man versuchte, ihn abzuwimmeln. Gründe gab es reichlich: keine Zeit, mangelnde Deutschkenntnisse, offene Verachtung für die Arbeit der Polizei. Der Tag zog sich jetzt schon wie ein alter Kaugummi. Und schmeckte auch so. Er fragte sich, ob das Aroma auf seiner Zunge von dem ganzen rohen Gemüse kam, das er in letzter Zeit in sich hineinstopfte, oder eine Folge ihres Streits am Morgen war.

Mareike war schon seit Tagen so abwesend und verschlossen gewesen, wie er es seit dem plötzlichen Tod ihres Vaters vor acht Jahren nicht mehr erlebt hatte. Beim Frühstück hatte sie nur aus dem Fenster in den Vorgarten gestarrt, wo noch immer die Laubschicht vor sich hin faulte, die er schon längst hatte beseitigen sollen. Als die Kinder dann endlich aus dem Haus waren – Kindergarten, Schule, Uni, das ganze Programm –, hatte er sich hinter sie gestellt und ihr sanft seine Hand in den Nacken gelegt. Normalerweise reagierte sie darauf mit einem leisen Schnurren, aber heute zuckte sie zusammen, als hätte er versucht, ihr das Genick zu brechen.

»Schlecht geschlafen?«, fragte er.

»Nein.«

Diese Einsilbigkeit passte nicht zu ihr. Genauso wenig wie der mangelnde Appetit, der leere Blick und die hängenden Schultern. Ganz abgesehen davon, dass sie immer noch ihren Morgenmantel trug. Das ging jetzt schon seit Tagen so.

Rademacher spürte, wie sich ihm vor Sorge der Magen zusammenzog. Kaum hatte er seine Krankheit überwunden, erwischte es seine Frau. Ausgerechnet jetzt, da sie ihr neues Leben anfangen wollten. Aber nein, das passte nicht zu ihr. Wenn Mareike eine besorgniserregende Diagnose erhalten hätte, dann hätte sie mit ihm darüber geredet und es nicht erst wochenlang geheim gehalten, wie er es getan hatte. Es musste etwas anderes sein.

»Sobald dieser Fall abgeschlossen ist, bin ich raus«, sagte er. »Nur noch ein paar Wochen.«

So gut, wie sie vorankamen, konnte es auch noch Monate oder Jahre dauern. Oder vielleicht würden sie den Fall auch nie lösen, aber das wäre dann nicht mehr sein Problem. Sobald die aktuellen Ermittlungen auf die eine oder andere Art ein Ende fanden, wollte er sein Versprechen halten und nur noch für seine Familie da sein. Das Grundstück für den Campingplatz war so gut wie gekauft, die Genehmigungen in Bearbeitung, der Kredit für die Bauarbeiten beantragt.

»Das ist es ja gerade«, sagte Mareike mit lebloser Stimme.

»Was?« Jetzt verstand er gar nichts mehr.

Als sie zu ihm aufsah, waren ihre Augen feucht. »Ich habe Angst, Anton. Das war doch immer der Traum, der uns über Wasser gehalten hat. Und jetzt, wo er Wirklichkeit werden kann, wird mir erst klar, was das alles bedeutet.«

Rademacher zog einen Stuhl heran, setzte sich und legte die Hände auf Mareikes Knie. Sie ließ es geschehen, aber ihr Blick huschte von der Butterdose zu den Tellern mit dem Windmühlenmotiv an der Wand und zum ausgeschalteten Fernseher in der Ecke, als wäre das alles interessanter als er.

»Das bedeutet«, sagte Rademacher, »dass wir näher bei deiner Familie sind, dass ich keine Nachtschichten mehr machen muss, dass wir jeden Morgen vor dem Frühstück mit dem Hund, den du schon lange haben wolltest, in den Dünen spazieren gehen.«

Mareike schniefte leise. »Hast du schon mal darüber nachgedacht, was mit den Kindern ist? Glaubst du nicht, dass die ihr gewohntes Umfeld brauchen? Und was machen wir, wenn das alles nicht klappt? Wenn die Gäste ausbleiben oder die Zinsen steigen oder eine Sturmflut kommt und die ganze Scheiße wegspült?«

Rademacher zog seine Hände zurück. Mareike verabscheute ordinäre Ausdrücke, und jetzt war sein Traum – ihr gemeinsamer Traum – plötzlich nur noch etwas, das man im Klo runterspülte? Ihm fiel nichts ein, was er darauf hätte entgegnen können.

»Dann ist deine Pension weg«, sagte Mareike, und ihre Stimme klang jetzt fast schadenfroh. »Die paar Jahre, die ich gearbeitet habe, bringen uns auch nicht über die Runden.«

Als Rademacher aufstand, hatte er das Gefühl, der Boden würde unter seinen Füßen schwanken. Mareike war es doch gewesen, die nach seiner Krankheit auf ihn eingeredet hatte, dass das Leben aus mehr als Arbeit bestand; und jetzt stellte sie es dar, als brächte er mit seiner Verantwortungslosigkeit ihre Familie in Gefahr. Es war so ungerecht, dass er am liebsten geschrien hätte, aber stattdessen bemühte er sich um einen ruhigen Tonfall.

»Ich muss jetzt zur Arbeit«, sagte er. »Lass uns später darüber reden.« Wie betäubt nahm er seine Jacke vom Haken im Flur und wankte zur Garage.

Während er im Büro mit Annemarie Gerbers Nachbarn telefonierte, lief in seinem Hinterkopf das Gespräch mit seiner Frau in einer Endlosschleife, und so war er froh, als Kant hineingestürmt kam und dem Ganzen ein abruptes Ende setzte.

»Wir müssen zur Linkstraße. Frau Gerber hatte einen Kellerraum, von dem die Hausverwaltung nichts wusste. Pack einen Bolzenschneider ein.«

Rademacher konnte sich nicht erinnern, seinen Kollegen schon einmal so ernst und angespannt erlebt zu haben, wie in den letzten Tagen. Er wusste, dass die langen Stunden am Schreibtisch, wo ein Großteil der Arbeit geleistet wurde, ihm am stärksten zusetzten. Sie alle hatten das Gefühl, auf der Stelle zu treten, während der Mörder vielleicht schon auf der Suche nach neuen Opfern war und niemand wusste, wie viele Geisterwohnungen es noch gab. Und so brachte jede neue Entwicklung ihnen Erleichterung, vor allem wenn sie damit verbunden war, die abgeschottete Welt des Präsidiums zu verlassen.

Kant hatte darauf verzichtet, sie bei der Hausverwaltung anzumelden, weil er so wenige Leute wie möglich einweihen wollte. Sie hatten einen Durchsuchungsbeschluss für Gerbers Wohnung, und der bezog automatisch auch den Keller mit ein, auch wenn sie von seiner Existenz bis vor Kurzem nichts gewusst hatten. Trotzdem hatte Rademacher ein merkwürdiges Gefühl, als er mit dem Bolzenschneider unter dem Arm vor der Haustür stand und bei den Nachbarn klingelte, bis ihnen jemand die Tür öffnete.

Sie stiegen die grünen Betonstufen hinab und passierten eine schwere Metalltür, die den dahinterliegenden Gang gegen sämtliche Geräusche abschottete, als sie ins Schloss fiel. Die Heizungsrohre unter der Decke verströmten eine trockene

Wärme. Während der Rest des Hauses einigermaßen ordentlich und gepflegt wirkte, herrschte hier unten Anarchie. Abgefahrene Autoreifen stapelten sich in den Ecken, Fahrräder rosteten vor sich hin, hinter einer aus den Angeln gebrochenen Abteiltür standen zwei Sessel voller Brandlöcher, und jemand hatte mit Sprühfarbe einen erigierten Penis an die Wand gemalt. Offenbar fühlte sich Luggi für diesen Bereich nicht verantwortlich. Oder er hatte vor den widerspenstigen Mietern kapituliert. Rademacher fragte sich, ob die Hausverwaltung über die Zustände informiert war.

Abteil 23 war das vorletzte auf der linken Seite. Durch die Holzlatten der Tür konnte Rademacher einen schmalen Raum erkennen. Metallregale voller Kartons standen an den Trennwänden zu den anderen Abteilen. Dazwischen klemmte ein mannshoher Bauernschrank mit bunt bemalten Türen. Kant schaltete seine Taschenlampe an und ließ den Lichtkegel durch den Raum wandern.

»Wo ist die verdammte Truhe?«, fragte Rademacher.

»Sei mal still«, sagte Kant.

Rademacher hielt den Atem an und lauschte. Jetzt nahm er es auch wahr. Ein tiefes Brummen, das man mehr spürte als hörte. Er hob den Bolzenschneider und sah seinen Vorgesetzten an. Kant nickte. Der dünne Bügel des Vorhängeschlosses leistete keinen nennenswerten Widerstand. Sie streiften sich Handschuhe und Schuhüberzieher über, bevor sie das Abteil betraten.

Rademacher ging zu dem Bauernschrank und legte das Ohr an die Tür. Das Brummen wurde eindeutig lauter. Er drehte den Schlüssel, der im Schloss steckte, und zog die Türen auf. Der Schrank hatte keine Rückwand. Die Gefriertruhe dahinter nahm fast die ganze Breite des Abteils ein.

In diesem Moment hatte Rademacher nicht mehr den geringsten Zweifel, was sich darin befand. Sie hätten den Keller verlassen und die Spurensicherung rufen sollen, aber er konnte nicht anders, als den Kopf einzuziehen und durch den potemkinschen Schrank zu klettern. Kant machte keine Anstalten, ihn zurückzuhalten.

Eine dicke Staubschicht überzog den Deckel der Truhe. Rademacher versuchte, ihn anzuheben, aber erst als er die zweite Hand zu Hilfe nahm, löste sich die Dichtung mit einem Schmatzen. Das bläuliche Licht aus dem Inneren blendete ihn. Er machte einen Schritt zurück und wartete, bis seine Augen sich an die Helligkeit gewöhnt hatten.

Erbsen und Möhren. Gyrospfanne. Hähnchengeschnetzeltes in Rahmsoße. Feine Brokkoliröschen.

Rademacher spürte das Frühstück in seinem Magen brennen, während er die Packungen vorsichtig von einer Seite auf die andere stapelte. Es dauerte nicht lange, bis er auf ein längliches Paket stieß, das von einem schwarzen Müllsack umhüllt war. Darunter kamen weitere unterschiedlich geformte Plastiksäcke zum Vorschein, platzsparend auf dem Boden der Truhe angeordnet wie bei einem Tetrisspiel.

Rademacher hatte genug gesehen. Oder zu viel. Zu viel für ein ganzes Leben. Er klappte die Truhe zu, stolperte durch den Schrank und übergab sich vor Kants Füßen auf den Kellerboden. Obwohl ein paar Spritzer auf seinen Hosenbeinen landeten, wich Kant nicht zurück. Rademacher spürte, wie sein Vorgesetzter kurz die Hand auf seine Schulter legte. Er unterdrückte ein weiteres Aufwallen in seinem Magen.

»Gehen wir«, sagte Kant.

Rademacher richtete sich auf und wischte sich mit dem Ärmel über den Mund. »Das ist die verdammte Rohkost«, murmelte er. »Seit ich das Zeug fresse, habe ich einen schwachen Magen.«

Sie warteten an der frischen Luft auf die Spurensicherung. Als Kant sich eine Zigarette ansteckte, hatte Rademacher zum ersten Mal, seit er vor über zwanzig Jahren seine Sucht überwunden hatte, auch Lust, eine zu rauchen. Er stellte sich Mareikes Gesichtsausdruck vor, wenn er mit einer frischen Schachtel Marlboro nach Hause käme und ihr hübsches kleines Reihenhaus richtig einnebelte. Vielleicht würde sie dann noch einmal darüber nachdenken, ob man Träume einfach so zerplatzen ließ.

»Wenn in der Truhe das liegt, was wir glauben«, sagte Kant, »dann sollten wir uns jede einzelne Wohnung und jedes Kellerabteil in dieser Anlage gründlich ansehen.«

Rademacher blickte auf die Häuserreihe gegenüber. Hunderte von Fenstern starrten ihn an. Allein auf dieser Straßenseite gab es fünf nahezu identische Wohnblocks, und es stand keineswegs fest, dass der Mörder seine Aktivitäten auf Wohnungen der DMG beschränkte. Sie bräuchten eine Menge Verstärkung, wenn sie nicht die nächsten Monate mit Hausbesuchen verbringen wollten.

»Glaubst du, dieser Luggi hat was damit zu tun?«, fragte Rademacher.

Kant drückte seine Zigarette auf der Stufe aus und steckte sich die Kippe in die Jackentasche. »Ich weiß nicht. Der Mörder ist jemand, der glaubt, alles kontrollieren zu können. Er hat bisher kaum Spuren hinterlassen. Offenbar hat er seine Taten gründlich vorbereitet und war auch danach regelmäßig in den Wohnungen, um die Morde zu verschleiern. Warum sollte er einen Lieferschein mit seiner eigenen Unterschrift in Gerbers Aktenordner abheften?«

»Allein kann diese Frau auf den Überwachungsbildern von dem Geldautomaten es jedenfalls nicht getan haben«, sagte Rademacher. »Vielleicht ist Luggi nur ein kleiner Helfer in einer ganzen Bande.«

Zwei Kleinbusse der Spurensicherung hielten vor den Garagen. Obwohl die Kollegen Zivilkleidung trugen, bezweifelte Rademacher, dass sie einen Leichenfund lange geheim halten konnten. Mit Sicherheit tauchten bald die ersten Kameraleute und Fotografen auf, und spätestens dann konnten sie sich die Überwachung des Geldautomaten sparen.

Kants Telefon klingelte. »Ja?«, sagte er und hörte eine Weile lang konzentriert zu. »Was? Das kann doch kein Zufall sein.« Rademacher bemerkte, wie sich die Muskeln in Kants Gesicht anspannten. »Danke, Hanna.«

»Was ist passiert?«, fragte Rademacher.

»Das war Hanna. Die Kollegen von der Verkehrspolizei haben vor ein paar Tagen ein Fahrzeug stillgelegt. Einen schwarzen Sprinter mit Dachgepäckträger. Möglicherweise ist es der Lieferwagen, den Zeugen 2012 beobachtet haben, als die bisher unidentifizierte Leiche bei dem Autobahnparkplatz abgelegt wurde.«

Kant hatte ihm auf der Fahrt von seiner Theorie erzählt, dass es ein drittes Opfer geben könnte. Falls die Kriminaltechnik bestätigte, dass Hubert Pfeisinger und der unbekannte Mann mit derselben Waffe getötet worden waren.

»Wem gehört das Auto?«

»Die offizielle Halterin ist vor Kurzem verstorben«, sagte Kant. »Jetzt gehört es offenbar der Tochter. Eine Streife hat die Wohnmobile kontrolliert, die am Olympiapark abgestellt waren. Das Fahrzeug ist aufgefallen, weil der TÜV schon seit Jahren abgelaufen ist.«

»Wenn das Auto benutzt wurde, um die Leiche wegzuschaffen, wurde es vielleicht von der Halterin so lange versteckt«, sagte Rademacher. »Wo ist die Tochter jetzt?«

»Das ist ja das Seltsame. Sie hat gerade einen Wohnsitz in München angemeldet. Rate mal wo.«

»In der Linkstraße?«, fragte Rademacher.

26

Noch bevor sie die Augen aufschlug, bevor sie die dröhnenden Kopfschmerzen, die ausgetrocknete Zunge, das Brennen im Magen bemerkte, machte sich das schlechte Gewissen breit. Sie knüllte das Kissen zusammen und legte den Kopf ein wenig höher. Soweit sie sich erinnern konnte, hatte sie nichts Schlimmes getan, trotzdem war da dieses Gefühl, das über die normale Niedergeschlagenheit hinausging, die sie nach einer Nacht mit zu viel Alkohol regelmäßig überkam. Klar, je mehr das Pendel Richtung Glück ausschlug, desto heftiger schwang es am nächsten Tag zur anderen Seite, aber an diesem Morgen fühlte es sich an, als hätte sie etwas Verbotenes getan.

Sie hatte ein paar Stunden lang all ihre Probleme vergessen und getrunken und gelacht und, als die Band aufgehört und ein DJ übernommen hatte, sogar zu zwei oder drei Songs getanzt. Danach hatte ihr Großvater sie in leichten Schlangenlinien durch die Stadt kutschiert und dabei einen Seitenspiegel an einen auf die Straße ragenden Baucontainer verloren. Nichts Dramatisches. Sie waren durch das stille Treppenhaus in die Wohnung geschlichen und hatten sich in ihre Zimmer verzogen. Evi hatte von all dem nichts mitbekommen, da sie noch nicht von ihrem Patienten zurückgekommen war. Und wenn schon. Sie war ihr keine Rechenschaft schuldig. Falls sie ein Problem damit hatte, dass ihr Lebensgefährte, der eigentlich seine Gesundheit schonen sollte, sich in irgendwelchen Jazzclubs volllaufen ließ, musste sie das mit ihm ausmachen.

Sie wälzte sich von einer Seite auf die andere. Wie sehr sie sich auch bemühte, mit rationalen Argumenten ließ sich das schlechte Gefühl nicht vertreiben. Schließlich richtete sie sich probeweise auf, stellte fest, dass sie sich nicht sofort übergeben musste, schob die Beine aus dem Bett und tastete mit den Zehenspitzen nach dem Fußboden. Alles fühlte sich ein bisschen zu flauschig an, als gäbe es keine klare Grenze zwischen ihrem Körper und dem Rest der Welt, aber nach einer Aspirin und ein paar Tassen Kaffee würde sich das schon wieder legen.

Auf dem Weg ins Bad fiel ihr ein, dass sie gestern großmäulig verkündet hatte, heute auszuziehen. Uff, kein schöner Tag, um sich auf der Straße herumzutreiben. Andererseits war die Vorstellung, sich weiter von Evi mästen zu lassen und sich dabei womöglich noch irgendwelche Vorwürfe anhören zu müssen, auch nicht gerade verlockend. Sie warf einen verstohlenen Blick in die Küche und ins Wohnzimmer, aber nirgendwo war jemand zu sehen.

Im Bad durchsuchte sie den Medikamentenschrank unter dem Waschbecken nach Kopfschmerztabletten. Zu ihrer Überraschung standen dort nur ein paar Erkältungsmittel, Pflasterpackungen und Salben gegen Gelenkschmerzen. Nicht gerade das, was man bei einem chronisch Kranken erwartete, aber vielleicht hatte der Schweißer ja irgendwo seinen eigenen Vorrat. Schließlich fand sie eine Aspirin und spülte sie mit einem Schluck Leitungswasser herunter.

Das Gesicht im Spiegel konnte man niemandem zumuten, nicht mal sich selbst. Sie beschloss, die Sache mit dem Kaffee zu verschieben, noch einmal zurück ins Bett zu kriechen und in ein paar Stunden einen neuen Anlauf auf den Tag zu nehmen. Es dauerte ungefähr zehn Sekunden, bis sie wieder einschlief.

Zum zweiten Mal wurde sie wach, weil es an der Tür klingelte. Sie sah auf die Uhr. Kurz nach zwei. Sie fühlte sich schon wieder fast wie sie selbst. Was nicht hieß, dass sie aufspringen und die Tür öffnen würde. Sollte Evi sich doch darum kümmern. Oder der Schweißer, falls er schon fit genug war. Sie drehte sich auf den Bauch und zog die Decke über den Kopf.

Das Klingeln ging weiter. Dreimal, viermal. Dann war endlich Ruhe. Zwei Minuten später wurde laut an die Wohnungstür geklopft. Jetzt konnte sie es nicht länger ignorieren. Vielleicht eine wichtige Lieferung. Oder Evi hatte ihren Schlüssel vergessen und stand mit den Armen voller Einkäufen vor der Tür.

Sie zog sich ein langes Sweatshirt über, das zumindest ihren Slip verdeckte, fuhr sich mit den Fingern durchs Haar, während sie durch den Flur schlurfte, und öffnete die Tür.

Ein großer dünner Mann im Anzug und eine bärenhafte Gestalt in Cordhose und Fleecepullover standen ihr gegenüber. Toni brauchte ein paar Sekunden, bis ihr einfiel, wo sie den Anzugträger schon einmal gesehen hatte. Er hatte sich gestern Abend bei den Garagen herumgetrieben. Sie war nicht überrascht, als die beiden ihre Polizeiausweise präsentierten.

»Sind Sie Antonia Scheffler?«, fragte der Mann, der sich als Kant vorgestellt hatte.

»Ja. Wieso?«

»Dann sind Sie Halterin eines schwarzen Mercedes Sprinter, der vor Kurzem aus dem Verkehr gezogen wurde?«

Darum ging es also. Sie hatte das Auto schon abgeschrieben, aber jetzt wurden wahrscheinlich noch irgendwelche Strafen oder Abschleppgebühren fällig. Toni hätte am liebsten die Tür zugeknallt, aber der andere Polizist – Radebrecher oder so – schien es zu erahnen und stellte unverschämterweise seinen Trekkingschuh von der Größe eines Gitarrenkoffers auf die Schwelle. Mit einem Mal spürte Toni, wie die Wut und die Verzweiflung, die sich in den letzten Tagen in ihr angestaut hatten, sich einen Weg nach außen bahnten. Diese beiden Männer, oder das, was sie repräsentierten, waren an dem ganzen Albtraum schuld. Ohne die würde sie in ihrem Bus wohnen, unabhängig und frei, ohne die wäre sie gar nicht erst bei dem Schweißer und seiner kontrollfixierten Pflegetussi gelandet.

»Bringen Sie die Strafzettel jetzt schon persönlich vorbei?«, fuhr sie die Polizisten an. »Können Sie nicht richtige Verbrecher jagen?« Sie hörte ihre eigene Stimme durch den Hausflur hallen. Ein hysterisches Kreischen. Am Rande des Nervenzusammenbruchs. Peinlich.

Radebrecher grinste schief. Der andere, der falsche Philosoph, zog die Brauen hoch. »Deswegen sind wir hier«, sagte er. »Um richtige Verbrecher zu jagen, meine ich. Wir ermitteln in einer Reihe von Tötungsdelikten, die möglicherweise acht Jahre zurückreichen. Können wir uns vielleicht in Ruhe unterhalten?«

Er machte eine vage Geste in Richtung der anderen Wohnungen, die von dem Flur abgingen, und tatsächlich sah Toni, wie eine der Türen einen Spalt weit geöffnet wurde und eine Frau ihren blondierten Kopf herausstreckte.

Toni ließ die beiden Polizisten in die Wohnung. Radebrecher schien sich gleich zu Hause zu fühlen. Umstandslos ging er ins Wohnzimmer und warf sich in einen der Sessel. Der andere ließ ihr immerhin den Vortritt und wartete, bis sie sich auf das Sofa gesetzt hatte, ehe er es sich auf einer Sessellehne bequem machte.

»Das ist die Wohnung meines Opas«, sagte sie, als müsste sie sich für die altmodische Einrichtung rechtfertigen. »Ich bin nur für ein paar Tage zu Besuch. Eigentlich wollte ich sogar heute … woanders hin.«

Kant nickte und sah sie mit seinen eindringlichen Augen an, als verstünde er sie vollkommen, obwohl er doch keine Ahnung haben konnte, was in ihr vorging. »Sind Sie allein zu Hause?«, fragte er.

Toni lachte nervös. »Ich weiß gar nicht. Ich bin gerade erst aufgestanden. Gestern ist es spät geworden.« Warum plapperte sie wie eine Hausfrau auf Speed? Das ging die Polizisten gar nichts an. »Also, ja, anscheinend sind alle unterwegs.«

»Gut«, sagte Kant. »Sie haben vielleicht mitbekommen, dass wir in den Nachbarhäusern Befragungen durchführen. Ich will Sie nicht beunruhigen, aber es geht um mehrere alte Menschen, die unter ungeklärten Umständen zu Tode gekommen sind. Vermutlich wollte sich jemand an ihrer Rente bereichern.«

Toni hatte eine gewisse Unruhe in der Nachbarschaft bemerkt, ein Kommen und Gehen von auffällig unauffälligen Menschen. Einmal hatte sie im Treppenhaus mitbekommen, wie zwei junge Männer sich darüber unterhielten, dass die Polizei in der Gegend herumschnüffele, aber sie hatte sich nichts weiter dabei gedacht.

»Okay«, sagte sie. »Was hat das alles mit meinem Auto zu tun?«

»Wahrscheinlich ist es nur eine Verwechslung, aber wir müssen alle Hinweise überprüfen«, sagte Kant. »Ein Zeuge hat ausgesagt, Ihr Fahrzeug in der Nähe eines Autobahnparkplatzes gesehen zu haben. Kurz nachdem dort eine Leiche abgelegt wurde.«

Tonis Kater meldete sich mit einem pochenden Schmerz in den Schläfen zurück. Sie musste einen Moment lang die Augen zusammenkneifen. »Was für eine Leiche?«

Die Polizisten schwiegen, als erwarteten sie von ihr eine Erklärung. »Ich bin ja gerade erst aus Portugal zurückgekommen«, sagte sie. »Also muss es wohl wirklich eine Verwechslung sein.«

»Das war im Juni 2014«, entgegnete Kant.

Toni rechnete nach. Der Sommer, in dem ihre Mutter den Sprinter vom Schweißer geschenkt bekommen hatte. Kurz vorher oder kurz nachher.

»Wir haben eine Abfrage bei der Zulassungsstelle durchgeführt. Zu dem Zeitpunkt war das Fahrzeug noch auf Ihren Großvater angemeldet«, sagte Kant, als hätte er ihre Gedanken gelesen.

Sie konnte sich nicht vorstellen, dass ihr Großvater etwas damit zu tun hatte. Damals war er zu krank gewesen, um überhaupt Auto zu fahren, sonst hätte er ihrer Mutter den Sprinter schließlich gar nicht geschenkt. Außerdem konnte man dem Schweißer vieles vorwerfen, aber nicht, dass er jemals gewalttätig geworden war. Das hätte ihre Mutter bestimmt irgendwann mal erwähnt. Oder in ihr Tagebuch geschrieben. Nein, der Zeuge musste sich getäuscht haben. Trotzdem hatte sie jetzt das Bild einer in einen Teppich eingewickelten Leiche auf der Ladefläche vor Augen. Genau dort, wo sie jahrelang geschlafen hatte. Widerlich.

»Ich war die ganze Zeit in Portugal«, sagte sie. »Außerdem war ich erst neun. Warum reden Sie nicht mit meinem Opa?«

»Keine Sorge, das haben wir auch vor«, schaltete sich Radebrecher ein. »Aber da Sie nun mal die Besitzerin sind, brauchen wir Ihre Zustimmung, um das Fahrzeug kriminaltechnisch untersuchen zu lassen. Wir können natürlich auch warten, bis der Staatsanwalt …«

»Machen Sie, was Sie wollen«, unterbrach Toni ihn. »Ich darf ja eh nicht damit fahren.«

Der Polizist nickte zufrieden. Der andere zerrte einen dicken Ordner aus seiner Ledertasche und begann, darin zu blättern.

»Ich habe noch nicht ganz verstanden, was die Sache mit meinem Auto mit den Todesfällen nebenan zu tun hat«, sagte Toni.

Kant sah von seinem Ordner auf und lächelte. »Wir auch nicht. Aber erfahrungsgemäß werden wir es irgendwann rausfinden.«

Der Polizist drehte den Ordner, um ihr ein Foto zu zeigen. »Haben Sie diese Frau zufällig schon mal gesehen?«

Toni betrachtete die unscharfe Schwarz-Weiß-Aufnahme. Eine Frau mit Kappe und Sonnenbrille an einem Geldautomaten. Von ihrem Gesicht war kaum etwas zu erkennen. Sie zuckte mit den Achseln. Wenn der Polizist behauptet hätte, sie selbst sei auf dem Foto zu sehen, hätte sie es ihm wahrscheinlich geglaubt.

Kant blätterte um. Auf der nächsten Seite war eine Halskette zu sehen. Grobkörnig, weil der Ausschnitt so stark vergrößert worden war. Der Anhänger schien einen Delfin darzustellen.

»Hübsch«, sagte sie. »Gehört das der Frau?«

Wenn das alles war, was die Polizisten hatten, mussten sie ziemlich verzweifelt sein, dachte Toni. Sie zog den Ordner näher zu sich. »Kann mich nicht erinnern, das schon mal gesehen zu haben.«

Sie blätterte weiter, um zu schauen, ob noch andere Fotos folgten. Der Polizist beugte sich schnell vor und nahm ihr den Ordner aus den Händen.

Es war zu spät. Eine Sekunde hatte genügt, um die Bilder für immer in ihr Gedächtnis zu ätzen. Ein abgetrennter Arm, der auf einem schwarzen Plastiksack lag. Ein unförmiger Fleischklumpen auf dem Seziertisch. Ein Kopf mit aufgequollenen Gesichtszügen. Auf der Seite daneben Fotos einer Gefriertruhe. Automatisch stellte sie die Verbindung her. Das waren also die Todesfälle, von denen Kant gesprochen hatte. Zerstückelte Leichen in Gefriertruhen.

Die Polizisten sahen sie nur an. Warteten offenbar auf eine Reaktion von ihr.

»Tut mir leid«, brachte sie schließlich hervor und wusste selbst nicht, ob sie das Schicksal der Opfer meinte oder ihr eigenes Verhalten.

»Nein«, sagte Kant. »Mir tut es leid. Das hätten Sie nicht sehen sollen.«

Ein Geräusch aus dem Flur zog die Aufmerksamkeit aller auf sich. Jemand schob einen Schlüssel ins Schloss. Die Tür ging auf, und Evi kam mit zwei Einkaufstaschen in den Händen und einer Packung Klopapier unter dem Arm herein. Als sie die Fremden auf ihrer Couchgarnitur bemerkte, erstarrte sie eine Sekunde lang, dann stellte sie langsam ihre Einkäufe ab, schloss die Wohnungstür und trat mit einem angespannten Lächeln auf den Lippen ins Wohnzimmer. Toni spürte den Luftzug, als Kant neben ihr den Ordner zuschlug.

Sie sprang vom Sofa auf und ging ein paar Schritte auf Evi zu. Einen Moment lang war sie so froh, sie zu sehen, dass sie ihr am liebsten in die Arme gesprungen wäre. Dann fiel ihr wieder ein, dass sie gerade noch vor ihr hatte fliehen wollen, und sie blieb mitten im Zimmer stehen. »Die beiden sind von der Polizei«, sagte sie. »Und das ist Evi. Die Lebensgefährtin meines Opas.«

»Was ist passiert?«, fragte Evi.

»Nichts.« Toni sah sich zu Kant um, unsicher, was sie preisgeben sollte. »Es geht um mein Auto.«

»Ach so.« Evi wirkte erleichtert. »Ich dachte, die alte Karre wäre schon in der Schrottpresse gelandet. Was ist denn jetzt wieder damit?«

Kant stand von der Sessellehne auf. »Wahrscheinlich nichts. Wir müssen nur ein paar Sachen abklären. Dazu würde ich gerne auch mit Ihrem Lebensgefährten sprechen. Er war ja der Vorbesitzer. Vor seiner Tochter, meine ich. Wissen Sie, wo er sich gerade aufhält?«

»Natürlich«, sagte Evi. »Er ist hier. Im Schlafzimmer. Falls er sich nicht rausgeschlichen hat.« Sie lachte auf ihre ansteckende Art, aber bei dem Polizisten hinterließ es keine Wirkung. Er warf Toni einen Seitenblick zu, als fragte er sich, warum sie ihm verschwiegen hatte, dass ihr Großvater zu Hause war. Sie zuckte hilflos mit den Schultern.

»Wunderbar«, sagte Kant. »Würden Sie ihn bitte holen?«

Evi sah Toni kurz in die Augen, bevor sie antwortete. »Das geht leider nicht. Sein Gesundheitszustand schwankt stark, und heute ist ein schlechter Tag. Er hat sich gestern überanstrengt. Ich fürchte, Sie müssen ein anderes Mal wiederkommen.«

Der Polizist lächelte, aber die Pause, die er machte, bevor er etwas entgegnete, irritierte Toni. »Sagen Sie ihm bitte, er soll sich bei uns melden.«

Er reichte Evi seine Karte und winkte seinem Kollegen, der aus seinem Sessel heraus alles still beobachtet hatte, und einen Augenblick darauf stand Toni mit Evi allein im Wohnzimmer.

27

Kant und Rademacher saßen unter dem Vordach des türkischen Restaurants in der Linkstraße. Von ihrem Tisch aus hätten sie Annemarie Gerbers Haus sehen können, wenn ihnen nicht ein anderer Wohnblock die Sicht versperrt hätte. Der Regen hatte eine Pause eingelegt, und ein paar Sonnenstrahlen brachen durch die Wolken. Mit einem Mal veränderte sich die Atmosphäre um sie herum. Auf dem Platz vor den Garagen begannen Kinder, Fußball zu spielen. Alte Männer trafen sich zum Teetrinken und Rauchen im Restaurant. Jugendliche zerlegten auf dem Bürgersteig gegenüber ein Mofa. Zwei Frauen, die sich mit ihren Kinderwagen vor den Gemüseständen des Supermarkts nebenan begegnet waren, scherzten laut miteinander.

Kant erinnerte sich, wie er selbst mit seiner Mutter einige Jahre in einer Hochhaussiedlung am Rande Duisburgs gelebt hatte. Damals hatte ihn die Anonymität nicht gestört. Eins von Hunderten Kindern zu sein, hatte auch seine Vorteile. Man lief nicht Gefahr, dass einem zu viel Aufmerksamkeit zukam. Bei den Alten war es selbstverständlich etwas anderes. Sie konnten an einem solchen Ort leicht in Vergessenheit geraten.

Während Rademacher sich über seinen Teller hermachte, auf dem sich Köfte, Fleischspieße und Lammkoteletts türmten, begnügte sich Kant mit einer Tasse Tee und einem Sesamkringel. Der neuerliche Leichenfund hatte ihm den Appetit verdorben. Rademacher hingegen schien sich erstaunlich gut von seiner Übelkeit erholt zu haben. Kant hatte ihn schon seit Ewigkeiten nicht mehr mit solcher Hingabe essen sehen.

Auch die Begegnung mit der jungen Frau hatte Kant aufgewühlt. Obwohl sie äußerlich keine Ähnlichkeit mit seiner Tochter hatte, erinnerte sie ihn an Frida. Dieselbe Unsicherheit und Verletzlichkeit. Körperlich erwachsen, aber noch damit beschäftigt, einen Platz für sich in der Welt zu finden. Und die ganze Situation war merkwürdig. Diese Geschichte mit dem Sprinter, der von einer Generation zur nächsten vererbt wurde. Der Großvater, der krank im Schlafzimmer lag, obwohl Antonia behauptet hatte, sie sei allein zu Hause. Die Lebensgefährtin mit ihrer aufgesetzten Freundlichkeit. Die Anspannung, die die Wohnung durchzog wie ein dichtes Netz aus Spinnweben.

»Wir sollten so schnell wie möglich mit Herrn Scheffler sprechen«, sagte Kant mehr zu sich selbst als zu seinem Kollegen.

Rademacher nickte, ohne von seinem Teller aufzusehen. »Mal sehen, was die Untersuchung des Lieferwagens ergibt. Ich meine, das Ganze kann genauso gut ein Zufall sein. Es gibt bestimmt jede Menge schwarze Sprinter mit Dachgepäckträger in München.«

»Deren Besitzer in der Linkstraße wohnen?«, fragte Kant.

Rademacher brummte irgendetwas Unverständliches und schob sich ein Hackfleischbällchen zwischen die Zähne. Kant ging zum Bezahlen an die Theke. Obwohl diese Leichen schon seit Jahren tiefgefroren waren, versetzte der Fall ihn in eine Unruhe, wie er sie selten erlebt hatte.

Als sie zurück zu Gerbers Haus kamen, hoben die Spurensicherer gerade die Gefriertruhe von einem Rollwagen auf die Ladefläche eines Transporters. Ein Kamerateam des Bayerischen Rundfunks und zwei Fotografen dokumentierten die

Szene. Am Hauseingang tauchte Manuel Stöger auf. Er winkte Kant und Rademacher zu sich.

»Es ist die Leiche einer alten Frau«, sagte er ohne Einleitung. Seine Miene war ungewohnt ernst, und in seiner Stimme schwang eine unterdrückte Wut mit. »Zerlegt in Einzelteile. Eingepackt in Müllsäcke. Nur hat der Schlächter dieses Mal anscheinend nicht so sauber gearbeitet. Einer unserer Leute hat an den Klebestreifen Haare entdeckt, die nicht aussehen, als stammten sie vom Opfer.«

Endlich hatten sie eine physische Spur. Bei Pfeisingers Ermordung hatte der Täter sein Vorgehen optimiert, aber Annemarie Gerber war vorher getötet worden, und bei ihr hatte er offenbar einen Fehler begangen. Vielleicht hatten sie gerade das Ende des Knäuels gefunden, an dem sie ziehen mussten, um den ganzen Fall zu entwirren.

»Mach Druck im Labor«, sagte Kant. »Auch wenn das ein alter Fall ist, brauchen wir so schnell wie möglich ein Ergebnis.« Er zeigte auf den Häuserblock, hinter dessen Hunderten Fenstern die ersten Lichter angeschaltet wurden. »Der Mörder verliert seine Einnahmequellen. Es könnte sein, dass er dabei ist, sich neue zu erschließen.«

Stöger nickte. »Wenn die Kollegen die Nacht durcharbeiten, könnte morgen ein Ergebnis vorliegen. Kommt drauf an, wie gut die Probe erhalten ist.«

Kant sah zu, wie die Spurensicherer ihre Ausrüstung verstauten. Manchmal blödelten sie dabei herum wie eine Jugendmannschaft nach dem Auswärtsspiel, aber heute arbeiteten sie schweigend und mit müden Gesichtern. Sobald sie abgerückt waren, schickte Kant auch Rademacher nach Hause. Er wollte noch eine Weile allein in der Siedlung verbringen, um seine Gedanken zu ordnen.

In der hereinbrechenden Dämmerung lief er ziellos zwischen den Häuserblöcken umher. Er beobachtete, wie die Straßen sich leerten, Vorhänge zugezogen wurden und das bläuliche Licht der Fernseher seine Herrschaft über die Wohnzimmer antrat. Hinter jedem unbeleuchteten Fenster konnte eine Gefriertruhe leise vor sich hin summen, während ihr Inhalt weiter seine Miete überwies, Termine absagte und Rente bezog. Die Vorstellung, dass so etwas überhaupt möglich war, erfüllte Kant mit einem Ekel, den er kaum beschreiben konnte. Man muss aufpassen, dachte er, dass man daraus keinen Hass auf die gesamte Menschheit entwickelt.

Er überquerte die stillgelegten Straßenbahngleise und erreichte die Panzerwiese, die sich bis zum Horizont durch die Münchener Schotterebene zog. Während das feuchte Gras seine Schuhe durchnässte, dachte er an die dritte Leiche, den bisher nicht identifizierten Mann. Die Kriminaltechnik hatte vor einer Stunde angerufen und bestätigt, dass das Geschoss in seinem Kopf aus derselben Waffe stammte wie das in Hubert Pfeisingers. Wenn derselbe Täter am Werk gewesen war, dann war also nicht Annemarie Gerber das erste Opfer gewesen, sondern der unbekannte Mann. Sein Leichnam war weder zerstückelt noch eingefroren worden. Der Täter hatte seine Methode weiterentwickelt, nachdem er festgestellt hatte, dass Leichen im Wald dazu neigten, bald wieder aufzutauchen.

Kant hatte die Mitte der Panzerwiese erreicht. Er drehte sich langsam im Kreis. Der Waldrand war in der Dunkelheit versunken. Nur wenige Sträucher bildeten im Streulicht der Stadt graue Flecke auf der Wiese. In der Ferne strahlte die Wohnsiedlung mit ihren tausend Lichtern wie ein Weihnachtsbaum. Oder wie der Außenposten einer fremden Zivilisation.

Hatte die unbekannte Leiche dort noch eine Wohnung?

Aus den Tiefen seines Mantels machte sich Kants Handy bemerkbar. Er brauchte eine Weile, bis er es in den vielen Taschen gefunden hatte. Es war Frida.

»Hallo«, sagte Kant. »Wie geht's dir?«

»Er ist weg.«

»Was?«

»Tom hat seine Tasche gepackt und ist ausgezogen.«

»Ich bin gleich bei dir«, sagte er.

Auf der Fahrt nach Neuhausen dachte er über Tom nach. Aus einem unbestimmten Gefühl heraus hatte er ihn von Anfang an nicht gemocht. Frida zuliebe hatte er versucht, es sich nicht anmerken zu lassen. Er nahm sich vor, weiterhin kein schlechtes Wort über ihn zu verlieren.

Frida wirkte einigermaßen gelassen, als sie sich zusammen an den Küchentisch setzten. Sie erzählte Kant, dass sie sich mit Tom ausgesprochen habe.

»Er ist total ausgerastet«, sagte Frida. »Ich habe nur gesagt, dass ich einen Fehler gemacht habe und mir das alles zu schnell geht, da hat er schon angefangen, mich anzubrüllen. Wie undankbar ich bin. Dass er alles nur für mich getan hat. Dass ich jetzt alleine sehen muss, wie ich mit dem Kind klarkomme.«

»Was für ein Arschloch«, sagte Kant.

»Ich bin ganz ruhig geblieben, aber er hat seine Kaffeetasse an die Wand geworfen.« Sie zeigte auf einen braunen Fleck auf der frisch gestrichenen Wand über dem Herd. »Dann hat er seine Sachen gepackt. Zum Abschied meinte er nur: Viel Spaß mit der Wohnung, aber ich zahle keinen Cent Miete.«

Kant griff nach seinem Tabak, dann fiel ihm ein, dass er vielleicht nicht die Wohnung seiner schwangeren Tochter einräuchern sollte. »Morgen kündigen wir die Wohnung. Dann sind es nur drei Monatsmieten. Das kriegen wir schon hin.«

Frida sah ihn schweigend an. Er kannte diesen Blick.

»Was ist?«, fragte er.

»Ich will nicht wieder bei dir einziehen. Wie soll das funktionieren? Ich kriege bald ein Kind.«

Kant wusste es auch nicht. »Komm«, sagte er. »Lass uns erst mal was essen gehen, dann überlegen wir weiter.«

28

Hätte Hanna pfeifen können, hätte sie gepfiffen.

An diesem Morgen fielen die Haare gut, der Aufzug stand schon bereit, als sie aus der Tür kam, auf dem Weg zum Präsidium zeigten alle Ampeln grün, und selbst der Pförtner begrüßte sie mit einem Lächeln. Mit einem Mal kam es ihr vor, als hätte dem Leben nur eine Prise Salz gefehlt, um sich von einer erträglichen Mahlzeit in ein Festessen zu verwandeln. Es lag nicht nur am Sex. Fast noch schöner waren die Pläne, die sie schmiedeten, während sie seinen Atem im Nacken, seine Hände auf ihrem Bauch, seine Knie in ihren Kniekehlen spürte. Noch hatten sie sich nicht entschieden, ob ihr erster gemeinsamer Urlaub eine Floßfahrt auf dem Amazonas oder eine Kameltour durch die Sahara werden sollte. Hanna war es egal. Sie wäre mit Stefan auch zum Murmeltierjagen in die Mongolei oder zum Muschelsammeln in die Antarktis gefahren. Es ging ja nur darum zu begreifen, dass sämtliche Beschränkungen selbst auferlegt waren, dachte sie, während sie ihren Computer hochfuhr. »Free your mind and your ass will follow«, hatte er ihr ins Ohr gebrummt.

In ihrem E-Mail-Posteingang warteten zwei Nachrichten mit dem Vermerk *hohe Priorität*. Offenbar hatten andere die Nacht auf weniger angenehme Weise verbracht. Grumann schickte den vorläufigen Obduktionsbericht. Sofort sah Hanna vor sich, wie er die Leichenteile aus der Gefriertruhe auf seinem Stahltisch zu einem menschlichen Puzzle anordnete.

Sie war einmal dabei gewesen, als er eine halb mumifizierte Leiche seziert hatte, eine Erfahrung, die sie nie wieder vergessen würde.

Hanna überflog den Bericht, um Kant bei der für neun Uhr anberaumten Besprechung eine Zusammenfassung geben zu können. Die Frau aus der Truhe, allem Anschein nach Annemarie Gerber, war genau wie Hubert Pfeisinger durch einen Schuss in den Hinterkopf getötet worden. Danach hatte man ihre Leiche mit einem feinzahnigen Werkzeug in fünf Teile gesägt. Das Projektil, das noch in ihrem Schädel gesteckt hatte, war vom selben Kaliber wie die Geschosse, mit denen die anderen beiden Opfer getötet worden waren.

Die zweite Nachricht stammte aus dem Labor. Die Forensiker hatten die Haare untersucht, die an einem Stück Klebeband gefunden worden waren. Es war ihnen nicht nur gelungen, aus den Haarwurzeln ein DNA-Profil zu erstellen, sie hatten auch in der Datenbank eine Übereinstimmung gefunden. Kaspar Willmer.

Hanna lehnte sich auf ihrem Stuhl zurück. Das konnte der Durchbruch in ihrem Fall sein. Wer auch immer Kaspar Willmer war, er brauchte eine verdammt gute Erklärung, wie seine Haare an das Klebeband geraten waren, wenn er nicht zu ihrem Hauptverdächtigen werden wollte. Das Problem bestand darin, dass es nicht so leicht werden würde, mit ihm zu sprechen. Kaspar Willmer war seit neun Jahren zur Fahndung ausgeschrieben. Vermutlich war er untergetaucht, um sich einer drohenden Haftstrafe zu entziehen.

Sie rief seine Akte auf. Kaspar Willmer war 1954 in München geboren. Bis zu seinem siebenundfünfzigsten Lebensjahr, als er von der Bildfläche verschwand, hatte er drei Haftstrafen verbüßt. Er konnte Verurteilungen wegen verbotenen

Glücksspiels, Betruges, Diebstahls und Körperverletzung vorweisen. In einem Gutachten bescheinigte ihm ein Rechtspsychologe narzisstische und dissoziale Tendenzen. Kurz vor seinem Abtauchen hatte ihm ein neuerlicher Prozess gedroht, obwohl er gerade erst zur Bewährung entlassen worden war. Die Ermittlungen der Kollegen aus dem Betrugsdezernat hatten ergeben, dass er gemeinsam mit einem Komplizen günstige Neuwagen an Autohäuser vermittelt hatte. Allerdings wurden die Fahrzeuge nie geliefert. Die beiden Betrüger, die unter falschem Namen aufgetreten waren, kassierten nur die Anzahlung und ließen dann nichts mehr von sich hören. Es hatte nicht lange gedauert, bis ihre Masche aufflog, weil einer der Autohändler Kaspar Willmer zufällig in einem Spielkasino begegnete und die Polizei rief, die seine wahre Identität feststellte. Da Willmer einen festen Wohnsitz vorweisen konnte, sahen die Streifenbeamten keinen ausreichenden Grund, ihn sofort festzunehmen, und als die Staatsanwaltschaft zwei Tage später Untersuchungshaft anordnete, war er schon untergetaucht. Wenn Hanna die Akte richtig interpretierte, hatte Kaspar aufgrund seiner Vorverurteilungen damit rechnen müssen, viele Jahre im Gefängnis zu verbringen.

Bis Hanna Ausdrucke für alle angefertigt hatte, war es drei Minuten nach neun, und so kam sie an diesem perfekten Tag zum ersten Mal in ihrem Berufsleben zu spät zu einer Besprechung. Niemand der am Tisch Versammelten schien es auch nur zu bemerken. Dörfner und Lammers hatten die Köpfe zusammengesteckt und unterhielten sich leise. Rademacher hatte einen Arm über den freien Stuhl neben ihm gelegt und wirkte zufriedener als in den letzten Tagen, was vermutlich mit dem Geruch von geräucherter Leberwurst zusammenhing, der aus seiner Butterbrotdose strömte. Kant machte einen zerknitterten, übernächtigten Eindruck, was sich allerdings schlagartig änderte, sobald er einen Blick auf die Berichte aus der Forensik geworfen hatte.

»Kaspar Willmer«, sagte er, als wollte er den Namen auf der Zunge schmecken. Hanna beobachtete, wie er die Berichte und den Auszug aus Willmers Akte durchlas, zurückblätterte und noch einmal von vorn begann. Obwohl die anderen schon fertig waren, wagte niemand, ihn zu stören.

»Annemarie Gerber wurde ungefähr zwei Jahre nach seinem Verschwinden getötet«, sagte Kant schließlich, und jetzt war es so still im Raum, dass man das Knacken der Heizung hören konnte. »Wieder zwei Jahre später hat jemand Hubert Pfeisinger erschossen. Und unsere erste Leiche – der unbekannte Mann – wurde gefunden, kurz nachdem Willmer untergetaucht ist, oder?«

»Ja«, sagte Lammers. »Etwa drei Monate später. Im April 2012 wollte die Staatsanwaltschaft ihn festnehmen, im Juni wurde die Leiche entdeckt.«

»Dann hat er nicht viel Zeit verloren«, schaltete Rademacher sich ein. »Und er war anscheinend die ganze Zeit hier.«

»Oder er hält sich irgendwo anders versteckt und kommt nur her, wenn er neue Opfer braucht«, sagte Dörfner.

Kant nickte. »Das wäre auch möglich. Zumal er offenbar nicht allein gehandelt hat. Vielleicht hat die Frau, die auf den Aufnahmen an den Geldautomaten zu sehen ist, ihm auch bei der Auswahl der Opfer geholfen. Das Ganze muss ja gut vorbereitet worden sein.«

»Die Putzfrau, von der Pfeisingers Schafkopfkollege gesprochen hat«, sagte Lammers. »Wir sollten nachforschen, ob Gerber auch eine Putzhilfe hatte.«

Hanna bemerkte, dass Lammers sie ansah. Wie sollte sie das anstellen? Alle Reinigungsfirmen und Vermittlungsagenturen anrufen und fragen, ob sie vor über acht Jahren eine Frau Gerber als Kundin hatten? Nicht sehr Erfolg versprechend. Aber jetzt war der falsche Zeitpunkt, um darüber zu diskutieren.

»Der einzige gemeinsame Bekannte, den wir bisher gefunden haben«, sagte Kant, »ist Ludwig Radow. Hat die Vernehmung da noch etwas ergeben?«

Lammers schüttelte den Kopf. »Der Mann ist ein bisschen merkwürdig. Er fühlt sich in seiner Position nicht genug gewürdigt und hat mit den Kellerabteilen gemauschelt, aber drei Menschen ermorden? Das kann ich mir beim besten Willen nicht vorstellen.«

»Oder noch mehr«, sagte Dörfner. »Wer weiß, wie viele Rentner noch in ihrer Gefriertruhe liegen.«

Diesen Gedanken hatte Hanna bisher erfolgreich verdrängt, aber jetzt, da er einmal ausgesprochen worden war, würde sie ihn nicht mehr loswerden. Das Schweigen, das sich im Raum ausbreitete, verlieh ihm noch mehr Gewicht. Hanna war froh, als Kant es endlich brach.

»Bisher wurde Kaspar Willmer nur wegen Betruges und Verstoßes gegen die Bewährungsauflagen gesucht. Das ändert sich jetzt. Wir müssen alle Hebel in Bewegung setzen.« Er ließ den Blick über die Runde schweifen. »Hat jemand einen Vorschlag, wo wir anfangen?«

Da niemand etwas sagte, meldete sich Hanna zu Wort. »Ich habe in der Akte gelesen, dass sein damaliger Komplize sich gestellt hat. Marc Schelling ist sein Name. Er wurde zu drei Jahren verurteilt und ist mittlerweile wieder frei. Zu Willmers Aufenthaltsort hat er sich nie geäußert. Vielleicht weiß er etwas.«

»Gut«, sagte Kant. »Sonst noch jemand eine Idee?«

»Können wir nicht rausfinden, in welchen Wohnungen weitere potenzielle Opfer wohnen?«, fragte Lammers. »Alleinstehende ältere Menschen?«

»Allein im Stadtteil Feldmoching-Hasenbergl wohnen über sechzigtausend Leute«, entgegnete Rademacher. »Etwa zwölftausend davon sind über fünfundsechzig. Willst du die alle zu Hause besuchen?«

Hanna wunderte sich, dass Rademacher die Zahlen parat hatte. Offenbar war er nicht so abwesend, wie er in den letzten Tagen gewirkt hatte.

»Wir können in den Wohnungen der DMG anfangen«, schlug Kant vor. »Hanna kann versuchen, über die Mietverträge alte alleinstehende Menschen zu finden, falls die Hausverwaltung mitspielt. Und ihr beide, Petra und Ben, klappert die Wohnungen ab. Vergewissert euch, dass die Mieter noch leben, und fragt nach, ob in letzter Zeit Fremde Kontakt mit ihnen aufgenommen haben.«

Lammers nickte, und Dörfner hielt es kaum noch auf seinem Stuhl. Er ist an dem Punkt angelangt, dachte Hanna, an dem er zu allem bereit ist. Hauptsache, es passiert etwas.

»Anton und ich reden mit diesem Marc Schelling«, fuhr Kant fort. »Kannst du uns bitte die aktuelle Adresse besorgen, Hanna? Und alle verfügbaren Hintergrundinformationen zusammenstellen?«

Klar, kein Problem. Sie musste ja nur mit sämtlichen Putzfrauen dieser Stadt sprechen und sich mit der Hausverwaltung herumschlagen, da konnte sie sich nebenbei auch noch um diese Kleinigkeiten kümmern. Irgendwie hatte sie das Gefühl, dass sich ihre Jobbeschreibung allmählich veränderte. Und wenn sie ehrlich zu sich selbst war, gefiel es ihr, immer mehr in die eigentlichen Ermittlungen eingebunden zu werden. Besonders heute, an diesem Tag, an dem sie sich nahezu unverwundbar fühlte.

»Natürlich, Chef«, sagte sie. »Bin schon dabei.«

29

Marc Schelling war sechsundfünfzig Jahre alt und wohnte wieder bei seinen Eltern. Auf der Fahrt zu dem Haus am Wörthsee las Kant die Unterlagen, die Hanna auf die Schnelle über ihn zusammengestellt hatte. Seit Schelling vor anderthalb Jahren aus dem Gefängnis entlassen worden war, hatte er sich nichts mehr zuschulden kommen lassen, und im Gegensatz zu seinem Komplizen Kaspar Willmer waren in seiner Akte auch keine weiteren Straftaten verzeichnet. Er hatte vor Gericht ein umfassendes Geständnis abgelegt und Reue gezeigt. Allerdings hatte er sich geweigert, Auskunft über den Verbleib des erbeuteten Geldes zu geben, und behauptet, er habe keinerlei Informationen darüber, wo Kasper Willmer sich aufhielt.

Rademacher hielt vor einem Rolltor, hinter dem eine gekieste Auffahrt durch eine Rasenfläche zu einem zweistöckigen Haus führte. Die dunkle Holzverkleidung am Obergeschoss und die alten Bäume, deren Äste den Blick auf die Terrasse versperrten, verliehen dem Anwesen eine schwermütige Ausstrahlung. Der Teich neben der Garage erstickte unter einer dichten Laubschicht, und ein modriger Geruch stieg Kant in die Nase, als Rademacher das Fenster hinunterließ.

»In Armut scheint die Familie ja nicht gerade zu leben«, brummte Rademacher. Er streckte die Hand nach dem Klingelknopf aus, aber offenbar hatte man sie schon durch die Kameras links und rechts der Einfahrt kommen sehen, denn das

Tor glitt geräuschlos zur Seite. »Allein das Grundstück muss ein paar Millionen wert sein.«

Sie fuhren den Hügel hinauf, und Rademacher parkte am Fuß der Eingangstreppe. Ein mittelgroßer Mann mit schütterem blondem Haar erwartete sie an der Tür. Er trug eine helle Stoffhose, einen Pullover mit Zöpfchenmuster und plüschige Hausschuhe. Sein Händedruck war kraftlos.

»Bitte die Schuhe ausziehen«, sagte er. »Meine Mutter ist ziemlich empfindlich, was ihre Teppiche angeht. Auch wenn sie mehr ideellen Wert haben. Erinnerungen an eine bessere Zeit.« Er lachte verkniffen. »Von mir aus könnte man den ganzen Mist wegwerfen«, fügte er leiser hinzu.

Kant kam der Gedanke, dass Schelling es im Gefängnis wahrscheinlich nicht leicht gehabt hatte. Er hatte schon mit Kriminellen gesprochen, die behaupteten, drinnen gehe es ihnen besser als draußen, aber dieser Mann gehörte sicher nicht dazu. Mit seinen sanften braunen Augen, den schlaffen Wangen und dem fliehenden Kinn wirkte er wie die Karikatur eines degenerierten Adeligen. Kant fragte sich, wie er an den Intensivtäter Kaspar Willmer geraten war. Die beiden mussten ein seltsames Paar abgegeben haben.

Auf Socken überquerten sie die Marmorfliesen in der Diele und betraten durch einen gemauerten Bogen das Wohnzimmer. Ein Feuer loderte in dem offenen Kamin in der Ecke. Schwere Polstermöbel und Gemälde in wuchtigen Goldrahmen nahmen einem die Luft zum Atmen. Schelling wies ihnen mit einer lässigen Handbewegung ihre Plätze zu, servierte Tee in Tassen mit chinesischem Muster und setzte sich mit übergeschlagenen Beinen zu ihnen. Eine Siamkatze sprang ihm auf den Schoß.

»Also, wie kann ich Ihnen helfen?«

»Wir suchen Ihren alten Freund Kaspar Willmer«, sagte Kant. Bevor Schelling etwas entgegnen konnte, fügte er hinzu: »Es geht nicht um Ihre Betrügerei. Dieses Mal ist er einen Schritt weitergegangen. Drei Menschen wurden ermordet. Mindestens.«

Schelling hörte auf, die Katze zu kraulen, und sah ihn an. Kant hatte den Eindruck, dass er ehrlich betroffen war. Einen Moment lang hörte man nur das Ticken der Standuhr.

»Die Antwort bleibt dieselbe«, entgegnete Schelling schließlich. »Ich weiß nicht, wo er ist. Und wir waren nie Freunde.«

Rademacher schlürfte seinen Tee so laut, dass Schelling ihm einen irritierten Blick zuwarf. »Ist Ihnen der Ausdruck Komplizen lieber?«

Schelling zupfte ein Stückchen Nagelhaut von seinem Zeigefinger und schwieg. Rademacher stellte die zerbrechliche Tasse so fest auf den Unterteller, dass Kant schon befürchtete, jemand müsste gleich die Scherben aus dem wertvollen Perserteppich pflücken.

»An Ihrer Stelle würde ich mich ein bisschen kooperativer verhalten«, sagte Rademacher. »Sonst könnte noch der Verdacht aufkommen, dass Sie Willmer decken. Oder etwas mit seinen Morden zu tun haben.«

»Was wollen Sie denn wissen?«, fragte Schelling kleinlaut.

»Alles. Vielleicht fangen Sie damit an, wie Sie ihn kennengelernt haben.«

»Wir hatten gemeinsame Interessen.« Schelling sah zur Decke auf, als über ihm eine Holzdiele knarrte. Der Kronleuchter, in dem trübe künstliche Kerzen brannten, schwang ein wenig hin und her. Kant fragte sich, ob Schellings Eltern sich im Obergeschoss aufhielten.

»Spielkasino. Pferderennen«, fuhr Schelling mit gedämpfter Stimme fort. »Da läuft man sich zwangsläufig über den

Weg. Ich kannte ihn nur vom Sehen, bis er mich an einem Abend angesprochen hat. Da hatte ich gerade einen Haufen Geld beim Roulette verloren. Geld, das ich mir von meinem Vater geliehen hatte, um ein Restaurant zu eröffnen.« Er lachte freudlos. »Zu der Zeit bestand mein Leben nämlich darin, ein Unternehmen nach dem anderen an die Wand zu fahren. Ich wollte alles tun, nur nicht bei meinem Vater arbeiten.«

Kant hatte in Hannas Unterlagen gelesen, dass der alte Herr Schelling mehrere Autohäuser in ganz Deutschland besaß. Marc Schelling war in einer wohlhabenden Familie aufgewachsen. Um Geld war es ihm bei seinen kriminellen Aktivitäten also vermutlich nicht gegangen. Er hatte nach etwas anderem gesucht. Abenteuer oder Anerkennung vielleicht.

»Kaspar hat mich auf einen Drink eingeladen«, sagte Schelling. »Dann hat er mich in seinem Sportwagen durch die Stadt kutschiert. In jedem Restaurant, in jeder Bar kannte er Leute. Er hat sich benommen, als würde ihm die Stadt gehören. Ich war fasziniert von ihm. Wahrscheinlich, weil er das Gegenteil von mir war. Seine Eltern hatten ein Bauunternehmen, das Bankrott gegangen ist, als er zwölf war. Er hat mir erzählt, dass sein Vater, der früher achtzehn Stunden am Tag gearbeitet hatte, nur noch im Wohnzimmer saß und sich langsam totgesoffen hat.«

»Mir kommen die Tränen«, sagte Rademacher.

Schelling ignorierte ihn. »Wissen Sie, welchen Schluss er daraus gezogen hat? Mit Arbeit kann man es zu nichts bringen.«

»Ihr eigener Vater hat das Gegenteil bewiesen«, sagte Rademacher.

Schelling stieß ein Schnauben aus, das nicht zu seinem sanften Auftreten passte. Erschrocken sprang die Katze von seinem Schoß und flüchtete auf ein Bücherregal mit antiken

Einbänden. »Mein Vater hat sein Geld geerbt. Genau wie ich es eines Tages erben werde.«

Das ist der Fluch, wenn man in eine reiche Familie hineingeboren wird, dachte Kant. Im Grunde war alles, was man tat, bedeutungslos, denn man war sowieso schon versorgt. Manche versuchten zu beweisen, dass sie noch mehr Reichtümer anhäufen konnten, andere betätigten sich als Philanthropen. Wieder andere, wie Marc Schelling, suchten Bestätigung, indem sie sich mit Kriminellen umgaben.

»Sind Sie schon mal auf die Idee gekommen, dass Kaspar Sie nur ausgenutzt hat?«, fragte er.

»Ich hatte ja genug Zeit, darüber nachzudenken«, antwortete Schelling. »Als wir uns kennengelernt haben, war ich zu sehr von ihm geblendet, um Verdacht zu schöpfen. Erst im Gefängnis wurde mir klar, dass er an mich herangetreten ist, weil ich durch meinen Vater die Kontakte zu den Autohändlern herstellen konnte.« Er überlegte einen Moment. »Aber ausgenutzt? So würde ich das nicht sehen. Jeder von uns hat etwas aus der Beziehung mitgenommen. Er das Geld, ich die Idee von Freiheit.«

»Im Knast?«, warf Rademacher ein.

»Ich musste erst eingesperrt sein, um zu begreifen, dass ich frei bin. Sobald meine Bewährung abgelaufen ist, fängt mein neues Leben an. Ich werde irgendwo hingehen, wo mich keiner kennt. Mir einen Job suchen. Abends müde nach Hause kommen. Samstags den Rasen im Vorgarten mähen. So in der Art.«

»Wir haben unserem ältesten Sohn mal einen Kaufladen zum Geburtstag geschenkt«, sagte Rademacher. »Drei Tage lang konnte er sich nichts Schöneres vorstellen, als Mehl abzuwiegen und Kleingeld zu zählen.« Er grinste. »Seitdem steht das Ding im Keller.«

Kant fragte sich, was heute schon wieder mit Rademacher los war. Es passte nicht zu ihm, in Gleichnissen zu sprechen. Schelling wirkte betroffen. Nachdenklich strich er sich ein paar Haare von der Anzughose. Kant beschloss, das Gespräch wieder auf das eigentliche Thema zu lenken.

»Wann haben Sie Kaspar zuletzt gesehen?«

»Zwei oder drei Wochen, bevor er im Kasino dem Autohändler über den Weg gelaufen ist«, sagte Schelling. »Nachdem wir unsere Provision abkassiert hatten und die Nummer durch war, hat er das Interesse an mir verloren. Außerdem war da diese Frau, die er kennengelernt hatte.«

»Welche Frau?«

»Ich habe sie nur einmal gesehen«, sagte Schelling. »Ich war mit Kaspar in einem Restaurant zum Essen verabredet, und sie ist unangemeldet aufgetaucht. Kaspar schien überhaupt nicht begeistert, dass wir uns kennenlernen. Vielleicht war er eifersüchtig.« Er lachte. »Dabei war sie eigentlich gar nicht sein Typ. So eine kleine Rothaarige. Kaspar hat immer von irgendwelchen großen blonden Schauspielerinnen und Sängerinnen geschwärmt, aber Eva war Altenpflegerin oder so was in der Art.«

Eva? Kant brauchte ein paar Sekunden, bis ihm klar wurde, wo er den Namen schon einmal gehört hatte. Allerdings in der Verniedlichungsform. Evi, die Frau, die aufgetaucht war, als Rademacher und er mit Antonia über ihren Mercedes Sprinter gesprochen hatten. Die junge Frau hatte Evi als Lebensgefährtin ihres Großvaters vorgestellt. Schellings Beschreibung passte auf sie.

Rademacher saß mit einem Mal kerzengerade in seinem Sessel. »Eva?«, fragte er. »Fällt Ihnen dazu auch ein Nachname ein?«

Schelling schüttelte den Kopf. »Ich glaube nicht, dass Kaspar ihn erwähnt hat. Soweit ich weiß, haben die beiden sich in einer Bar kennengelernt. Sie war bestimmt zehn Jahre jünger als er. Ich habe es nie verstanden, aber irgendwas an ihr hat ihn sofort fasziniert.«

Vielleicht das Gleiche, was ihn an dir fasziniert hat, dachte Kant. Eine gute Gelegenheit. Für einen neuen Betrug. Eine Altenpflegerin. Niemand war besser geeignet, um einsame Rentner auszuspionieren. Wenn Eva und Evi dieselbe Person waren, ergaben sich ganz neue Verbindungen. Kant wusste nicht, wie lang Evi schon mit Antonias Großvater zusammenlebte, aber vielleicht hatte sie damals, beim ersten Mord, bereits Zugriff auf den Lieferwagen gehabt. Und sie wohnte in unmittelbarer Nähe der anderen Opfer. Hatte sie auch bei Pfeisinger als Haushaltshilfe gearbeitet, um ihn als neues Opfer auszuforschen?

Kant stand auf. »Danke für Ihre Hilfe.«

»Und viel Glück in Ihrem neuen Leben«, sagte Rademacher. »Wir finden alleine raus.«

Schelling wirkte verwirrt, als sie ihn plötzlich im Wohnzimmer seiner Eltern allein ließen.

Kaum saßen sie im Auto, sagte Rademacher: »Denkst du, was ich denke?«

»Evi und Kaspar?«

»Die eine erschleicht sich das Vertrauen der alten Leute, der andere ermordet sie.« Der Kies spritzte unter den Reifen auf, als Rademacher aus der Einfahrt schoss. »Sie muss wissen, wo Kaspar ist.«

»Es gibt da noch einen anderen Aspekt«, sagte Kant. »Antonias Großvater.«

»Glaubst du, er soll das nächste Opfer werden?«

»Vielleicht lebt er nur noch, weil die Enkelin überraschend aufgetaucht ist.«

»Oder die beiden haben uns was vorgespielt«, sagte Rademacher düster, »und er ist schon tot.«

Diese Möglichkeit hatte Kant noch gar nicht in Betracht gezogen. Evi hatte gesagt, er sei krank, und Antonia hatte ihr nicht widersprochen, aber in diesem Fall wäre er nicht der erste Tote, der unter den Lebenden wandelte.

»Wir müssen vorsichtig vorgehen«, sagte er. »Wenn Evi Kaspars Komplizin ist, dann ist sie die Einzige, die uns zu ihm führen kann. Wir dürfen sie nicht verschrecken.«

Sie hingen beide ihren eigenen Gedanken nach, während sie über die Autobahn zurück in die Stadt fuhren. Als sie durch den dichten Verkehr auf dem Mittleren Ring steuerten, merkte Kant, dass Rademacher ihm Seitenblicke zuwarf.

»Was ist los?«, fragte er.

»Ich wollte was mit dir besprechen, ich meine, bevor wir im Präsidium sind. Unter uns.«

Kant nickte ihm aufmunternd zu.

»Bei manchen Träumen ist es besser, wenn sie Träume bleiben«, sagte Rademacher. »Sie sind nämlich empfindlich. Wenn man versucht, sie Wirklichkeit werden zu lassen, gehen sie schnell kaputt.«

»Klingt kompliziert«, sagte Kant. »Warum sagst du nicht einfach, worauf du hinauswillst?«

»Meinst du, es wäre theoretisch möglich, eine Kündigung zurückzuziehen?«

Kant gab sich Mühe, sich seine Erleichterung nicht anmerken zu lassen. »Wenn du unbedingt willst, kann ich mal mit Polizeioberrat Wegener sprechen.«

30

Toni lag auf dem Bett und wartete. Seit sie von ihrem nächtlichen Ausflug zurückgekommen waren, hatte sie ihren Großvater das Schlafzimmer nicht mehr verlassen sehen. Über dreißig Stunden lang. Eigentlich hatte sie schon gestern verschwinden wollen, aber sobald die Polizisten gegangen waren, hatte Evi ihr mit Tränen in den Augen erzählt, dass ihr Großvater einen schweren Rückfall erlitten habe. Er habe Schmerzen am ganzen Körper und könne nicht aufstehen. Als Toni zu ihm gehen wollte, verstellte Evi ihr dreist den Weg. Der Blick, den sie ihr dabei zuwarf, sagte alles. Auch wenn Evi es bisher mit keinem Wort erwähnt hatte, wusste sie, dass Toni mit ihm in der Bar gewesen war, und sie gab ihr die Schuld an seinem Zustand.

Toni war in ihr Zimmer gegangen, um ihre Sachen in den Rucksack zu stopfen. Sie wollte das alles hinter sich lassen. Die absonderliche Familie. Die erdrückende Wohnung. Das Viertel, in dem alte Menschen zerstückelt in Gefriertruhen gelagert wurden. Nicht, dass sie einen Plan gehabt hätte. Sie wollte einfach nur weg. Notfalls fuhr sie per Anhalter zurück nach Portugal und schlüpfte vorübergehend bei einer Freundin unter.

Als sie die Tagebücher im Rucksack verstaute, fragte sie sich, ob es ihrer Mutter damals genauso ergangen war. Vielleicht hatte sie gar nicht von einem paradiesischen Leben in der Ferne geträumt, sondern war einfach nur geflohen. Vor der erdrückenden Enge, vor den Zwängen und der Verantwortung. Im Weglaufen war sie immer gut gewesen, geholfen hatte es ihr letztlich nicht. Man konnte gar nicht so schnell rennen, dass die Probleme einen nicht einholten. Dazu musste man schon von der Steilküste springen.

Toni warf das dritte Tagebuch gegen die Wand. Es prallte mit einem dumpfen Geräusch von der Tapete ab und landete zwischen den Buddelschiffen. Mit einem Mal hatte sie Lust, das ganze Zimmer in Stücke zu schlagen. Das Bettzeug zu zerfetzen, das Bild des Schweißers von der Wand zu reißen, die verfickten Schiffe mitsamt ihren Flaschen vom Balkon zu schmeißen. Stattdessen warf sie sich auf das Sofa, versteckte das Gesicht zwischen den Armen und begann zu weinen. Hemmungslos. So wie sie noch nie geweint hatte. Nicht einmal, als die Polizisten ihr mitteilten, dass Fischer die Leiche ihrer Mutter gefunden hatten.

Sie musste eingeschlafen sein, denn als sie sich irgendwann auf den Rücken drehte, hatte sich schon die Dunkelheit ins Zimmer geschlichen. Die Entscheidung war gefallen, ohne dass sie bewusst darüber nachgedacht hatte. Sie war nicht wie ihre Mutter. Sie lief nicht weg. Nicht, bevor sie herausgefunden hatte, was hier vorging. War ihr Großvater wirklich so krank, wie Evi behauptete? Oder wurde er zur Strafe für seinen Ausflug eingesperrt? Oder wollte Evi womöglich sogar verhindern, dass er mit der Polizei sprach?

Die Polizisten hatten gesagt, der Sprinter sei in der Nähe eines Leichenfundorts gesehen worden. Damals war ihr Großvater zu krank gewesen, um Auto zu fahren, aber Evi hatte sich bloß den Schlüssel nehmen müssen. Ein neuer, schrecklicher Gedanke kam ihr: War es möglich, dass ihre Mutter den Bus nur bekommen hatte, weil Evi ihn loswerden wollte? Ihre

Mutter hatte das Geschenk jedenfalls sehr überrascht, denn der Schweißer war nicht gerade für seine Großzügigkeit bekannt gewesen.

Sobald sich der Verdacht in ihrem Kopf eingenistet hatte, ließ er ihr keine Ruhe mehr. Die Polizisten hatten den Verdacht, dass der damalige Todesfall etwas mit den Morden in der Nachbarschaft zu tun hatte. Wenn Evi also irgendwie in den ersten Todesfall verwickelt war, dann ... Nein, jetzt ging die Fantasie mit ihr durch.

Andererseits hatte ihre Mutter gleich vermutet, dass es sich bei Evi um eine Art Erbschleicherin handelte. Und ihr entsetzter Blick, als sie in die Wohnung gekommen war und die Anwesenheit der Polizisten bemerkt hatte, war nicht zu übersehen gewesen, auch wenn sie sich schnell wieder gefangen hatte.

Was immer auch an der Geschichte dran war, Toni würde nicht gehen, bevor sie noch einmal mit ihrem Großvater gesprochen hatte. Allein.

Und so wartete sie. Eine schlaflose Nacht lang. Einen unruhigen Vormittag, an dem sie sich nicht aus ihrem Zimmer wagte, obwohl sie Hunger und Durst hatte und auf die Toilette musste. Sie hörte das Rauschen der Dusche, Evis Schritte auf dem Flur, Geschirrklappern aus der Küche. Dann wurde es still. Stunden verstrichen, und Toni fragte sich schon, ob sie überhört hatte, dass Evi die Wohnung verlassen hatte. Vielleicht hatte sie wieder als Vertretung einspringen müssen und saß schon längst am Bettrand eines Alten oder Kranken. Das Schrillen der Klingel riss sie aus ihren Gedanken.

Toni stand auf und legte das Ohr an das Holz ihrer Zimmertür. Schritte im Flur. Dann hörte sie, wie die Wohnungstür geöffnet wurde.

Eine dumpfe Männerstimme.

Evi, die etwas Unverständliches antwortete.

Toni drückte die Klinke herunter und schob die Tür ein paar Millimeter weit auf. Durch den engen Schlitz konnte sie Evis Rücken sehen. Dahinter, im Hausflur, stand ein Mann mit roter Daunenweste und farblich dazu passender Kappe. Die beiden wechselten ein paar Worte, dann reichte der Mann ihr sein Klemmbrett, ließ sie ein Formular unterschreiben, riss es schwungvoll ab, händigte es ihr aus. Evi faltete es einmal und versuchte, es in ihre Gesäßtasche zu schieben, aber die Jeans war so eng und die Tasche so winzig, dass es nicht hineinpasste. Plötzlich warf sie einen Blick über die Schulter, als hätte sie gespürt, dass jemand sie beobachtete.

Toni hielt den Atem an. Hoffentlich konnte Evi im halbdunklen Korridor nicht erkennen, dass ihre Tür einen winzigen Spalt offen stand.

Der Handwerker oder Lieferant sagte etwas. Evi lachte gekünstelt und drehte sich wieder zu ihm um. Sie legte das Formular auf das Telefontischchen neben der Tür, zögerte kurz und schob eine Zeitschrift, die schon seit Tagen dort lag, über das Dokument. Dann nahm sie den Schlüssel von dem Haken an der Wand, trat in den Flur und zog die Tür hinter sich zu.

Schnell schlüpfte Toni in ihre Jeans und zog sich einen Kapuzenpullover über. Sie wusste nicht, wohin Evi gegangen war und wie lange sie wegblieb, aber das war die Gelegenheit, auf die sie gewartet hatte. Zumindest könnte sie nach ihrem Großvater sehen und ein paar Worte mit ihm wechseln, bevor sie endgültig aus dieser Wohnung verschwand. Vorher allerdings wollte sie wissen, was das für ein Formular war, das Evi vor neugierigen Blicken schützen wollte.

Barfuß lief sie zum Telefontischchen. Auf dem Umschlag der Zeitschrift wurden schon die besten Weihnachtsrezepte angepriesen. Toni schob sie zur Seite, nahm den Zettel und faltete ihn auseinander. Es war ein Lieferschein.

Für eine Gefriertruhe.

Der Boden unter ihren Füßen gab nach. Die Rechtecke der Türrahmen verschoben sich. Alle festen Konturen um sie herum schienen sich aufzulösen. Sie musste sich mit einer Hand an der Wand abstützen, während die Gedanken auf sie einstürzten.

Ich muss die Polizei rufen.

Wie lange bleibt Evi weg?

Ich muss meinen Großvater warnen.

Bin ich wach, oder ist das nur ein Albtraum?

Meine Blase platzt gleich.

Toni wollte den Lieferschein zurück unter die Zeitschrift legen, aber er flatterte aus ihren zitternden Fingern auf den Boden. Sie rannte ins Bad. Pinkelte. Warf sich zwei Hände Wasser ins Gesicht. Sah ihr blasses Gesicht im Spiegel. »Ruhig bleiben«, sagte sie laut, »denk nach.«

Wahrscheinlich stand ein Lieferwagen mit der Gefriertruhe vor dem Haus. Evi war mitgegangen, um den Lieferanten zu zeigen, wohin sie die Truhe bringen sollten. Also nicht in die Wohnung, denn dazu hätte sie nicht mitgehen müssen. In den Keller. Das verschaffte Toni ein paar Minuten Zeit. Wie viele? Fünf oder zehn oder fünfzehn.

Die Schlafzimmertür war zu. Toni klopfte und trat ein, ohne eine Antwort abzuwarten. Ihr Blick fiel auf das Doppelbett. Es war leer. Eine karierte Tagesdecke lag über der Matratze. Ihr Großvater saß mit dem Rücken zu ihr an einem Tischchen am Fenster. Sie hatte erwartet, ihn im Schlafanzug vorzufinden, aber er trug eine dunkle Stoffhose und ein Hemd. Als er sich zu ihr umdrehte, sah sie, dass er gerade seine Lederschuhe polierte. Sein dichtes graues Haar war ordentlich gescheitelt. Aus Verärgerung über ihr unangemeldetes Eindringen in seinen privaten Bereich hatte er die Lippen fest zusammengekniffen. Dann aber, während Toni noch überlegte, wie sie beginnen sollte, veränderte sich sein Gesichtsausdruck und er begann zu lachen. Das gleiche raue, anarchische Lachen, das sie in der Jazzkneipe gehört hatte.

»Was ist los mit dir?«, fragte er, als er sich ein bisschen beruhigt hatte. »Du bist so bleich, als hättest du Gespenster gesehen.«

»Ich dachte, du bist krank«, brachte sie hervor.

»Und ich dachte, du wolltest ausziehen.«

»Evi hat gesagt, du könntest nicht mal aus dem Bett aufstehen.«

Die Belustigung in seinem Gesicht wich dem üblichen schlecht gelaunten Ausdruck. »Gestern ging es mir nicht so gut. Alkohol und Alter sind eine schlechte Kombination. Würdest du mir jetzt mal verraten, was du von mir willst?«

Sie hatte keine Zeit, um ihn langsam auf die schreckliche Wahrheit vorzubereiten. »Evi will dich umbringen«, sagte sie tonlos. »Wir müssen hier raus. Sofort.«

Ihr Großvater fuhr ein letztes Mal mit der Bürste über den schon glänzenden Schuh, stellte ihn neben den anderen und schob die Füße hinein.

»Wie kommst du auf den Unsinn? Hat die Polizei dir das ins Ohr gesetzt?« Seine Stimme klang so neutral, als spräche er mit einer Psychopathin, die man besser nicht provozierte.

»Die Nachbarn«, sagte Toni. »Sie hat sie ermordet und ihre Leichen eingefroren. Wahrscheinlich um ihre Rente zu kassieren. Und jetzt gerade wird eine Truhe geliefert. Für dich. Evi ist mit den Lieferanten unten. Wir müssen weg, bevor sie zurückkommt.«

Ihr Großvater band sich die Schuhe zu. Während Toni am ganzen Körper zitterte, waren seine aderigen Hände ruhig wie die eines Chirurgen. »Evi hat mich gesund gepflegt, als ich schon halb tot war. Warum sollte sie mich dann jetzt ermorden?«

Darauf wusste Toni keine Antwort. Und sie hatte keine Zeit, darüber nachzudenken. Jeden Moment konnte Evi den Schlüssel ins Schloss stecken.

»Du beschuldigst also die Frau, die dich so freundlich aufgenommen hat, ohne irgendeinen Beweis«, stellte ihr Großvater sachlich fest.

Einen Augenblick lang kamen Toni Zweifel. Konnte es sein, dass sie falsche Schlüsse gezogen hatte und sich das alles nur einbildete? Ihr fiel nur eine Möglichkeit ein, ihre Anschuldigungen zu belegen und ihren Großvater zu überzeugen. Mit schnellen Schritten ging sie um das Bett herum.

»Was machst du da?«

Toni steuerte auf Evis Nachttisch zu, auf dem eine schwarze, mit Leder bezogene Schatulle stand. »Hat Evi da ihren Schmuck drin?«

»Das geht dich nichts an«, sagte ihr Großvater scharf.

»Die Polizei hat mir ein Foto von einem Kettenanhänger gezeigt, den diese … Mörderin getragen hat. Ein kleiner Delfin.«

Toni hörte, wie der Stuhl knarrte, als ihr Großvater hinter ihr aufstand. Sie klappte den Deckel des Schmuckkästchens auf. In dem oberen Fach lagen Ringe und Armreife. Sie nahm die Schatulle vom Nachttisch und drehte sie über dem Bett um. Ihr Großvater schnaufte wütend, als der gesamte Inhalt auf die Decke prasselte. Toni kramte mit beiden Händen in dem Schmuckhaufen. Kurz hatte sie ein Bild von sich selbst vor Augen. Eine Verrückte, die ins Schlafzimmer ihrer Stiefoma eindrang, herumkreischte, haltlose Beschuldigungen ausstieß, manisch ihre Sachen durchwühlte. Schlimmer als ihre eigene Mutter.

»Raus hier«, sagte ihr Großvater.

Aus einem Nest aus Ketten funkelte sie ein blaues Auge an. Mit zwei Fingern zupfte Toni den Anhänger aus dem Schmuckhaufen. Ein kleiner silberner Delfin mit einem Edelstein als Auge.

Sie drehte sich zu ihrem Großvater um. Hielt ihm den Kettenanhänger vors Gesicht, als hätte er magische Kräfte. Ihr Großvater erstarrte.

»Du wolltest einen Beweis«, sagte sie.

Vorsichtig legte sie die Hand auf seinen Unterarm. Er ließ es sich gefallen. »Ich weiß, es ist schwer zu glauben. Wir können später über alles reden. Jetzt müssen wir hier raus. Sie kann jeden Moment zurückkommen.«

Toni spürte, wie sein Widerstand brach. Jetzt wirkte er nicht mehr wütend, sondern unendlich traurig. »Also gut«, sagte er kraftlos. »Wenn du darauf bestehst, fahren wir eine Runde durch die Stadt und reden über alles.«

Sie reichte ihm seinen Stock, der neben dem Bett an der Wand lehnte. Er folgte ihr in den Korridor. Sie nahm einen Anorak von dem Haken neben der Tür und half ihm hinein. An der Wohnungstür lauschte sie, ob jemand die Treppen hinaufkam. Alles war still. Sie ging in den Flur, drückte auf den Knopf für den Aufzug.

Auf der Anzeige über der Tür leuchtete ein *K* auf. Die Kabine kam aus dem Keller. Schnell zog Toni sich in die Wohnung zurück. Durch den Türspalt beobachtete sie, wie die Kabine sich öffnete. Soweit sie das aus diesem Winkel erkennen konnte, war sie leer. Sie schob ihren Großvater in den Flur, zog die Tür hinter sich zu und führte ihn in den Aufzug.

Während sie nach unten fuhren, löste er den Blick nicht vom Boden. Er schien sich damit abgefunden zu haben, dass Toni das Kommando übernommen hatte, und folgte ihr willenlos. Sie betete still, dass sie im Erdgeschoss nicht Evi in die Arme liefen. Sie wusste nicht, was ihr Großvater tun würde. Wem er vertrauen würde.

Als die Tür zur Seite glitt, sah sie den leeren Flur vor sich. Nur ein paar Schritte, dann waren sie draußen. Toni blickte sich um. Kein Lieferwagen weit und breit. Vielleicht waren sie schon abgefahren, und Evi packte gerade im Keller die Truhe aus, schloss sie an, bereitete das Grab für Tonis Großvater vor.

Draußen dämmerte es schon. Nur noch die fünfzig Meter bis zu den Garagen. Es fühlte sich so gut an, die kalte feuchte Luft einzuatmen. Eine Befreiung. Plötzlich kam es Toni absurd vor, dass sie sich so lange von Evi in der Wohnung hatte einsperren lassen. Oder sich selbst eingesperrt hatte, denn genau genommen hatte niemand sie daran gehindert, das Haus zu verlassen. Außer ihrer eigenen Trägheit. Und ihrer Angst vor der ungewissen Zukunft. So war sie nie gewesen, so hatte sie nie sein wollen. Sie hatte sich selbst verloren, und jetzt war sie dabei, sich wiederzufinden.

Ihr Großvater öffnete das Garagentor und ließ ihr den Vortritt. Erst als sie zwei Schritte in das Halbdunkel gemacht hatte, wurde ihr klar, dass etwas nicht stimmte. Der Porsche stand nicht in der Garage.

31

Die letzte bekannte Arbeitsstelle von Eva Singer – das hatte Hanna Weiß innerhalb einer knappen Stunde herausgefunden – war der Pflegedienst Weingold. Kant und Rademacher fuhren sofort nach Milbertshofen, wo der Inhaber sie in seinem kleinen Ladenbüro am Frankfurter Ring empfing. Andreas Weingold, ein Mann mit der Figur eines Schwergewichtsboxers, saß vor seinem Wochenplaner am Schreibtisch und telefonierte, als sie durch die Glastür kamen. Er hatte ein grobes Gesicht voller Aknenarben, aber eine sanfte, einnehmende Stimme. Der Telefonhörer verschwand fast in seiner fleischigen Hand. Er säuselte etwas in das Mikrofon, legte auf und stellte das Telefon stumm. Kant und Rademacher setzten sich auf die Schwingstühle vor seinem Schreibtisch.

»Wir möchten mit Ihnen über Eva Singer sprechen«, begann Kant. »Wenn wir richtig informiert sind, hat sie bis zum Jahr 2012 bei Ihnen gearbeitet.«

»Ja«, sagte Weingold. »An die erinnere ich mich. Sehr gut sogar. Eine hervorragende Mitarbeiterin. Die Patienten mochten sie. Vor allem die Männer.« Er lachte in sich hinein. »Womit ich nichts andeuten will. Einer unserer Kunden hat mir erzählt, als er aufgewacht ist und sie an seinem Bett stand, hätte er sie für einen Engel gehalten.«

Als Weingold mit seinen breiten Fingern auf dem Laptop tippte, fragte sich Kant, wie es sich wohl anfühlte, in einer Welt zu leben, in der alles zu klein war.

»Vier Jahre hat sie bei mir gearbeitet. Keinen einzigen Tag hat sie gefehlt, nicht einmal ist sie zu spät gekommen.«

»Gab es irgendwelche Beschwerden der Patienten?«, fragte Rademacher. »Vielleicht über Diebstähle? Oder … ich weiß nicht … Misshandlungen?«

»Um Gottes willen, nein.« Weingold wirkte aufrichtig empört. »Wie kommen Sie denn auf die Idee?«

»Warum haben Sie sich dann von ihr getrennt?«, fragte Kant.

»Da haben Sie etwas falsch verstanden. Wenn es nach mir ginge, würde sie heute noch hier arbeiten. Zuverlässige Pflegekräfte sind nämlich schwer zu finden. Eva hat damals gekündigt.« Er klickte durch die Akte, die er auf den Bildschirm geholt hatte. »Aus persönlichen Gründen. Es kam für mich völlig überraschend. Als ich nachgefragt habe, wollte sie sich nicht weiter dazu äußern. Ich erinnere mich, dass sie immer freundlich war, aber irgendwie auch verschlossen. Wenn ich länger darüber nachdenke, muss ich zugeben, dass ich eigentlich nichts über sie weiß.«

»Sie haben doch bestimmt Aufzeichnungen darüber, welche Patienten sie damals betreut hat?«

Weingold nickte langsam. »Schon. Das sind aber vertrauliche Daten. Die kann ich nicht einfach so rausgeben. Das verstehen Sie doch, oder?«

»Natürlich«, sagte Kant. »Aber hier geht es um ein schweres Verbrechen. Was halten Sie davon, wenn ich Ihnen einfach ein paar Namen nenne, und Sie sagen nur Ja oder Nein?«

Weingold trommelte mit den Fingern auf die Schreibtischkante, während er nachdachte. »Also gut«, sagte er schließlich. Er öffnete ein neues Dokument auf seinem Laptop.

»Hubert Pfeisinger«, sagte Kant.

»Nein.«

»Annemarie Gerber.«

»Nicht auf meiner Liste.«

Kants Theorie geriet ins Wanken. Andererseits konnte Eva Singer auch auf andere Art Kontakt zu den späteren Opfern hergestellt haben. »Was ist mit Franz Scheffler?«

»Ja, den hat sie betreut.« Weingold schüttelte kaum merklich den Kopf. »Armer Mann. Ich erinnere mich noch an ihn. Er war ja damals erst Anfang sechzig. Witwer. Er hatte die sogenannte Schweißerkrankheit. Mangelnder Arbeitsschutz. So was sollte es heutzutage eigentlich gar nicht mehr geben. Die Symptome sind so ähnlich wie bei Parkinson. Durch das Mangan im Schweißrauch wird das Gehirn irreversibel geschädigt.«

»Irreversibel?«, fragte Rademacher.

»Ja. Nicht umkehrbar.«

Rademacher schnaubte. »Ich weiß, was das bedeutet. Aber das ist zehn Jahre her, und der Mann lebt immer noch.« Er warf Kant einen Seitenblick zu. »Zumindest wissen wir nichts Gegenteiliges.«

»Unmöglich«, sagte Weingold. »Das wäre ein Wunder. Ich meine, ich hatte ja Kontakt zu den behandelnden Ärzten, und es war mehr oder weniger klar, dass er nicht mehr auf die Beine kommt.«

Kant spürte einen leichten Schwindel, als die Gewissheiten in seinem Kopf ins Rutschen gerieten. War Scheffler schon lange tot gewesen, als sie in der Wohnung waren, um mit seiner Enkelin zu sprechen? Evi hatte behauptet, er liege krank im Bett. Und Antonia hatte nicht widersprochen. Nachdem sie zuerst behauptet hatte, sie sei allein in der Wohnung. Sie musste doch wissen, ob ihr Großvater lebte oder nicht, auch wenn sie erst vor Kurzem aus dem Ausland zurückgekommen war. Und dann noch die Sache mit dem Mangan. Irgendwo war er in letzter Zeit schon über dieses Wort gestolpert, und er müsste sich schon sehr täuschen, wenn es nicht mit dem Fall zusammenhing.

»Wussten Sie, dass Eva Singer und Herr Scheffler zusammenwohnen?«, fragte er.

»Was?« Weingold verschränkte seine laternenpfahldicken Unterarme vor der Brust und lehnte sich auf seinem Stuhl zurück. »Nein. Das ist ... ein Vertrauensbruch.« Eine scharfe Falte bildete sich zwischen seinen Augenbrauen, als er nachdachte. »Jetzt wird mir einiges klar. Ungefähr ein halbes Jahr nach ihrer Kündigung hat auch Herr Scheffler auf unsere Dienste verzichtet. Ich dachte damals, er wäre in ein Heim oder ein Hospiz gekommen, aber offenbar hat die gute Evi sich gedacht, sie kann uns ausbooten und auf diese Art ein besseres Geschäft machen.«

Das kann man wohl sagen, dachte Kant. Allerdings auf eine Art, die Weingold sich vermutlich nicht ausmalen konnte. Sie hatte den Pflegedienst benutzt, um sich Schefflers Vertrauen zu erschleichen. Oder vielleicht stand auch kein langfristiger Plan dahinter, und sie hatte einfach nur eine günstige Gelegenheit genutzt, die sich aus ihrer Arbeit ergeben hatte. Später hatte sie dann neue Opfer gefunden und sie vermutlich mit Kaspar Willmers Hilfe ermordet. Vielleicht war Scheffler lebendig nützlicher für sie gewesen. Vielleicht hatte sich das geändert. Es wurde dringend Zeit, diese Frage endgültig zu klären.

Sie bedankten sich bei Weingold und ließen ihn in grüblerischer Stimmung zurück. Auch wenn die Angelegenheit schon zehn Jahre zurücklag, schien sie ihm einen Schlag versetzt zu haben. Evi, der Engel, hatte ihn betrogen, und das Schlimmste war, dass er sich dabei wie ein Idiot vorkommen musste.

Sobald sie im Auto saßen, rief Kant Lammers an, um ihr die neuen Erkenntnisse mitzuteilen.

32

Weiß hatte es geschafft, von der Hausverwaltung eine Aufstellung der allein lebenden Mieter zu besorgen, und sie mit den Daten der Rentenversicherung abgeglichen. Mit dieser Liste zogen Lammers und Dörfner von Tür zu Tür. Die Alten waren misstrauisch. Dörfner konnte es ihnen nicht verübeln. Schließlich wurden sie in allen möglichen Fernsehsendungen vor Trickbetrügern gewarnt, und es hatte sich unter den Mietern herumgesprochen, dass es in der Wohnsiedlung zwei ungeklärte Todesfälle gab. Die Türen wurden nur zögerlich und mit vorgelegten Sicherheitsketten geöffnet. Im trüben Licht der Hausflure mussten die Dienstausweise lange studiert werden, bevor man ihnen überhaupt Auskunft erteilte. Wenn es Dörfner und Lammers endlich gelungen war, einen Mieter zu überzeugen, dass sie wirklich Polizisten waren, ließen sie sich dessen Ausweisdokument zeigen, verglichen das Foto mit dem Gesicht und fragten, ob in letzter Zeit Fremde versucht hatten, sich sein Vertrauen zu erschleichen.

Bis zum Nachmittag waren sie auf zwei Wohnungen gestoßen, bei denen ihnen niemand geöffnet hatte. Dörfner versah sie auf der Liste mit einem Ausrufezeichen. Es waren potenzielle Geisterwohnungen. Genauso gut konnten die Bewohner natürlich auch einen Mittagsschlaf halten, ihr Hörgerät nicht eingesetzt haben oder gerade auf der Panzerwiese gegenüber die Amseln füttern. Sie mussten es später noch einmal versuchen. Falls sie dann wieder niemanden antrafen, mussten sie Angehörige ausfindig machen und die Nachbarn befragen. Erst wenn all das zu nichts führte, konnten sie die Wohnungen öffnen lassen und sich selbst davon überzeugen, dass niemand in seiner eigenen Gefriertruhe lag.

Dörfner bewunderte Lammers für ihre Geduld. Mit gleichbleibend freundlicher Stimme sprach sie mit den Mietern, hörte sich ihre Klagen über defekte Aufzüge, kriminelle Jugendliche und den allgemeinen Verfall der Sitten an und bedankte sich zum Schluss mit einem Lächeln. Dörfner war in einer Stimmung, in der er am liebsten ein paar Türen eingetreten hätte.

Sie gingen zur nächsten Wohnung. Von der grauen Tür blätterte schon der Lack ab und gab den Blick auf die drei Anstriche darunter frei. Dörfner riss sich zusammen und klopfte in normaler Lautstärke. Während sie warteten, klingelte Lammers' Telefon. So konzentriert, wie sie zuhörte, und so knapp und präzise, wie sie antwortete, hatte sie vermutlich Kant in der Leitung. Gespannt wartete Dörfner, bis sie auflegte.

»Wir müssen ins Nachbarhaus. Zur Wohnung von Herrn Scheffler«, sagte sie.

Dörfner sah auf seine Liste. »Der steht hier nicht drauf.«

»Natürlich nicht. Er wohnt ja nicht alleine, sondern mit seiner Lebensgefährtin oder Pflegerin oder was weiß ich. Eva Singer. Wir sollen uns davon überzeugen, dass er noch lebt. Aber diskret. Ohne dass Eva Verdacht schöpft. Kant glaubt nämlich, sie könnte diejenige sein, die die Opfer ausgesucht hat.«

»Gut«, sagte Dörfner. »Diskretion ist mein Spezialgebiet.«

Lammers verzog nicht einmal das Gesicht. »Scheint niemand zu Hause zu sein.« Sie wandte sich um und stieg die Treppe hinab. Dörfner markierte die Wohnung auf seiner Liste und folgte ihr.

»Hast du schon einen Plan?«, fragte er, während sie den ordentlich gemähten Grünstreifen zwischen den beiden Häuserblocks überquerten.

»Ja. Ich klingele und rede mit ihnen, und du wartest so lange eine Etage tiefer.«

»Was willst du sagen?«

»Weiß noch nicht genau. Vielleicht, dass ich noch einmal wegen diesem stillgelegten Lieferwagen komme. Und mit dem ehemaligen Halter sprechen muss.«

Keine schlechte Idee, dachte Dörfner. Sie warteten unter dem Vordach, bis eine Hausbewohnerin mit einem Kinderwagen aus dem Flur kam. Während Dörfner ihr die Tür aufhielt, lief Lammers schon mit schnellen Schritten in den zweiten Stock hinauf. Er folgte ihr langsam und setzte sich einen Absatz tiefer auf die Treppe. Aus einer Wohnung über ihm drang türkische Musik. Der Geruch von angebranntem Fleisch hing in der Luft. Er hörte, wie Lammers erst klingelte und dann an der Tür klopfte. Nichts geschah.

Lammers kam die Stufen herab. »Was machen wir jetzt?«

Dörfner zuckte mit den Schultern. Er hatte das Gefühl, dass sie seit Tagen durch einen Sumpf wateten. Jeder Schritt kostete sie Kraft, und sie kamen nur unendlich langsam voran. Wieder einmal standen sie vor einer verschlossenen Tür. Die Frau, die sie zu Kaspar Willmer führen sollte, war nicht zu Hause oder öffnete nicht. Vielleicht hatte sie schon Verdacht geschöpft und war abgetaucht. Und sie konnten nicht einmal überprüfen, ob Franz Scheffler noch lebte.

»Ich rufe Kant an.« Lammers zückte ihr Handy.

»Warte«, sagte Dörfner. Irgendetwas musste passieren. Bis Kant den Staatsanwalt überzeugt hatte, einen Durchsuchungsbeschluss auszustellen, konnten Tage vergehen. Falls es überhaupt dazu kam. Denn die einzige materielle Spur, die sie hatten, war das Haar von Kaspar Willmer. Auch wenn sich die Hinweise verdichteten, dass Eva Singer die Opfer für ihn ausspioniert hatte, war es alles andere als sicher, dass der Staatsanwalt darin einen hinreichenden Tatverdacht sah.

»Lass uns einen Blick in die Wohnung werfen«, sagte Dörfner.

Lammers ließ ihr Telefon sinken und sah ihn an. »Ich weiß nicht. Wir haben schon die Observation vermasselt.«

»Machst du dir Sorgen um deine Beförderung?«

»Blödsinn.«

Dörfner spürte ihre Unentschlossenheit. »Vielleicht ist sie zu Hause und macht nur nicht auf.«

»Genau deshalb sollten wir nicht die Tür aufbrechen.«

»Und was ist mit dem alten Mann?«

»Der Chef soll entscheiden.« Lammers drehte ihr Telefon in der Hand, machte aber keine Anstalten, Kants Nummer zu wählen.

»Hast du wenigstens durch den Briefschlitz geschaut, ob sich in der Wohnung was rührt?« Ihm war aufgefallen, dass es in den Häusern der Siedlung keine Briefkastenanlagen im Erdgeschoss gab, sondern jede Tür ihren eigenen Schlitz hatte, durch den die Post eingeworfen wurde.

»Also gut«, sagte Lammers.

Er stand auf und ging die Treppe hinauf. Lammers folgte ihm mit ein paar Schritten Abstand. Er legte das Ohr an Schefflers Tür und lauschte. Das Einzige, was er hörte, war die Musik aus der Wohnung gegenüber. Langsam ging er in die Hocke und klappte den Deckel des Briefschlitzes auf.

Im Halbdunkel des Flurs konnte er nicht viel erkennen. Er nahm die kleine Taschenlampe, die er immer am Gürtel hängen hatte, und leuchtete durch den Schlitz. Der Lichtkegel fiel auf alte Familienfotos an der Wand. Daneben führte eine Tür ins Wohnzimmer. Offenbar waren die Jalousien zugezogen, denn auch dort war es dunkel. Dörfner konnte einen Sessel und einen altmodischen Schrank erkennen. Unwahrscheinlich, dachte er, dass sie in der dunklen Wohnung sitzt.

»Bist du jetzt fertig?«, fragte Lammers hinter ihm. Ihre Stimme klang eher belustigt als genervt.

Dörfner leuchtete nach rechts. Dort befand sich die Küche, aber aus diesem Winkel konnte er nicht viel erkennen. Als er die Taschenlampe aus dem Schlitz ziehen wollte, glitt der Lichtkegel über ein Telefontischchen neben der Tür. Daneben lag etwas auf dem Boden. Ein Zettel.

Er fokussierte die Lampe. Es war ein Lieferschein. Die Schrift stand auf dem Kopf. Als Dörfner entziffert hatte, um welches Produkt es sich handelte, fiel ihm fast die Taschenlampe aus der Hand.

Er sprang auf. »Da liegt ein Lieferschein. Für eine Gefriertruhe.«

»Was?« Lammers sah ihn an wie eine übernatürliche Erscheinung, aber sie brauchte nicht lang, um sich zu fangen. »Das kann kein Zufall sein.«

Dörfner machte drei Schritte zurück, um Anlauf zu nehmen. »Also?«, fragte er.

Lammers schüttelte den Kopf. »Nicht so. Wir rufen den Hausmeister an. Oder einen Schlüsseldienst.«

»Das dauert zu lange. Hast du irgendwas dabei, was lang und biegsam ist?«

»Zufällig nicht.«

Dörfner ging zu der Wohnung gegenüber, in der die laute Musik lief. Dieses Mal hämmerte er mit der Faust gegen die

Tür. Ein Mann im Jogginganzug öffnete. Er hielt eine Bierdose in der Hand und sah Dörfner aus verquollenen Augen an.

»Ist ja gut«, lallte er. »Ich mach schon leiser. Kein Grund, gleich die Tür einzuschlagen.«

»Haben Sie einen Kleiderbügel?«, fragte Dörfner. »Aus Metall?«

Der Mann begann zu lachen. »Nur Verrückte hier. Was wollen Sie damit?«

Dörfner zog einen Zehner aus der Hosentasche. »Reicht das?«

Eine Minute später kniete er wieder vor dem Briefschlitz. In dem Haus, in dem er aufgewachsen war, hatte es dieselben Schlitze in der Tür gegeben, und niemand hatte Geld gehabt, um den Schlüsseldienst zu rufen. Jedes Kind konnte den Draht so biegen, dass man die Türklinke erreichte.

Das Klicken, als die Tür aufsprang, rief immer noch ein befriedigendes Gefühl in ihm hervor. Nicht ganz so schön, wie eine Tür einzutreten, aber immerhin.

Er drehte sich zu Lammers um. »Ich würde vorschlagen, du wartest hier. Wir wollen ja diskret vorgehen.«

»Fass bloß nichts an«, sagte Lammers.

Dörfner trat in die Diele, schaltete das Licht an und lehnte die Tür hinter sich an. Aus der kleinen Küche wehte ihm der Duft von frischem Kaffee entgegen. Ein Teller und eine Tasse standen auf dem Tisch, obwohl sonst nirgendwo ein Staubkorn herumlag. Dörfner schnüffelte und nahm einen Hauch von Parfum wahr. Offenbar war jemand – vermutlich Eva Singer – vor Kurzem noch hier gewesen und hatte die Wohnung in Eile verlassen.

Dörfner sah in das Wohnzimmer. Auch dort wirkte alles ordentlich und aufgeräumt. Die schweren Polstermöbel und die

Schrankwand schafften eine bedrückende Atmosphäre. Als wäre die Zeit stehen geblieben. Die Einrichtung passte nicht zu einer Frau in Evas Alter. Vermutlich gehörten die Möbel Franz Scheffler, und die beiden hatten seit Evas Einzug nichts geändert. In welchem Verhältnis sie auch zueinander standen, Dörfner hatte das deutliche Gefühl, dass es nicht gesund sein konnte. Vielleicht lag der alte Mann schon in der Gefriertruhe.

Er ging durch die Diele in den hinteren Teil der Wohnung. In dem kleinen Zimmer auf der rechten Seite stand ein Schlafsofa, auf dem zerwühltes Bettzeug lag. Durch die heruntergelassenen Jalousien fielen nur dünne Lichtstreifen in den Raum. Dörfner sah das Foto eines Mannes mit Schweißermaske, ein Bücherregal, ein Tischchen mit Buddelschiffen.

Hatte hier das Mädchen gewohnt, von dem Kant erzählt hatte? Die Enkelin des alten Mannes? Allein bei der Vorstellung, dass eine junge Frau in diese merkwürdige Konstellation geraten war, bekam er schon Magenschmerzen. Sie mussten sie unbedingt finden, bevor ihr noch irgendetwas zustieß.

Dörfner vergewisserte sich, dass das Badezimmer leer war, bevor er zum letzten Raum ging. Das Schlafzimmer. Die Tür stand weit offen und gab den Blick auf das frisch gemachte Doppelbett frei. Nirgendwo Unordnung oder Spuren eines Kampfes. Aber Eva Singer hatte behauptet, der alte Mann sei zu krank, um mit ihnen zu sprechen. Warum lag er dann nicht in seinem Bett oder hing auf dem Sofa herum? Natürlich konnte es auch eine harmlose Erklärung geben. Vielleicht brachte sie ihn gerade zum Arzt oder ins Krankenhaus. Dörfner glaubte nicht daran.

Als er kehrtmachte, sah er Lammers in der Diele stehen. Sie hielt den Lieferschein in der Hand und presste vor Anspannung die Lippen zusammen.

»Wo ist die verdammte Truhe?« Lammers tippte auf das Datum auf dem Zettel. »Das Gerät ist heute erst geliefert worden. Eva Singer hat unterschrieben.«

»Hier in der Wohnung jedenfalls nicht«, sagte Dörfner. »Vielleicht im Keller. Wir sollten diesen durchgeknallten Hausmeister fragen. Er ist vermutlich der Einzige, der weiß, welcher Keller zu der Wohnung gehört.«

Lammers tippte eine Nummer in ihr Handy. »Erst rufe ich bei der Spedition an. Wenn wir den Fahrer erwischen, kann er uns sagen, wo er das Gerät abgestellt hat.«

Natürlich, sie hatte immer eine bessere Idee.

33

Mangan, dachte Kant, während Rademacher ihn durch den nachmittäglichen Verkehr kutschierte. Ein Metall, das beim Elektroschweißen verwendet wurde. Mittlerweile wusste man, dass man sich vor den giftigen Dämpfen schützen musste, aber Scheffler hatte in seinem Berufsleben offenbar zu viel davon eingeatmet und die Symptome der sogenannten Schweißerkrankheit entwickelt.

Irreversible Symptome, wie Weingold ihnen erklärt hatte.

Sein Zustand hatte sich so verschlechtert, dass er eine Pflegerin brauchte. Er hatte sein Auto, den schwarzen Mercedes Sprinter, an seine Tochter verschenkt, weil er selbst nicht mehr fahren konnte. Und jetzt, zehn Jahre später und kurz nachdem Kant mit ihm hatte sprechen wollen, verschwand der angeblich bettlägerige Mann mitsamt seiner Pflegerin oder Lebensgefährtin und seiner Enkelin aus der Wohnung, wie Lammers ihm vor einer Viertelstunde atemlos am Telefon berichtet hatte. Stattdessen hatten Lammers und Dörfner nur den Lieferschein für eine Gefriertruhe vorgefunden.

Kant hatte sofort beschlossen, zur Wohnsiedlung an der Linkstraße zu fahren. Er verfluchte sich, weil er Eva Singer nicht hatte festnehmen lassen, denn alles deutete darauf hin, dass sie zumindest die Opfer ausgewählt hatte. Aber er hatte gehofft, durch sie an Kaspar Willmer zu gelangen, dessen DNS an Annemarie Gerbers Leiche gefunden worden war. Jetzt befürchtete er, dass der alte Herr Scheffler – falls er überhaupt noch lebte – zum nächsten Opfer wurde. Und was war mit Antonia, seiner Enkelin? Auch sie konnte sich in Gefahr befinden. Vielleicht war sie in etwas hineingestolpert, das sie nicht überblicken konnte.

Antonia war im gleichen Alter wie Frida. Sie hatte auf ihn einen verstörten Eindruck gemacht, was angesichts ihrer schwierigen Vergangenheit kein Wunder war; zugleich aber hatte er in ihren Augen diese unbändige Lebenslust gesehen, die ihn immer mit Ehrfurcht erfüllte. Wenn ihr etwas zustoßen sollte, weil er nicht schnell genug gehandelt hatte, würde er sich für den Rest seines Lebens Vorwürfe machen.

Er hatte Lammers und Dörfner beauftragt, die Kellerräume zu durchkämmen, und ihnen noch zwei Streifenwagen zur Verstärkung geschickt. Irgendwo musste die Gefriertruhe schließlich stehen. Der Fahrer der Spedition hatte offenbar nach der Auslieferung Feierabend gemacht und war telefonisch nicht zu erreichen, aber immerhin kam Ludwig Radow, um sie zu unterstützen. Niemand kannte sich in der Wohnsiedlung so gut aus wie er.

Rademacher ließ die Warnsirene aufheulen, als sich der Verkehr auf dem Frankfurter Ring staute, und die Fahrzeuge vor ihnen bildeten widerwillig eine Gasse. Sie bogen auf die Schleißheimer Straße, schossen vorbei an Bürogebäuden und Autohäusern, bis die Bebauung sich schließlich ausdünnte und sich auf der rechten Seite die Panzerwiese bis zum Horizont erstreckte. Nebel stieg aus dem feuchten Gras auf, schlich sich über die Straße und umhüllte die unteren Stockwerke der Wohnsiedlung.

Mangan, Mangan, Mangan, dachte Kant. Das Wort hatte sich so in seinem Gehirn festgefressen, dass es alle anderen geistigen Vorgänge blockierte. Er musste es irgendwo gelesen haben. In einer Akte. Aber wo? In einem Bericht der Spurensicherung? Im Protokoll einer Zeugenaussage? So sehr er sich auch bemühte, er konnte sich nicht erinnern.

Luggi stand am Straßenrand und winkte, als er sie kommen sah. Rademacher fuhr mit zwei Rädern auf den Bürgersteig, sodass der Hausmeister einen Schritt zurückweichen musste. Kant sprang aus dem Wagen.

»Bringen Sie uns zum Kellerraum von Herrn Scheffler«, sagte er ohne Einleitung.

»Letztes Mal haben Sie mich noch verdächtigt, meine Mieter eingefroren zu haben«, entgegnete Luggi.

Rademacher kam um das Auto herum. »Sie sind der Hausmeister«, sagte er. »Sie haben keine Mieter.«

Luggi sah ihn empört an. Bevor er etwas entgegnen konnte, legte Kant ihm die Hand auf den Rücken. »Gehen wir.« Er schob ihn zu dem Weg, der zur Haustür führte. Der Hausmeister ließ es sich gefallen.

»Immerhin haben sich mich nicht bei der Verwaltung angeschwärzt«, sagte er. »Ich meine, wegen der kleinen Umverteilung der Keller.«

»Haben Sie bei Scheffler auch umverteilt?«, fragte Kant, während Luggi die Tür aufschloss.

»Alles regulär. Abteil 36. Was ist denn überhaupt schon wieder los?«

Kant gab keine Antwort.

An der Kellertür hatten sich zwei Uniformierte postiert. Kant nickte ihnen zu, und sie ließen ihn und seine Begleiter passieren. Er stieg die Treppe hinunter und folgte dem Gang. Als er um die Ecke bog, entdeckte er Lammers und Dörfner und die beiden anderen Uniformierten vor der Gittertür eines Abteils. Einer der Beamten durchtrennte gerade mit einem Bolzenschneider den Bügel des Vorhängeschlosses.

Dörfner leuchtete mit seiner Taschenlampe in das vollgestellte Abteil. »Da hinten«, sagte er. Seine Stimme vibrierte vor Anspannung. »Da steht eine Truhe. Hinter dem ganzen Gerümpel.«

»Das ist das falsche Abteil«, meldete sich Luggi zu Wort.

Das Schloss fiel zu Boden. Kant sah zu, wie Dörfner den Uniformierten zur Seite drängte, sich zwischen einem Stapel Autoreifen und aufgetürmten Altkleidersäcken hindurchschob und den Deckel der Truhe aufriss. Die Muskelstränge an seinem Hals zuckten.

»Nichts«, sagte Dörfner. Er beugte sich vor und begann, wie manisch in der Truhe zu wühlen. »Nur Gemüse.« Er warf eine Packung gefrorenen Rosenkohl gegen die Wand. »So eine Scheiße.«

»Beruhig dich. So eingestaubt, wie die Truhe ist, steht sie schon seit Jahren hier«, meinte Lammers.

»Wollen Sie jetzt jedes Abteil aufbrechen, oder soll ich Ihnen zeigen, wo Herr Scheffler seinen Kellerraum hat?«, fragte Luggi.

»Gehen wir«, sagte Kant.

Der ganze Tross folgte Luggi durch den engen Gang. Die Heizungsrohre unter der Decke strahlten eine unangenehme Wärme ab. Es roch nach Öl und Müll und feuchtem Putz. Luggi blieb vor einem Abteil stehen, griff durch die Latten der Tür und drückte auf den Lichtschalter im Inneren. Eine nackte Glühbirne unter der Decke flackerte auf. An der linken Wand stand ein Regal mit Werkzeugen, an der rechten lehnten Bretter, ein Paar Skier, eine ausrangierte Kleiderstange. Ein ordentlicher, fast leerer Keller.

Kant sah die Mischung aus Enttäuschung und Erleichterung in den Mienen seiner Kollegen. Alle hatten befürchtet, die nächste Leiche aus einer Truhe ziehen zu müssen. Und vielleicht wäre es dieses Mal kein alter Mensch gewesen. Einen Moment lang sah Kant Antonia vor sich, wie sie mit starren Gesichtszügen auf Grumanns Obduktionstisch lag. Er wollte den Gedanken schnell abschütteln, aber er löste in seinem Gehirn eine Reihe von Assoziationen aus. Grumann. Obduktion. Mangan. Der Bericht zu der unidentifizierten Leiche.

»Was jetzt?«, fragte Rademacher.

Kant hob die Hand. »Moment.«

Während er die Kellertreppe hinauflief, suchte er Grumanns Nummer heraus. Der Rechtsmediziner meldete sich nach dem dritten Klingeln. Seine Stimme klang so, als versuchte er, schnell noch einen Bissen Essen hinunterzuwürgen.

»Erinnerst du dich an die Leiche vom Parkplatz Neuherberg? Aus dem Jahr 2012?«

»Die, über die wir neulich gesprochen haben?«

Kant lehnte sich neben der Haustür an die Wand. »Genau. Der Mann wurde durch einen Kopfschuss getötet. Aber bei der Obduktion wurden Auffälligkeiten im Gehirn festgestellt.«

»Hm, ja. Der Kollege hat damals Manganablagerungen gefunden. Wieso?«

»Bist du sicher?«

»Ich sitze zu Hause beim Abendbrot und habe den Bericht nicht hier, aber ja, ich bin mir ziemlich sicher.«

»Könnte das Mangan durch das jahrelange Einatmen von Schweißrauch in den Körper gelangt sein?«

»Das wäre zumindest eine logische Erklärung.«

»Danke«, sagte Kant und beendete das Gespräch.

Er spürte, wie die Kälte aus dem Beton in seinen Rücken sickerte. Um Franz Scheffler brauchten sie sich keine Sorgen mehr zu machen; er war seit zehn Jahren tot. Ein anderer hatte seine Rolle eingenommen. Jemand, der Grund hatte, von der Bildfläche zu verschwinden. Kaspar Willmer.

34

Warum stand das Auto nicht in der Garage?

Verwirrt drehte Toni sich zu dem Mann um, den sie für ihren Großvater hielt. Er gab ihr mit beiden Händen einen Stoß gegen die Brust. Sie stolperte und fiel rückwärts in einen Haufen aus Karton und Folie. Verpackungsmaterial, schoss es ihr durch den Kopf.

»Warum hast du nicht auf mich gehört? Ich habe dir oft genug gesagt, dass du dich einfach verpissen sollst«, sagte er, während er das Garagentor von innen abschloss.

Die Neonröhren an der Decke flackerten auf und warfen ihr kaltes Licht auf die Gefriertruhe an der hinteren Wand der Garage. Die Plastikverkleidung erstrahlte in makellosem Weiß. Der Deckel war aufgeklappt, und ein leises Summen erfüllte den Raum. Ein Zittern lag in der Luft wie unter einer Hochspannungsleitung.

Evi lehnte mit einem Arm an dem Gerät. In der Hand hielt sie eine Pistole. »Kaspar hatte von Anfang an recht«, sagte sie mit ruhiger Stimme. »Wir hätten dich einfach auf die Straße setzen sollen, wo du hingehörst. Aber ich wollte erst rausfinden, ob du irgendwas ahnst.«

Erst jetzt begriff Toni, dass die Truhe für sie bestimmt war. Sie kroch auf allen vieren rückwärts, bis sie mit dem Rücken gegen die Wand stieß. »Was habt ihr getan? Wer ist Kaspar?«

Der Mann mit dem Gehstock kam auf sie zu. »Oh, Entschuldigung«, sagte er. »Ich habe mich noch gar nicht anständig vorgestellt. Kaspar Willmer.« Er hielt sich jetzt aufrechter und schwang sich den silbernen Knauf des Stocks auf die Schulter.

»Nein«, sagte Toni. »Du bist der Schweißer.«

Kaspar Willmer lächelte. »So habt ihr den Alten genannt? Ja, das passt gut zu ihm.«

Evi löste sich von der Truhe und machte einen Schritt auf Toni zu. Sie hielt die Pistole jetzt mit beiden Händen. Die Waffe hatte einen langen dünnen Lauf und einen Griff aus dunklem Holz. Sie sah alt aus, als stammte sie aus dem Ersten Weltkrieg.

»Sei froh, dass er tot ist«, sagte Evi. »Er hat sich einen Dreck um dich geschert. Glaub mir, ich habe ihn lange genug gepflegt. Der Mann war ein Tyrann. Er hat mich von morgens bis abends rumkommandiert. Und ich habe mir alles gefallen lassen. Wie immer. Mein ganzes Leben lang. Bis ich ihn kennengelernt habe.« Ihre Miene wurde weicher, als sie zu Kaspar sah. »Meinen Engel. Der mir beigebracht hat, dass man sich nehmen muss, was einem zusteht.«

»Nein«, sagte Kaspar. »Du bist mein Engel. Du hast mich vor dem Gefängnis gerettet.«

Die beiden wechselten einen liebevollen Blick. Toni wurde übel. Sie musste an die Bilder denken, die sie in der Polizeiakte gesehen hatte. Evi und ihr falscher Großvater waren dafür verantwortlich. Sie hatten die alten Menschen zerstückelt und eingefroren. Und jetzt wollten sie dasselbe mit ihr tun.

»Ihr braucht mich nicht zu töten«, sagte sie. »Ich fahre zurück nach Portugal und komme nie wieder. Von mir erfährt niemand was.«

»Natürlich«, sagte Evi. »Wir vertrauen dir hundertprozentig.«

Kaspar schüttelte langsam den Kopf. »Wirklich schade. Ich habe gerade angefangen, dich zu mögen. Warum hast du nicht das Geld genommen, das ich dir angeboten habe? Ich wollte wirklich nicht, dass es so kommt.«

Draußen vor der Tür fuhr ein Auto vorbei. Kurz darauf folgte ein weiteres. Toni hörte die Motoren verstummen. Türen wurden geschlagen. Kaspar bekam es ebenfalls mit. Er ging zum Garagentor, schob es einen Spalt weit auf und spähte hinaus.

Evi hob die Pistole. »Wenn du schreist, bist du sofort tot.«

Und wenn nicht, wie viel Zeit bleibt mir dann noch?, dachte Toni. Eine Minute? Drei Minuten? Sie presste sich die Hand vor den Mund und begann lautlos zu weinen. Endete ihr Leben etwa so? Auf dem rauen Beton, neben einem Müllhaufen, mit dem Gestank von Öl und Benzin in der Nase? Trotzdem war jede Sekunde unermesslich kostbar.

»Das ist die Polizei«, sagte Kaspar. »Zwei Streifenwagen. Irgendwas stimmt da nicht.« Er schloss das Tor.

»Es ist vorbei«, flüsterte Toni. »Lasst mich gehen. Bitte.«

Evis Gesicht wirkte im Licht der Neonröhre grau, das rote Haar ausgebleicht. Die Pistole zitterte in ihrer Hand. »Steig in die Truhe«, sagte sie.

Kaspar kam einen Schritt auf Toni zu. Der Stock mit dem silbernen Knauf lag noch immer auf seiner Schulter. Seine Miene war ausdruckslos, als hätte er sich mit allem abgefunden.

»Nein«, sagte Toni. Sie wollte weiter zurückrutschen, aber ihr Rücken war schon an die Betonwand gepresst. »Wenn du mich erschießt, hören sie es und stürmen die Garage.«

»Das ist keine Diskussionsrunde hier«, sagte Evi. »Du hast drei Sekunden. Eins …«

Toni schloss die Augen.

»Zwei …«

Sie biss sich auf die Zunge und schmeckte ihr eigenes Blut. Plötzlich stiegen Erinnerungen an ihre Mutter in ihr auf. An die guten Zeiten, als sie an der Steilküste die Störche beobachtet hatten. An den Wind, der nach Salz und Algen roch und ihr Haar flattern ließ. Sie hörte etwas durch die Luft zischen, scharf und klar. Dann einen dumpfen, feuchten Aufprall, gefolgt von einem Stöhnen. Sie riss die Augen auf.

Evi kippte zur Seite und landete in dem Haufen Verpackungsmüll. Aus einer Platzwunde an ihrer Schläfe pulsierte Blut. Die Pistole war über den Betonboden geschlittert und halb unter die Gefriertruhe gerutscht. Kaspar hielt seinen Stock jetzt mit beiden Händen wie einen Golfschläger.

»Sie hat deinen Opa umgebracht«, sagte er. »Am Silvesterabend, damit niemand den Schuss hört. Ich habe ihr nur geholfen, die Spuren zu beseitigen. Ich konnte nicht anders. Sie wusste, dass ich gesucht werde. Und danach hatte sie mich erst recht in der Hand. Meinst du, ich wollte so leben? Wenn man lange genug so tut, als wäre man jemand anderer, wird man zu jemand anderem. Ich bin der Schweißer geworden. Das war schlimmer als Knast.«

Seine Rechtfertigungsversuche drangen kaum zu Toni durch. Das Einzige, was sie interessierte, war, dass sie noch lebte, dass sie die feuchte Luft riechen, das Blut auf ihrer Zunge schmecken, das Rauschen der Straße hören konnte.

Ihr Blick wurde von der Pistole angezogen. Kaspar bemerkte es, ließ den Stock fallen und hob die Waffe auf.

»Steh auf«, sagte er.

Toni gehorchte. Sie musste sich an der Wand abstützen, um nicht gleich wieder umzufallen.

Kaspar zeigte mit dem Lauf der Pistole auf Evi. »Wirf sie rein.«

Das Blut aus der Platzwunde hatte schon eine Lache auf der Pappe unter Evis Kopf gebildet. Sie rührte sich nicht. Ihre Augen standen halb offen, aber der Blick war leer. Toni wankte einen Schritt auf sie zu. Blieb stehen. Sie wusste nicht, ob Evi tot oder nur bewusstlos war.

»Worauf wartest du?«, sagte Kaspar. »Sie hat es nicht anders verdient.«

Toni bückte sich und schob die Hände unter Evis Achseln. Sie hob den reglosen Körper ein Stück an. Evis Kopf rollte zur Seite, als Toni sie zur Truhe schleifte.

»Ich wollte ja gar nicht, dass du stirbst«, sagte Kaspar. »Die Alten hatten sowieso nicht mehr lange, für die war es doch eine Erlösung. Aber ich würde nie ein Mädchen töten. Ich wollte nur, dass du uns in Ruhe lässt. Es ist alles ihre Schuld.«

Toni lehnte Evi mit dem Rücken an die Truhe, dann ging sie in die Hocke und schlang die Arme um ihre Taille. Das warme Blut aus Evis Kopfwunde floss ihr über Gesicht und Brust. Mit aller Kraft schaffte sie es, Evi so weit hochzustemmen, dass ihr Hintern auf der Kante der Truhe landete. Sie wollte den schlaffen Leib langsam hinablassen, aber sobald er ins Rutschen geriet, konnte sie ihn nicht mehr halten. Sie verlor das Gleichgewicht und wäre beinahe mit hineingefallen. Im letzten Moment befreite sie ihre Arme und riss sie aus dem weißen Grab.

»Ich bin kein Mädchen«, sagte sie. »Ich bin eine Frau.« Der harte Klang ihrer Stimme erschreckte sie selbst.

Kaspar griff mit einer Hand nach Evis Füßen, die noch über den Rand der Truhe hingen, stopfte sie achtlos hinein und schlug den Deckel zu.

35

Lammers stand am Rand der Gruppe, die sich um Kant versammelt hatte. Die vier Uniformierten sahen sich nach allen Seiten um und versuchten, sich ihre Nervosität nicht anmerken zu lassen. Dörfner biss auf seinem Kaugummi herum, als wollte er ihn zermalmen. Luggi spielte mit seinem Schlüsselbund. Rademacher hatte die Arme vor der Brust verschränkt und wartete darauf, dass Kant eine Entscheidung traf.

»Wir wissen nicht, was sie vorhaben«, sagte Kant. »Wir wissen nicht, ob sie Antonia bei sich haben. Vielleicht sind sie einfach geflohen.«

»Und was ist mit der Truhe?«, fragte Dörfner.

»Hanna versucht immer noch, diesen Lieferanten zu erreichen, aber der geht nicht ans Telefon.«

Lammers sah, wie Luggi seinen Schlüsselbund fallen ließ. Statt ihn aufzuheben, packte er Kant am Ärmel seines Mantels. »Die Garage«, sagte er.

Alle sahen sich zu ihm um.

»Was?«, sagte Kant.

»Herr Scheffler hat eine Garage gemietet. Vor ein paar Jahren hat er sich einen Porsche angeschafft, und da hat er mich gefragt, ob ich ihm nicht …«

»Und das fällt Ihnen jetzt erst ein?«, sagte Dörfner.

Luggi zuckte mit den Schultern. »Hat ja keiner danach gefragt.« Er sah Kant an. »Meine Garage kennen Sie ja. Die von Scheffler ist gleich daneben.«

»Los«, sagte Kant. »Gehen wir.«

Sie folgten dem Weg zwischen den Häuserblocks, deren Fenster jetzt leuchteten wie tausend Glühwürmchen, und näherten sich dem lang gestreckten Flachbau mit den Garagen von der Rückseite. Der Weg teilte sich. Kant nahm Rademacher, Luggi und zwei der Uniformierten mit sich und schickte Lammers mit Dörfner und den übrigen beiden zur anderen Seite.

Lammers verließ den Weg und ging über die Wiese, um sich dicht an der Seitenwand des Flachbaus zu halten. Sie gab den anderen ein Zeichen, hinter ihr zu bleiben. Sobald sie die Ecke umrundete, entdeckte sie den Porsche. Er parkte etwa dreißig Meter von den Garagentoren entfernt unter einer Laterne am Straßenrand. Der asphaltierte Platz vor den Garagen war leer. Lammers blieb stehen und wartete, bis Kant an der Spitze der anderen Gruppe hinter der Mauer auftauchte. Er ging allein auf die geschlossenen Garagentore zu. Sein verzerrter Schatten eilte ihm voraus. Fünf Meter vor der Garage blieb er abrupt stehen.

In diesem Moment wurde das Garagentor aufgeschoben. Eine junge Frau trat ins Freie. Lammers atmete auf. Das musste Antonia sein. Allerdings schien Kant etwas zu sehen, was Lammers nicht sah, denn er hob langsam die Hände auf Schulterhöhe und wich einen Schritt zurück. Antonia war stehen geblieben. Erst jetzt bemerkte Lammers den Mann, der sich hinter ihr aus der Dunkelheit schob. Er hielt eine Pistole in der Hand. Der Lauf war auf Antonias Kopf gerichtet.

Kaspar Willmer, dachte Lammers. Sie zog ihre Dienstwaffe aus dem Halfter. Kant sagte etwas zu Willmer, das sie nicht verstehen konnte. Die andere Gruppe mit Rademacher an der Spitze zog sich hinter die Seitenwand zurück. Lammers drehte sich zu Dörfner um, der jetzt dicht hinter ihr stand und seine

Pistole zu Boden gerichtet hatte. »Ihr bleibt hier«, flüsterte sie. »Niemand unternimmt irgendwas, bevor Kant oder ich ein Zeichen geben.«

Sie sah das Laternenlicht in Dörfners Augen glitzern. Seine Zähne leuchteten in der Dunkelheit. »Okay«, sagte er gedehnt.

»Ich laufe zum Auto.«

Sie spürte, wie er seine Hand auf ihren Arm legte. »Sei vorsichtig«, flüsterte er.

Kaspar Willmer schien ganz auf Kant konzentriert, während er Antonia über den Garagenvorplatz schob. Er hatte eine Hand in ihren Nacken gelegt und drückte den Lauf der Pistole an ihren Hinterkopf. Langsam bewegten sie sich vorwärts. Lammers hoffte nur, dass er die Ruhe behielt. Eine unbedachte Bewegung, das kleinste Stolpern konnte einen tödlichen Schuss auslösen.

Lautlos rannte sie los. Nicht in gerader Linie zum Auto, sondern erst einmal nach rechts über die Wiese, bis sie den Hauptweg erreicht hatte, der auf ihrer Seite von einer brusthohen Hecke und auf der anderen von den Müllcontainern begrenzt wurde. Dort warf sie sich in das feuchte Gras und kroch an einer lichten Stelle durch die Hecke. Geduckt lief sie über den Weg bis zur Straße. Eine merkwürdige Stille hatte sich über die Siedlung gelegt. Kein Auto, kein Passant kam ihr entgegen, als sie mitten auf der Straße hinter den parkenden Fahrzeugen wieder nach links abbog. Gleichzeitig hatte sie das Gefühl, aus den erleuchteten Fenstern beobachtet zu werden.

Hinter der Fahrertür des Porsches ging sie in die Hocke. Sie versuchte, ihre Atmung zu kontrollieren, und lauschte ein paar Sekunden dem Pochen ihres Herzschlags. Alles noch im grünen Bereich, dachte sie. Die Zeiten, in denen sie an Biathlonwettbewerben teilgenommen hatte, waren zwar längst vorbei, aber sie ging bei jeder Gelegenheit zum Langlaufen in die Berge, um in Form zu bleiben.

Durch das Seitenfenster des Wagens spähte sie zum Garagenvorplatz. Willmer und Antonia waren vielleicht noch fünfzehn Meter entfernt und bewegten sich langsam auf sie zu. Kant stand hinter ihnen und blickte ihnen nach. Die anderen waren nirgendwo zu sehen. Lammers vermutete, dass sie unauffällig in einer Zangenbewegung vorrückten, um im Notfall eingreifen zu können. Mit Sicherheit war auch schon ein Spezialeinsatzkommando alarmiert worden. Aber bis das eingetroffen war, konnte es schon zu spät sein.

Willmer und Antonia hatten mittlerweile den Grünstreifen zwischen dem Garagenvorplatz und dem Bürgersteig überquert. Sie traten in den hellen Lichtkreis der Laterne, während der Schatten des Autos Lammers Deckung gab. Sie hoffte, dass Willmer seine Geisel auf der Beifahrerseite ins Auto setzen und dann um die Motorhaube herumlaufen würde. Das wäre der geeignete Moment für einen Zugriff.

Sie zog den Kopf ein. Jetzt konnte sie die Schritte auf dem Bürgersteig hören. Das leichte Rasseln in Willmers beschleunigtem Atem. Jeden Moment konnte er die Beifahrertür öffnen.

Es kam anders.

»Nein«, sagte Antonia.

Die Schritte verstummten.

»Geh weiter.« Das war Willmers Stimme. Gepresst und emotionslos.

»Nein.«

Was war los mit ihr? Sie musste ins Auto steigen. Das war ihre beste Chance.

Plötzlich stieß Antonia einen spitzen Schrei aus. Lammers drückte sich aus den Oberschenkeln ein wenig hoch und riskierte einen Blick durch das Seitenfenster. Willmer hatte seine Hand in Antonias schwarzem Haar verkrallt. Das Gesicht der jungen Frau war verzerrt vor Schmerz oder Angst.

»Steig ein!«

Antonia drehte sich halb um die eigene Achse. Ihr Haar war so kurz, dass es Willmer aus den Fingern glitt. Sie schlug mit der flachen Hand nach der Pistole und streifte den Lauf. Ein Schuss löste sich. Antonia rannte los, stolperte über die Einfassung des Grünstreifens und ging zu Boden. Willmer wirbelte mit der Pistole in der Hand zu ihr herum.

In einer einzigen flüssigen Bewegung sprang Lammers einen halben Meter nach links, stützte die Ellenbogen auf die Motorhaube und gab zwei Schüsse ab. Willmer taumelte rückwärts, als die Geschosse in seiner Brust einschlugen. Aus dem Schatten hinter ihm tauchte eine Gestalt auf und warf sich auf Antonia.

Lammers sah den ungläubigen Ausdruck, der sich auf Willmers Gesicht abzeichnete, als seine Knie nachgaben. Die Pistole rutschte aus seinen Fingern. Ohne einen Laut von sich zu geben, fiel er auf den Rücken. Eine Sekunde später war er von Kant und Rademacher und den Uniformierten umringt. Dörfner rollte sich von Antonia herunter und half ihr auf die Beine.

»Ich will zurück nach Portugal«, sagte die junge Frau seltsamerweise. Sie musste schwer unter Schock stehen; der Mann, den sie vor Kurzem noch für ihren Großvater gehalten hatte, hatte sie mit einer Pistole bedroht und lag jetzt sterbend auf der Straße.

Lammers sicherte ihre Pistole, schob sie zurück ins Halfter und setzte sich auf die Bordsteinkante, während in der Ferne die ersten Martinshörner ertönten. Es war das erste Mal, dass sie auf ein lebendes Ziel geschossen hatte.

36

Kaspar Willmer alias Franz Scheffler alias »der Schweißer« lag auf dem Asphalt und sah an Kant vorbei zum Himmel auf, wo der Wind die Wolkendecke aufgerissen und einen bleichen Halbmond zum Vorschein gebracht hatte. Der Strahl einer Taschenlampe fiel auf die beiden Einschusslöcher in seiner Brust, zwischen die kaum zwei Finger passten. Er verzog das Gesicht zu einer Grimasse. Kant fühlte seinen schwächer werdenden Puls. Als seine Lippen zu flattern begannen, beugte er sich dichter über ihn.

»Ich hasse diese verdammten Buddelschiffe«, sagte Willmer. Kant hatte keine Ahnung, was er damit meinte.

Einer der Uniformierten versuchte, die Blutung an der Brust mit bloßen Händen zu stoppen, aber es war zu spät. Ein Zittern durchlief den drahtigen Körper des Mannes, dann stieß er ein letztes Röcheln aus und sein Blick wurde starr.

Kant ging zu Antonia, die neben Lammers auf der Bordsteinkante saß. Dörfner hatte ihr seine Lederjacke umgehängt und stand hinter ihr. »Sind Sie verletzt?«, fragte Kant.

Toni schüttelte den Kopf.

»Wo ist Eva?«

Sie sah zu ihm auf. »Da, wo sie hingehört«, sagte sie leise.

Polizeifahrzeuge und Krankenwagen blockierten die Straße und tauchten die Umgebung in blaues Licht. Während sich aus der Wohnsiedlung die ersten Schaulustigen auf die Straße wagten, lief Kant über den Vorplatz zur Garage. Er schob das

Tor auf, stapfte durch den Haufen aus Verpackungsmüll und folgte der Blutspur zur Gefriertruhe. Die Dichtung schmatzte widerwillig, als er den Deckel aufriss. Eva lag mit angezogenen Knien auf dem Rücken. Ihre Augen waren geschlossen. Aus einer Wunde an der Stirn rann Blut. Als Kant die Hand auf ihren Hals legte, um den Puls zu fühlen, stöhnte sie leise. Er hob sie vorsichtig aus der Truhe und trug sie nach draußen. Zwei Sanitäter eilten mit einer Trage herbei. Eva bewegte sich in seinen Armen, als er sie ablegte.

»Danke«, hauchte sie an seinem Ohr.

Er wandte sich ab und überließ sie den Sanitätern. Wie es aussah, würde sie überleben, und er war froh darüber. Jemand musste sich für die Verbrechen vor Gericht verantworten, auch wenn es den Opfern nicht mehr half.

Er ging zurück zu Toni. Sie saß aufrecht auf einer Trage und wurde gerade von einem Sanitäter untersucht. Als sie ihn sah, brachte sie ein tapferes Lächeln zustande.

»Was haben Sie jetzt vor?«, fragte Kant.

»München hat mir kein Glück gebracht«, sagte sie. »Ich habe kein Geld, keine Wohnung, kein Auto, nichts.«

»So würde ich das nicht sehen.« Kant zeigte auf den am Straßenrand parkenden Wagen. »Immerhin haben Sie von Ihrem Opa einen Porsche geerbt.«

»Der gehört diesem Verbrecher. Oder gehörte.«

»Ich wette, in den Papieren steht der Name Ihres Großvaters. Und Sie sind doch die einzige Erbin, oder?«

»Danke«, sagte sie. »Ich meine, dass Sie mich gerettet haben.«

»Das war meine Kollegin Petra Lammers.« Kant blickte sich nach ihr um, aber sie war nirgendwo mehr zu sehen. »Ich muss Sie bitten, noch eine Weile in München zu bleiben, bis alle offenen Fragen geklärt sind.«

Toni nickte.

»Wir bringen Sie erst mal in einem Hotel unter.« Plötzlich kam Kant eine Idee. »Oder möchten Sie ein bisschen Gesellschaft haben? Meine Tochter ist in Ihrem Alter. Sie hat jede Menge Platz in ihrer Wohnung.«

»Hat sie denn nichts dagegen?«, fragte Toni.

»Ich glaube, Frida wird lieber mit Ihnen zusammenwohnen als mit mir.«

Toni sah ihn verständnislos an.

»Kommen Sie.« Es waren Momente wie diese, die seine Arbeit so erfüllend machten und ihn über all die schrecklichen Aspekte hinwegsehen ließen.

Er wusste nicht, was Frida davon hielt, aber immerhin bezahlte er die Miete für die Wohnung. Vielleicht tat es ihr gut, jemanden bei sich zu haben, der einen viel schwierigeren Start ins Leben gehabt und trotzdem nicht aufgegeben hatte. Und falls es nicht funktionierte, fand er eine andere Lösung. Dafür war er schließlich da.

37

Zwei Wochen später, an einem Samstagvormittag, fuhr Dörfner mit der U-Bahn bis zur Haltestelle Dülferstraße und spazierte durch den ersten zögerlichen Schneefall zur Wohnsiedlung. Eva Singer saß in Untersuchungshaft, und sie waren noch damit beschäftigt, weitere Beweise gegen sie zusammenzutragen. Wagenhoffs Beschreibung passte auf den Renault Twingo des Pflegedienstes, den sie auch privat nutzen durfte. Bei der Untersuchung des Fahrzeugs hatten die Leichenspürhunde angeschlagen. Obwohl die Morde so lange zurücklagen, war Dörfner überzeugt, dass es ihnen gelänge, sie lückenlos aufzuklären. Heute allerdings war er in anderer Mission unterwegs.

Markus Nordenberg öffnete sofort nach dem ersten Läuten, als hätte er schon an der Tür gewartet.

»Ich bringe Ihnen Ihre Aufzeichnungen zurück«, sagte Dörfner.

Nordenberg bat ihn in die Wohnung, nahm ihm den Ordner ab und stellte ihn achtlos ins Regal. »Möchten Sie einen Kaffee?«

»Nein, danke«, sagte Dörfner. »Ich wollte mich nur bei Ihnen entschuldigen, weil ich eine Zeit lang tatsächlich gedacht habe, Sie wären in den Fall verstrickt.«

Nordenberg winkte ab. »Kein Problem. Ich bin darüber hinweg. Kein Gestank mehr im Hausflur.«

»Das ist gut. Sie haben sicher mitbekommen, dass ein Verdächtiger tot ist und wir eine Beschuldigte inhaftiert haben.«

Nordenberg sah ihn einen Moment lang forschend an, bevor er ihm zuzwinkerte. »Cui bono, oder?«

»Stimmt genau.«

»Haben Sie die Baustelle gesehen?«, fragte Nordenberg.

Dörfner nickte. Auf dem Weg vom U-Bahnhof hatte er bemerkt, dass einige der älteren Häuser in der Siedlung von Gerüsten umgeben waren und Kräne ihre stählernen Hälse in den Himmel reckten.

»Die Wohnungen werden komplett saniert«, sagte Nordenberg. »Und dann natürlich teurer vermietet. Oder verkauft. Da sind die alten Mieter nur im Weg. Raten Sie mal, wer davon profitiert.«

»Die Hausverwaltung?«

»Ich will nicht behaupten, dass die etwas mit den Morden zu tun haben, aber auffällig ist es natürlich schon«, sagte Nordenberg.

Dörfner klopfte ihm auf die Schulter. »Danke für die Hilfe. Haben Sie schon mal überlegt, woanders hinzuziehen?«

Nordenberg lächelte. »Nein, wieso? Im Großen und Ganzen gefällt es mir hier ziemlich gut.«

Dörfner verabschiedete sich und verließ das Haus. Auf dem Rückweg zur Haltestelle ging er in den türkischen Supermarkt, um Oliven, eingelegte Weinblätter und Sesamkringel zu kaufen. Gestern war etwas Merkwürdiges passiert. Als er gerade Feierabend machen wollte, hatte Hanna ihn auf dem Gang abgefangen.

»Ich möchte morgen Abend etwas kochen«, sagte sie und schaffte es tatsächlich, ihm dabei in die Augen zu sehen. »Hast du vielleicht Lust, zu kommen?«

Während Dörfner noch überlegte, ob es besser wäre, eine höfliche Ausrede vorzubringen, um nicht irgendwelche Komplikationen auszulösen, tippte Hanna auf ihrem Handy herum. »Ich schicke dir meine Adresse.«

Dörfner nickte.

»Bilde dir bloß nichts ein«, sagte Hanna. »Petra kommt auch. Und Stefan. Ich dachte mir, ihr bringt ein paar Vorspeisen mit.«

»Wer ist Stefan?«

»Mein neuer Freund.« Obwohl sie den Blick senkte, schien ihr Strahlen den trüben Gang zu erhellen. »Wir fahren Sonntag eine Woche zum Tauchen ans Rote Meer. Da gibt es jede Menge Haie.«

Und deshalb war Dörfner mit einer Papiertüte voller türkischer Vorspeisen auf dem Weg zur U-Bahn-Station, als er hinter sich schnelle Schritte hörte. Er drehte sich um. Karim kam auf ihn zugerannt.

»Ah, gut, dass ich dich sehe. Du kriegst noch Geld von mir«, sagte Dörfner. »Ich wusste nicht, wie ich dich erreichen soll. Warum hast du mich nicht angerufen?«

»Ich war beschäftigt«, stieß Karim atemlos hervor.

Dörfner gab ihm die versprochenen dreißig Euro. Der Junge steckte sie sich schnell in die Hosentasche. Dörfner nickte ihm zu und wollte schon weitergehen, aber Karim hielt ihn am Ärmel fest. »Komm mit. Ich muss dir was zeigen.«

Dörfner folgte ihm zu der Garage, in die der Junge ihn geschickt hatte, nachdem sein Fahrrad gestohlen worden war. Karim zog das Tor auf. Dort stand immer noch das alte Sofa. Und hinten an der Wand, unter dem beleidigenden Graffito, lehnte ein roter Fahrradrahmen. Sämtliche Teile waren abmontiert worden.

»Wo hast du das denn gefunden?«, fragte Dörfner verblüfft.

Der Junge grinste. »Jemand hat mir einen Gefallen geschuldet.«

»Und warum hast du den Rahmen nicht einfach verkauft? Der ist mehr wert als dreißig Euro.«

»Man kann nicht ständig denselben abzocken.«

Dörfner wuschelte Karim durchs Haar, und der Junge ließ es sich gefallen. »Du bist schlau genug, um aus deinem Leben was zu machen.«

Während Karim aus der Garage lief und hinter den Müllcontainern verschwand, dachte Dörfner, dass sein Bruder und er auch keine günstigeren Ausgangsbedingungen gehabt hatten. So gesehen bestand noch Hoffnung. Er schwang sich den Fahrradrahmen über die Schulter und sah zu, dass er die verdammte Siedlung endlich hinter sich ließ.